DOTTOR SEXY

JESSA JAMES

Dottor Sexy: Copyright © 2020 di Jessa James

Tutti i diritti riservati. Nessuna parte di questo libro può essere riprodotta o trasmessa in alcuna forma con nessun mezzo elettronico, digitale o meccanico, incluse, ma non solo, attività quali fotocopie, registrazioni, scanner o qualsiasi altro tipo di raccolta di dati e sistema di reperimento di informazioni senza il permesso esplicito e scritto dell'autore.

Pubblicato da Jessa James,
James, Jessa

Dottor Sexy

KSA Publishing Consultants, Inc.

Cover design copyright 2020 by Jessa James, Author
Images/Photo Credit: Deposit Photos: alanpoulson

Nota dell'editore:
Questo libro è stato scritto per un pubblico adulto. Questo libro potrebbe contenere scene sessuali esplicite. Le attività sessuali incluse nel libro sono pure fantasie per adulti e ogni attività o rischio corso dai personaggi della finzione nella storia non è né approvato né incoraggiato dall'autore o dall'editore.

1

Se Addison Fuller potesse sintetizzare il suo rapporto con la tequila, probabilmente direbbe questo: la tequila ti lascia ferite sul viso e un anello al dito.

Ma per raccontare correttamente la storia, dovrebbe cominciare dall'inizio, prima ancora di quando aveva posato gli occhi sul dottor Jack Stratton. Sì, comincerebbe da lì...

Addy emise un verso di frustrazione e sentì una piccola parte delle sue preoccupazioni scivolare via. Mentre puliva gli scaffali a muro del salone, sentì il peso degli ultimi dieci giorni svanire. Persino lo scontro con Jeremy le sembrava un ricordo lontano.

Chi se ne frega se era solo una settimana fa? pensò.

"Additup", cantava suo padre dalla sua poltrona La-Z-Boy parcheggiata perennemente davanti alla televisione. "Prenditi una pausa! Il solo guardarti mi sta stancando."

"Allora è positivo il fatto che tu sia su una poltrona", disse lei con una risata.

"Sei in vacanza! È il tuo giorno libero, prenditi una pausa ", disse lui.

"Ma poi chi avrebbe messo in ordine la tua roba e quella di Kenzie?" chiese lei muovendosi dietro di lui con uno spolverino e stringendogli la spalla.

Lui scosse la testa e prese una birra. Era la terza della giornata, notò Addy. Bere birra, urlare alla televisione e corrucciare lo sguardo agli inviti sociali componevo il trittico di azioni della sua vita. Parlava a malapena con altre persone al di fuori di lei e Kenzie.

"Dov'è Kenzie?" chiese lei, domandandosi dove fosse andata sua sorella.

Suo padre grugnì appena e guardò la tv di fronte a lui. Le dita di Addy fremevano dalla voglia di strappargli la lattina di birra dalla mano prima che svenisse e la rovesciasse sul tappeto del soggiorno. Però resistette.

Aspetterò fino a quando perderà i sensi. Tanto non può andare da nessuna parte.

Addy era preoccupata per quel suo drastico passaggio a una vita da eremita dopo la morte di sua madre, ma ormai erano passati tre anni.

Questa è la nuova normalità, pensò tra sé e sé. Non riusciva a credere che ci fosse stato un tempo in cui suo padre aveva lavorato ottanta ore a settimana per far decollare il suo ristorante.

"Cosa ne pensi di guardare i fuochi d'artificio quest'anno?" chiese, anche se sapeva che era inutile. "Papà?"

Si voltò, ma lui aveva già iniziato a russare. Con cautela, gli strappò la birra dalle dita e la mise sul tavolo.

Poiché non voleva svegliarlo con le pulizie, si trasferì a fare le faccende in garage. Era un grande progetto per il quale non aveva avuto tempo, un progetto che era rimasto nella sua lista di cose da fare per oltre un anno. Mantenere pulito l'interno della casa era stata la sua priorità. Mentre Addy iniziava a guardare attraverso gli scaffali pieni di roba, una scatola di raccoglitori si spostò e quasi la colpì in testa.

Con cautela, cominciò a tirare fuori la scatola. La sua stessa calligrafia la riportò ai giorni più neri, quando aveva tredici anni. Quando a sua madre era stata diagnosticata la sua malattia per la prima volta e lei aveva iniziato a seguirne meticolosamente i segni e i sintomi.

Addison schioccò la lingua mentre sfogliava centinaia di pagine della sua ordinata calligrafia. L'intera vita di sua madre, dal giorno della diagnosi al giorno della sua morte, era proprio lì in inchiostro rosa brillante e turchese.

"Oggi linfonodi rossi e gonfi", era scarabocchiato sulla pagina nel suo corsivo da bambina di dieci anni. "Il dottore dice che di solito non è un segno del cancro."

Sì, beh... A volte i dottori possono sbagliarsi.

Le lacrime iniziarono ad accumularsi agli angoli dei suoi occhi mentre lei studiava i raccoglitori.

"Che stai facendo?" si chiese mentalmente. Guardò nel cestino e per un momento ebbe un'ondata di consapevolezza.

Perché li conservo? Ma non poteva proprio buttarli via. Addy rimise la scatola sullo scaffale. Un giorno l'avrebbe fatto, ma oggi non era quel giorno.

Ancora una volta, il progetto del garage venne rimandato. Nella lavanderia, sistemò i vestiti e iniziò una nuova lavatrice. Si spostò verso il frigorifero, iniziò a sciacquare le bottiglie piene di vecchi condimenti scaduti e a buttare il cibo da asporto del suo ristorante mentre la lavatrice rimbombava.

Soddisfatta del frigorifero pulito, con i ripiani in ordine e pieni soltanto di cibi salutari e non scaduti, si sedette sull'isola della cucina e iniziò a esaminare le bollette.

Proprio mentre scriveva un assegno per il mutuo, il suo telefono squillò nella tasca posteriore. Era sua sorella.

"Kenzie, come va?" le chiese.

"Ehi! Che stai facendo?"

"Sto pagando il mutuo".

"Bleah."

"Bleah? Se non lo pago diventiamo tutti dei senzatetto."

"Come ti pare. Comunque, ti chiamavo per dirti che tutti vanno da Dusty stasera, per i fuochi d'artificio! Dovresti venire."

"Tutti? Tutti chi?"

"Sai, chiunque non sia un dinosauro ma abbia l'età per bere. Dai, non esci mai!"

"Semmai non vado mai da Dusty. C'è una grande differenza."

"No, voglio dire che non esci mai! Rimani sempre a casa, a fare i conti o altro. E poi cosa c'è che non va in Da Dusty? I baretti sono fantastici."

Addy sospirò. I suoi grandi progetti per il 4 luglio erano restare a casa e andare a letto presto, ma l'entusiasmo di Kenzie era contagioso. Inoltre, la sua sorellina aveva ragione. Non usciva più da un bel po'.

"Va bene, va bene", disse Addy. "Verrò. A che ora?"

"Incontriamoci lì tra... trenta minuti dopo la fine del mio turno."

"Trenta minuti? Avremo abbastanza tempo per depositare l'assegno in banca lungo la strada?"

"Oh, mio Dio! Non ti fermi mai... Sì, comandante, farò il versamento."

"Sii gentile o non verrò."

"Ok, ok. Ciao comandante, ci vediamo stasera."

Mentre Addy metteva via il telefono, fu sorpresa dal mostruoso russare di suo padre. Andò perfettamente a ritmo, proprio in combinazione col bip finale della lavatrice. Passò il bucato umido nell'asciugatrice e iniziò a cuocere le verdure per la cena di suo padre.

Il profumo dalla pentola piena di carne aveva iniziato a pervadere l'intera casa. Mentre preparava un'insalata fredda e teneva d'occhio le verdure, un sussulto di soddisfazione la attraversò quando si rese conto che tutto sarebbe stato pronto nello stesso momento: il manzo, le verdure, l'insalata e i vestiti nell'asciugatrice.

Addison sistemò un piatto per suo padre e lo mise da parte perché si raffreddasse. Tutto il resto lo ripose in un contenitore che poi impilò ordinatamente nel frigorifero. Guardò il suo orologio. Un'ora per prepararsi. Era più che sufficiente.

"La cena è sul tavolo", disse ad alta voce a suo padre.

"Grazie, Jan! Ti voglio bene". Era la solita risposta da sonno intriso di birra di suo padre, ma il nome di sua madre la faceva sempre rabbrividire.

Analizzò attentamente il suo armadio e prese in considerazione ogni opzione. Jeremy probabilmente sarebbe stato lì con Shannon. Tutti andavano da Dusty.

Cosa si indossa esattamente per mostrare al proprio ex maniaco del lavoro ciò che si sta perdendo?

Sospirò quando non trovò altro che zoccoli da lavoro, jeans e magliette. Addy percorse il corridoio verso la stanza di Kenzie e si fermò di colpo quando vide la porta della camera dei suoi genitori aperta e la luce accesa.

Suo padre era seduto sul letto e passava distrattamente una mano sul copriletto. Aveva dormito nella camera degli ospiti su un piccolo letto singolo da quando sua madre era morta.

Addy bussò piano alla porta. Suo padre le sorrise.

"Tua madre amava il 4 luglio", disse sommessamente.

Immediatamente gli occhi le si riempirono di lacrime. Lui non parlava quasi mai di sua madre.

"Stai uscendo?" le chiese.

"Io... Stavo per incontrarmi con Kenzie in centro, ma posso rimanere e tenerti compagnia se vuoi. Dopotutto Dusty non è nemmeno il mio genere."

Suo padre scosse la testa e guardò fuori dalla finestra.

"C'è un piatto per te in cucina se hai fame", disse lei.

Lui non rispose e lei uscì in punta di piedi dalla stanza. Sembrava un'invasione da parte sua, come se si fosse imbattuta in qualcosa di sacro.

Nell'armadio di Kenzie rovistò fra i jeans firmati appesi con cura a grucce di legno e ordinati per lavaggio. Cercò ancora e scelse una gonna di jeans consumata e attillata. Poi l'abbinò a una canotta attillata con una bandiera americana impressa in oro sul davanti.

Nessuno mi accuserà di non essere patriottica il 4 luglio, pensò lei.

Si infilò le ballerine blu navy di Kenzie. Mancava qualcosa. Si guardò per bene nello specchio di Kenzie e sciolse i capelli castano cenere dalla sua alta coda di cavallo, lasciandoli cadere a cascata sulla schiena. Così era meglio.

Mentre andava da Dusty, non riusciva a togliersi dalla testa l'immagine di suo padre. Sembrava così perso, così piccolo in quella stanza. Eppure aveva capito che non era né un martire né un testardo. Avrebbe davvero voluto rimanere solo quella notte. Ma ciò la rendeva comunque triste.

Dovette parcheggiare sulla strada a tre isolati dal bar. Anche da quella distanza, poteva sentire la musica che risuonava nella notte.

Il buttafuori, un ragazzo tranquillo con cui era andata a scuola, le fece un cenno e lei cominciò a farsi strada tra la folla ammassata. Erano per la maggior parte trivellatori locali e le loro famiglie, facce vagamente conosciute che aveva visto da Target durante la sua vita.

Il Dusty era affollato in ogni angolo, ma Kenzie fu facile da individuare. Sua sorella aveva occupato un tavolo, ovviamente, a un passo dal bar. Due boccali di birra fresca gocciolavano sul tavolo e Kenzie era circondata da persone che non aveva mai visto prima.

"Ce l'hai fatta?" strillò Kenzie mentre Addy si avvicinava. Saltò in piedi e l'abbracciò forte. "Lascia che ti prenda da bere. Stella! Versa da bere alla mia sorellona. Ecco, ti presento..."

Kenzie nominò alcune persone che lei conosceva, tranne due: Jack e Philip.

"E questi due sono i nuovi dottori in città. Entrambi sembrano appena usciti dal set di General Hospital", disse Kenzie con un ghigno. Era già leggermente brilla. "Non sembrano giovanissimi?!"

Entrambi sembravano due attori, Jack con capelli e occhi scuri, Philip con i capelli più chiari e un sorriso cordiale che illuminava la stanza. Erano entrambi alti e robusti, fecero impallidire Addy quando le si avvicinarono e le strinsero la mano.

"Ho ventinove anni", disse Philip con una risata. "Non proprio vecchio."

"È abbastanza vicino ai trenta", disse Kenzie. "Ma soprattutto, sono *single*. Oh cuore mio, resisti."

Philip le rivolse un sorriso caloroso e un cenno del capo, e Kenzie si avventò immediatamente su di lui. Philip era abile in tutto questo e sapeva esattamente cosa fare con un'ammiratrice molto più giovane, Addison lo aveva capito molto bene. Fu però Jack, il più riflessivo della coppia, a farla avvicinare.

Addy non era mai stata brava in quel genere di cose. Strinse la birra come se fosse un'ancora di salvataggio e si sedette su uno degli sgabelli del bar che si era appena liberato. Era ancora caldo dal tipo che ci si era seduto poco prima.

Sorseggiò la birra un po' calda e si guardò attorno al tavolo. Quando tornò a scrutare Jack, lui la guardò esplicitamente. Lei sorrise e rise silenziosamente per l'imbarazzo.

"Oh, adoro questa canzone!" Disse Kenzie mentre dagli altoparlanti cominciava a sentirsi Halsey. "Dai, balliamo!"

Philip balzò in piedi e lasciò che Kenzie gli afferrasse il braccio. Il resto della compagnia seguì il suo esempio. In pochi secondi il tavolo si svuotò, a parte Addy e Jack.

"Sembra che siamo solo noi due ora", disse lui.

L'accento. Oh signore, l'accento. Era australiano e affascinante al punto giusto.

"Dobbiamo davvero stare seduti qui così fino a mezzanotte?" chiese lei.

Lui rise. "Non lo so. È una festa americana, qui sei tu la responsabile. Ma penso che se restiamo insieme, saremo in grado di farcela."

Lei arrossì.

"Penso tu abbia scelto il leader della festa sbagliato", disse.

"Beh, prendere qualcosa da bere potrebbe essere d'aiuto."

"Concordo. Ti piace la tequila?"

Lui sollevò le sopracciglia in segno di stupore, e anche lei fu sorpresa dalla sua stessa audacia. Ma ormai era troppo tardi. Lo afferrò per un braccio e lo trascinò al bancone. Non appena si alzò in piedi, la birra che si era scolata fece sentire tutto il suo effetto. Era alticcia e disinibita.

"Quattro shot di Cuervo", disse alla barista, una ragazza che riconobbe dal liceo. La barista le fece un bel cenno del capo, quello che stava a significare: "Ti ho capito, ci siamo dentro tutte e due."

"Prendo lo stesso", ribattè lui. Addy rise.

E ridacchiò. Non poteva in alcun modo bere tutto ciò e rimanere in piedi, ma sarebbe stata al gioco. Se non altro per far sì che Jack continuasse a guardarla così...

2
———

"Propongo un brindisi", disse lei. "Ma a cosa?"
"Beh, per prima cosa quando brindi devi guardare l'altro negli occhi", rispose lui. "Altrimenti porta sfortuna. E, seconda cosa, propongo di brindare ogni volta a qualcosa di diverso."

"Prima tu", disse lei.

"Brindo...", disse, facendo tintinnare i bicchieri e sostenendo lo sguardo di Addy. "...Alle vacanze americane. All'amore spudorato del tuo paese nell'ingigantire ogni cosa, e alle torte fatte con Crisco."

"Nessuno usa più Crisco", disse lei.

"Okay, va bene. Alla salute perché... beh onestamente a questo, altrimenti dovrò lasciare che Philip cerchi di combinarmi un appuntamento per tutta la notte."

Addy sentì una punta di gelosia bruciarle in gola assieme al drink di colore giallo.

"Brindo al fatto che sono così fottutamente imbarazzante", disse alzando il bicchiere.

"Senti, senti", rispose lui. Mandò tutto giù come fosse Sprite. "Alla salute perché ho firmato un contratto per rimanere in questa città per almeno un anno. Signore aiutami."

"Ehi!" rispose lei. "Non è poi così male."

Il secondo cicchetto in qualche modo scese ancor più velocemente del primo, e lei fece una smorfia mentre mordeva il lime per smorzare il sapore forte dell'alcool. Da dietro le spalle di Jack, scorsero Jeremy e Shannon che ballavano lentamente mentre si sentivano le prime note di Paradise City.

"Troppo forte?" Le chiese lui con un sorriso. "Pensavo che le ragazze americane e carine reggessero l'alcool."

Lei arrossì. *Mi ha chiamato carina.*

"Sì, beh, di solito non bevo tequila."

"Sei tu che l'hai ordinata..."

"Ne ho ordinate quattro."

"Lo so, anche io."

Lei gli diede un'occhiata, lui sorrise. Quel sorriso quasi la uccise, e allora sollevò un altro bicchierino.

"Giusto. Allora va bene. Numero tre. Sei pronto?"

"E tu?"

"Alla salute perché il mio ex è qui ed è meglio se mi vede parlare con te piuttosto che tutta sola."

"Wow...Grazie", disse. "Ma lo accetto."

Calò velocemente lo shottino. "Perché il tuo ex è un ex?"

Lei scoppiò in una fragorosa risata.

"È una lunga storia. Fondamentalmente lavora continuamente e dice di non avere tempo per una ragazza che richiede delle attenzioni. Tranne ora che è con *Shannon*. Lo vedo ovunque, sempre. A fare tutte le cose per le quali mi diceva di non avere abbastanza tempo. Quindi..."

Fece scorrere il dito attorno al bordo di uno dei bicchieri vuoti, sentendo un colpo acuto di gelosia bruciarle dentro. *O forse era solo la tequila?*

"Tocca a me", disse. "Alla salute, perché cos'altro dovrei fare se non aiutare una ragazza a tornare dal suo ex."

"Non sto cercando di tornare da lui", disse lei troppo in fretta. Il sapore della tequila sulla sua lingua stroncò le sue difese.

"Cin cin perché la tequila rende tutto migliore", disse lei.

Era vero. Bevendo un altro cicchetto, sentì una fonte di calore diffondersi dal suo petto verso l'esterno.

"Hai proprio ragione," disse Jack. "Sei in gran forma. Tocca ancora a te."

"Alla salute perché... è meglio bere piuttosto che pensare alla vita degli altri", disse lei.

Le rivolse uno sguardo curioso. "Sei il sindaco o qualcosa del genere?"

"Magari", disse con una risata. "Lavoro in un ristorante. Sono un po' come il gestore, ma senza il titolo o la retribuzione."

"Ah", disse lui. "Allora sei un po' la regina del tuo alveare."

Per un attimo si chiese cosa intendesse dire, ma la tequila aveva iniziato a trasformare il suo cervello in poltiglia. Sbatterono i bicchieri sul tavolo all'unisono.

"Quindi sei un dottore. Ti piace il tuo lavoro?"

Lui abbassò la testa. "Sì. Sono in medicina d'urgenza, e non c'è niente come la scarica di adrenalina che si prova nell'aiutare qualcuno che ha subito un forte trauma."

"Quindi lo fai perché sei un drogato di adrenalina?"

Lui sorrise. "In parte, sì. Ma anche perché mio padre era un medico, e suo padre prima di lui, e suo padre prima di lui... quindi era prevedibile che avrei seguito le loro orme."

"Capito... Stai rispettando gli obblighi familiari."

"Sì, questo potrebbe avermi portato a entrare nella scuola di medicina, ma ho dovuto frequentare le lezioni e lavorare facendo turni assurdi di trenta ore."

"Non intendevo insinuare che non ti sei guadagnato il diritto di chiamarti medico."

Annuì, sollevando un altro bicchiere.

"Cicchetto numero quattro", ribattè lui. "Pronta?"

"Pronta come non mai."

"Alla salute perché... perché... merda, non lo so." Entrambi scoppiarono a ridere. La tequila aveva fatto il suo effetto magico. "Che ne dici di tornare alla birra?"

"Oh, caspita. Ho davvero fatto bere troppo un australiano?" chiese.

"Sono davvero sorpreso. Pensavo credessi che fossi britannico."

"Perché?" chiese lei. Sentì il suo braccio in vita mentre la dirigeva di nuovo verso il tavolo.

"La maggior parte delle belle ragazze spera che io sia inglese", disse scrollando le spalle. "Qualcosa sull'accento british."

Oddio, mi ha chiamato bella. O sono davvero ubriaca o è interessato a me.

"Non mi piace Hugh Grant," disse lei scivolando sullo sgabello.

"Buono a sapersi", disse lui con una risata. "Allora, raccontami la tua storia strappalacrime."

"Come scusa?"

"È il 4 luglio e sei a un tavolo con un completo estraneo. Dovrai pur avere una storia strappalacrime. Perché sei qui?"
"Da Dusty?"
"In questa città."
"Oh. Sono nata qui."
"Oh, mi dispiace."
"Ehi!"
"Oh, mi dispiace di averlo detto così! Sono appena arrivato, non dovrei giudicare."

"Non preoccuparti", rispose lei. Si rese conto che le loro teste erano quasi attaccate, ma era l'unico modo per conversare tra la musica e la folla. In qualche modo, sembrava che fossero gli unici due nella stanza. "In realtà mi sono trasferita a Santa Fe per il college il prima possibile. Non vedevo l'ora di andarmene da questa città."

"Perché sei tornata?"
"Ho saputo che mia mamma era morta."
"Un momento, che cosa?" Vide lo shock diffondersi dai suoi occhi sgranati.

"Mi dispiace, non sono brava nel dire certe cose", disse. "Voglio dire... stava male da molto tempo. Cancro al seno. Ma io... Non sono tornata in tempo."

"Mi dispiace moltissimo," disse lui. "Davvero."
"Grazie."

"So come ci si sente - e non è tanto per dire. Mio padre è morto quando avevo tredici anni. Ero lì, ma non c'ero davvero. Sai... Ero un ragazzo."

"Facciamo un brindisi a questo", disse lei, e inclinarono le loro birre l'una verso l'altra. "Ma non mi hai ancora detto perché sei qui. Intendo qui in questa città."

Lui alzò le spalle. "Ero a Chicago, svolgevo il mio tirocinio. Non volevo tornare a Melbourne, quindi sono venuto qui."

"Un viaggio parecchio lungo dall'Australia a Chicago fino a Tahoe City."

"Sì, forse. Quindi mi hai detto perché sei tornata. Ma non mi hai detto perché sei rimasta."

Lei sospirò. "Sono tornata... sai, per occuparmi di tutto. E poi sono rimasta "incastrata". Non c'è altro modo di dirlo. Mi prendevo cura di mio padre, della mia sorellina, dell'intera "proprietà" e di tutto il resto. Poi... Ho iniziato a uscire con questo ragazzo. "

"Jeremy?"

"Sì. Come fai a sapere il suo nome?"

"Lo hai detto prima."

"Oh, giusto. Beh, abbiamo iniziato a frequentarci... Avevo sempre avuto una cotta per lui, da quando avevo quindici anni. Non mi aveva degnato di uno sguardo al liceo, quindi quando ci ha provato con me... Non lo so. Ho pensato che fosse un altro motivo per restare."

"E adesso?".

"Ora è con Shannon. E mi stanno sbattendo la cosa in faccia, anche se non lo stanno facendo di proposito. Non lo so. Forse è stato un errore rimanere così a lungo."

"Beh, c'è una buona notizia in tutto ciò."

"Cioè?"

"Sono completamente a mio agio nel farmi usare per renderlo geloso."

"Ah sì?" Gli chiese lei ridendo. "Sembri abbastanza sicuro di te."

"Non voglio sembrare arrogante, ma fidati di me, Addy. So che aspetto ho. E sono disposto a usarlo per il tuo nobile scopo."

"Wow", ribatté lei. "Vacci piano con tutta questa umiltà. Non voglio che tu abbia poca autostima."

Lui rise. "È solo la verità. È fortuna, genetica, come la vuoi chiamare. Dovresti sapere come funziona."

Lei si morse il labbro e guardò nel profondo della sua birra come se contenesse delle risposte.

"Ad ogni modo", continuò lui, "sei troppo bella per essere così preoccupata per lui."

Lei lo guardò. *Dio, è davvero magnifico.*

"E tu? Dov'è la tua famiglia?"

Lui sorrise. "Beh, mia mamma è a Melbourne, seduta nella commissione di varie organizzazioni benefiche. Senza dubbio starà tramando il mio matrimonio con una principessa australiana bionda, pimpante e facile da controllare per mia madre."

"Wow. Questa... non me l'aspettavo."

"Se pensi che io sia un adulto che ha il totale controllo sulla sua vita, hai ragione. Ma mia madre non la pensa così." Sorseggiò la birra e distolse lo sguardo, ma Addy vide un lampo di amarezza nella sua espressione. "Dio sa cosa farà quando ci saranno dei nipoti nella sua equazione."

"Sono contenta che tu sia finito qui invece che a Melbourne. E che tu sia single."

Lui sollevò le sopracciglia. "Grazie."

Addy si passò una mano sulla bocca. "La tequila sta parlando più di me."

Rise, allungò la mano e si nascose i capelli dietro l'orecchio. "Per quanto la mia opinione valga poco, chiunque ti abbia scaricato è un coglione totale."

"Brindo a questo!", disse lei alzando la birra.

In qualche modo arrivò un'altra brocca di birra, ma Addy quasi non se ne accorse. Era attaccata a Jack mentre lui le mostrava i suoi video divertenti della scuola di medicina. Lei gli mostrò il suo Instagram, sfogliando il più velocemente possibile le vecchie foto che mostravano lei e Jeremy mentre si abbracciavano o baciavano.

"Penso che il tuo ex stia diventando calvo", disse lui indicando diverse foto in cui la cosa sembrava essere ovvia.

"Fuochi d'artificio!" urlò qualcuno sopra il fracasso generale. "I fuochi d'artifcio stanno iniziando."

In massa tutti presero a correre verso l'esterno e ad intasare l'ingresso. Sentì la mano di Jack sul fianco mentre la guidava. L'esplosione della brezza della sera le attraversò il viso quando raggiunsero l'esterno, e respirò l'aria di Tahoe.

"Da questa parte", disse lui, e la condusse in un luogo isolato sotto un albero incredibilmente alto.

La avvolse con un braccio mentre le luci esplodevano nel buio. Il crepitio, le esplosioni, l'eccitazione della notte: tutto confluì in uno sguardo fra i due. Gli occhi di Jack scivolarono verso la sua bocca, lei si preparò per un bacio, ma qualcosa la fermò.

"Ehi. E se... E se fingessimo di uscire insieme?"

Lui sbatté le palpebre. "Cosa?"

"Molto semplice, ascolta... Io sto cercando di rendere geloso il mio ex, tu hai tua madre che ti sta col fiato sul collo per sistemarti con qualcuno..."

Lui la guardò in faccia, squadrandola per cercare qualcosa. Si sentiva come se la sua onestà venisse misurata, più di ogni altra cosa.

"Potremmo fare una prova! Sai, vedere se..."

Jack si inclinò e la baciò, sicuro e deciso. *Dio, aveva un buon sapore.*

Mentre lui iniziava a staccarsi, lei aprì gli occhi. Jeremy la fissò con la coda dell'occhio. Sembrava perplesso, anche con il braccio di Shannon avvolto intorno alla sua vita.

Beh, bene!

"Come è andata?" chiese Jack. "Pensi che si arrabbierà?"

"Vuoi un altro drink?" chiese lei con un sorriso.

"Certo."

Si fece strada verso il bar mano nella mano con Jack.

"Un altro giro di tequila!" disse. Il bar era quasi vuoto mentre il resto dei festaioli era fuori per lo spettacolo.

"Ce l'hai il passaggio per tornare a casa, Add?" chiese il barista.

Furono le ultime parole che avrebbe ricordato.

3

Jack strizzò gli occhi di fronte alla luce mattutina. Questa invadeva la stanza e illuminava quel letto poco familiare. Le strane lenzuola profumavano di vaniglia.

Merda. Non era la prima volta che accadeva.

Per lui la linea tra l'essere parecchio brillo e bere così tanto da non ricordare era sottile.

Eppure dopo trent'anni di vita - e quindici anni di bevute - dovresti aver capito.

La testa gli rimbombava. Non era la prima volta che era stato ubriaco fradicio, ma non gli risuccedeva da un paio d'anni.

Si rigirò sotto il piumone e si rese conto che almeno indossava i boxer. Ma niente di più. Jack si guardò attorno, la stanza era quasi tutta bianca con un comò vintage e consumato nell'angolo. Il dorso di un portatile socchiuso mostrava un adesivo di yoga e una sagoma della California.

Almeno sono ancora a Tahoe City, pensò.

Eppure qualcosa non quadrava. L'intera stanza luccicava come una gemma. Gli ci volle un momento per rendersi conto che c'erano brillantini, brillantini ovunque. Miracolosamente, riconobbe il suo telefono sul comodino.

Per favore non spegnerti, pensò. La batteria era al quindici percento, e c'erano una serie di messaggi poco carini da un numero sconosciuto. Mentre rotolava fuori dal letto, quasi sobbalzò alla vista della ragazza mezza nuda accanto a lui.

Addison. Addy. Tutto gli tornò in mente all'improvviso, come se fosse stato colpito in faccia da un'ondata di ricordi.

Si ricordava di essere al bar. Si ricordava di aver parlato e flirtato con Addison e che subito dopo aveva superato il limite prendendo diversi cicchetti e provando a far colpo su di lei. Tuttavia questo non spiegava cosa ci facessero *lì*, o dove fosse quel *lì*. La guardò alla ricerca di indizi.

Era distesa di schiena, la testa girata di lato, i lunghi capelli le coprivano il viso. Un capezzolo rosa pallido le era scivolato fuori dal reggiseno. Sentì il suo cazzo indurirsi alla vista del suo seno prosperoso. Erano forme che non ricordava.

Ad ogni modo, scacciò via quel pensiero e sollevò la coperta per coprirla. Lei non si mosse e il suo respiro rimase profondo e intenso.

Jack si alzò, si stropicciò gli occhi e si guardò attorno. Dove diavolo erano? Pensò che fosse la camera da letto di Addy, ma dopo un'attenta ispezione si rese conto che quell'arredamento rosa confetto era più simile a quello di un hotel. Erano circondati da diverse bottiglie vuote di champagne.

Questo spiega perché sento così maledettamente i postumi della sbornia.

Jack barcollò alzandosi dal letto e si trascinò verso il bagno. Appoggiò la mano contro il muro del gabinetto e iniziò a fare pipì, abbassò lo sguardo e per poco non fece pipì dappertutto. Sulla sua mano sinistra c'era un luccicante anello in titanio.

Jack lo sfilò via ed iniziò ad esaminarlo.

"Oh, no" disse. "No, no, Gesù, no." Tornò di corsa in camera da letto e prese la mano di Addison sotto le coperte.

Lei emise un gemito. "Che stai facendo?" chiese, ancora insonnolita.

"Svegliati, ho bisogno di vedere la tua mano."

"Cosa c'è che non va nella mia mano?" chiese stordita. "Piuttosto è la testa che mi gira da pazzi..."

"Abbiamo cose più importanti di cui preoccuparci." Finalmente trovò la sua mano e sentì il metallo freddo sull'anulare. Per poco il cuore non gli arrivò in gola.

"Cosa significa tutto questo?" chiese, e le mostrò la sua stessa mano.

"Shh! Oh mio Dio," mormorò, e si passò il cuscino sul viso.

"Senti, devi aiutarmi..."

Addison si mise a sedere.

"Oh, Dio", disse, e saltò giù dal letto. La guardò mentre correva verso il bagno con il solo intimo indosso. Violenti rumori di conati di vomito cominciarono a provenire dal bagno, e la sua formazione medica prese il sopravvento.

Jack prese un paio di asciugamani, l'elastico per capelli dal comodino e riempì un bicchiere d'acqua.

"Il vomito è positivo", le gridò dalla camera. "Caccia tutto."

"Non mi sento molto bene", disse lei dopo essersi liberata.

Sbucò dalla porta, con un accappatoio dell'albergo avvolto attorno al suo corpo sottile. Sembrava una bambina che giocava a travestirsi.

"Sono qui con te", disse lui. "Vieni qui, siediti."

Sistemò la chaise longue e le mise l'acqua in mano. Lei lo spinse delicatamente via mentre lui le raccoglieva i capelli in una coda di cavallo, ma lui cercò di zittirla fino a quando lei cedette.

"Mi dispiace di aver vomitato," disse lei imbarazzata.

"Lavoro al pronto soccorso. Un po' vomito non mi disturba affatto", le rispose lui.

Mentre la guardava con gli occhi iniettati di sangue e le occhiaie, non poté fare a meno di sentirsi dispiaciuto per lei. Dei due, lei aveva chiaramente la parte peggiore dell'affare.

"Vuoi rimanere seduta?" chiese. "O tornare a letto?"

"Tornare a letto", disse lei.

La infilò sotto le coperte e andò in bagno a riempire l'acqua. Mentre riempiva il bicchiere, si prese un secondo per sé. Guardò l'anello d'oro sul quarto dito della mano sinistra, lo sollevò leggermente per esaminarlo.

Il fatto che si fosse sposato, che avesse sfondato un'altra pietra miliare nella sua vita senza alcuna attenzione, lo faceva sentire triste. Non che avesse il grande sogno di sposarsi o altro. Quella era più l'ossessione di sua madre.

Ma ogni importante traguardo che raggiungeva era solo l'ennesima tappa senza suo padre, l'unico genitore che si era davvero preso cura di lui. Sì, suo padre sapeva essere un maestro severo, puniva Jack senza pietà anche per il più piccolo fallimento.

Ma ora guardando sé stesso, Jack poteva capire perché suo padre lo avesse bacchettato così duramente. Voleva solo che Jack avesse successo.

Il bicchiere traboccò e Jack fu strappato dai suoi pensieri.

Quando tornò alla realtà, Addy si era arrotolata nella coperta come un burrito.

"Addison?" chiese, ma gli fu risposto con respiri più pesanti.

Il telefono di Jack squillò e lei emise un gemito scocciato. Non riconobbe il numero.

Cazzo, dovrei iniziare con le cure urgenti oggi. Era l'ospedale, doveva essere per forza l'ospedale. Jack cercò una risposta, una scusa credibile. Ma per la prima volta nella sua vita, non aveva nulla.

Philip. Philip saprà cosa fare.

Lasciò che la chiamata finisse nella segreteria telefonica e chiamò immediatamente Philip. Mentre cercava un modo per iniziare la conversazione più imbarazzante della sua vita, il sipario si aprì.

"Complimenti, signor uomo sposato!" Philip cantò al telefono.

Allontanò il telefono dall'orecchio e fece una smorfia. "Come dici?"

"Non ti sei sposato la scorsa notte?"

"Io... Io penso di sì."

"Oh sì, eri decisamente troppo ubriaco ieri notte. Ti ho detto che Reno era troppo lontano per andare..."

"Reno?"

"Sì, ho provato a dirvelo, ma tu e Addy avete insistito. Non ricordi? Ti ho messo su un taxi e ho dato al tipo una mancia generosa. Davvero davvero generosa."

"Cosa... E che mi dici dell'apertura di oggi? Il nuovo ospedale? Avrei dovuto essere lì..."

"Oh, amico, nessuno sa nemmeno che siamo aperti. Non farti troppi problemi se non riesci a venire."

Jack appoggiò la testa tra le mani. "Oh, okay."

"Come sta la signora Stratton?"

Signora Stratton? Oh, intende Addison. Jack si mise dritto e scrutò attraverso il vetro la massa aggrovigliata sotto la coperta.

"Oh... non si è ancora alzata. Ascolta, cosa è successo esattamente? Ieri notte?"

"Non ricordi niente?" Philip sembrava incredulo.

"Ricordo di aver bevuto i cicchetti", disse lentamente. "E di aver guardato il profilo Instagram del suo ex. Poi... niente."

Jack sentì un clic.

"Ehi, amico, dovrò richiamarti", disse Philip.

Jack guardò il suo telefono, silenzioso e quasi scarico. Lentamente, si alzò dalla sedia in ferro battuto e si diresse in bagno. Sotto il getto caldo della doccia iniziò a sentirsi meglio.

Ormai era chiaro che Addison non si sarebbe alzata presto. Chiamò il servizio in camera mentre si asciugava e indossava gli stessi vestiti della scorsa notte. Puzzavano di alcol.

Il cibo arrivò velocemente e ben impiattato, completo di una rosa in un vaso. Diede una mancia all'addetto alla porta e tirò il carrello dentro.

"Cibo?" Chiese Addison mentre lui iniziava a scoprire i piatti. Scrutò con curiosità il vassoio.

"Prima questo", disse, e le porse una delle otto Gatorades che aveva ordinato. Lei l'aprì e buttò giù l'intera bottiglia in qualche sorso. Dopo la sua seconda bottiglia, Jack le portò del cibo.

Lei si trascinò su un'estremità del letto, ancora parzialmente avvolta nella coperta, e cominciò a mangiare il toast alla francese, asciutto, con le dita. Mentre masticava, lo guardò.

"Siamo a Reno?"

"Sì", rispose lui sminuzzando un'omelette.

"Oddio... Abbiamo..." abbassò lo sguardo sulla fede nuziale al dito. "Di chi è stata l'idea di sposarsi?"

"Bella domanda."

"Oh, no. No", disse lei, e si sforzò di alzarsi. Teneva ancora la massa di coperte attorno a sé. "Dove sono i miei vestiti? Aspetta, non dirmi che abbiamo... non abbiamo... *consumato* vero?"

"Non credo", disse Jack con tono onesto. "Non ho visto, sai... Nessuna prova di tutto ciò."

"Oh, grazie a Dio. Ecco la mia camicia", disse lei. "Cioè, non fraintendermi. Sei un figo da paura, ma... ci siamo appena incontrati."

"Non preoccuparti. Penso che i tuoi jeans siano appallottolati nell'angolo lì. E, a proposito... Penso che dovremmo essere un po' più preoccupati del fatto che apparentemente ci siamo sposati ubriachi piuttosto che pensare se abbiamo fatto sesso da ubriachi."

"Probabilmente hai ragione", disse lei. Strinse i vestiti nelle sue mani e si diresse in bagno.

Jack ascoltò il rumore della doccia e iniziò a pensare a come annullare il matrimonio.

Si faceva, vero? In Nevada? Era successo spesso, no?

"Ehi, questo pc è tuo?" le chiese.

"Non lo so. Come è fatto?" la sua voce era attutita dal rumore dell'acqua.

"Argento con un adesivo yoga".

"Sì, è mio. Apparentemente sono una pianificatrice di primo livello per averlo tirato fuori dal bagagliaio prima di sposarmi con uno sconosciuto."

Il portatile era al due percento e aveva iniziato a spegnersi. Tuttavia, lui riuscì ad intravedere la pagina Instagram di Jeremy prima che lo schermo diventasse nero.

Addison tornò in camera da letto, i capelli raccolti in un asciugamano.

"Ti senti meglio adesso?" chiese lui.

"Un pochino. Ho vomitato il toast francese, però. Io... Avrei dovuto evitare di bere tequila."

"Odio dirlo, ma... Penso che dovremmo tornare a Tahoe", disse lui. "Possiamo, sai, capire i risvolti legali di questo problema in seguito."

"Giusto", disse lei e annuì. "Probabilmente è meglio così."

Jack sentiva l'odore di entrambi mentre si rannicchiavano nel piccolo ascensore. Fuori il sole era accecante, quasi da far male agli occhi. Entrambi gemettero e si coprirono gli occhi, nessuno dei due aveva gli occhiali da sole.

"Come siamo arrivati fin qui?" chiese lei mentre esaminavano il parcheggio vuoto.

"Penso con un taxi", rispose lui.

"Quindi siamo bloccati qui?"

"Così sembra."

Addy sospirò e avanzò a fatica, e lui la seguì.

4

Addy sbatté la mano sul telefono quando la sveglia squillò alle cinque del mattino. Lei e Jack erano appena tornati in città cinque ore prima, dopo che entrambi si erano resi conto di aver perso le loro carte di credito. Il personale dell'hotel li aveva aiutati a trovare un caricabatteria per il telefono e poi avevano litigato con un autista di Uber.

Il giorno prima era stata eccitata da una scarica di adrenalina pura, ma ora la realtà cominciava a colpirla. Addy mandò un sms a Dawn e Kenzie, sebbene Kenzie fosse in fondo al corridoio e non fosse programmata per il suo turno fino a pranzo.

Non ce la faccio oggi, scrisse. *Non mi sento molto bene. Dawn, riesci a gestire tutte le attività di apertura? Kenzie, per favore, vieni presto se puoi.*

Addy spinse via il telefono e si mise il cuscino sopra la testa. Non si era mai presa un giorno di malattia in vita sua.

Quando l'Uber l'aveva lasciata alla sua macchina nel parcheggio deserto di Dusty, non aveva nemmeno salutato Jack. Era solo salita in macchina, stanca come un cane, ed era tornata a casa. E soprattutto era grata che suo padre fosse già svenuto e che Kenzie non si vedesse da nessuna parte.

Udì il ronzio di un messaggio ma non ebbe il coraggio di guardare.

Per una volta dovranno cavarsela da sole, pensò mentre strisciava fuori dal letto per riempire una bottiglia d'acqua dal suo bagno privato.

Addy si riaddormentò fino a mezzogiorno. Quando finalmente si svegliò, era perfettamente consapevole del peso imbarazzante che portava all'anulare.

Non riusciva a credere di essersi ubriacata talmente tanto da arrivare a sposarsi la sera prima. Era sempre così al di sopra di tutto, così organizzata. E tra tutte le persone fra cui scegliere, aveva scelto Jack, un vero estraneo. Che cosa le era saltato in mente?

Certo, era bello. Più che bello. E le aveva dato delle attenzioni. Ricordava che l'aveva chiamata *bella* al bar, ricordava quanto l'avesse fatta arrossire.

Ma ora doveva tirarsi fuori da quel matrimonio. Il pensiero di togliersi l'anello, il fatto che sarebbe stata di nuovo invisibile, la colpì duramente.

A quanto pare sono programmata per fallire.

Mentre indossava un paio di pantaloncini di jeans puliti, fece leva sull'anello e se lo mise in tasca.

Dovrai affrontare Jack e l'intera faccenda dell'annullamento oggi, in un modo o nell'altro, pensò. *È inutile aspettare.*

Era a malapena mezzogiorno, e già era sopraffatta dai sensi di colpa. Dal darsi per malata sul lavoro al rimandare il fatto di dover affrontare la situazione del matrimonio di Jack in prima persona, non aveva mai procrastinato così a lungo. Non era bello.

Puoi farcela, pensò. *Se riesci a gestire la morte della mamma, l'alcolismo di papà, il ristorante... puoi gestire anche questo.*

C'era soltanto un problema. Si rese conto di non avere nemmeno il numero di Jack o di sapere dove abitasse. *Ma sai dove lavora.*

Era difficile non ricordare il nuovo ospedale scintillante situato appena fuori dall'autostrada. Era il primo edificio nuovo in quella parte della città da diversi anni, e per settimane era stata accecata dallo splendore della luce solare che si rifletteva sue pareti di vetro.

Dopo la doccia, per la prima volta dopo mesi cominciò a farsi la piega. Anche mentre trascorreva un po' di tempo in più a lavarsi, a far asciugare il suo mascara migliore e a tirar fuori il vecchio rossetto MAC di Kenzie che aveva preso in prestito il mese scorso, cercò di non pensare al perché si stesse impegnando così tanto.

Cosa dovresti indossare per un'occasione come questa? pensò. Su Cosmopolitan non c'erano molti consigli sull'abbigliamento adeguato per una discussione di annullamento di matrimonio con uno sconosciuto totale.

Estrasse un ibuprofene dal cruscotto mentre andava in ospedale. Erano di gran lunga i peggiori postumi di una sbornia di sempre. Addy non era sicura di quanto fosse pura sbronza e quanto fosse vergogna.

Mentre attraversava le porte, scrutò l'area alla ricerca di Jack. Diverse persone che conosceva vagamente, tutti abitanti del posto, la salutarono e la guardarono speculativamente.

Lo sanno o sono paranoica? Per caso l'intera città lo sa?

"Addison! Come stai, tesoro?" Una donna bassa e tozza si precipitò verso di lei.

"Signora Koppel, salve. Tutto bene."

"Come sta tuo padre?" Addy l'aveva conosciuta come ex bibliotecaria dai tempi della sua scuola elementare, ma non vedeva la signora Koppel da quando era bambina.

"Sta bene."

"Oh, mi fa piacere." La signora Koppel lanciò un'occhiata all'anulare di Addy. Sebbene fosse nudo, istintivamente si mise le mani in tasca. Le sue dita sentirono il freddo del metallo sui polpastrelli.

"Come posso aiutarti?" Era grata per quella vocina, una scusa per allontanarsi dagli occhi indiscreti della vecchia. Una giovane infermiera le stava di fronte. "Stai cercando qualcuno?"

"Ciao, sì. Jack lavora oggi? Jack... Stratton? Credo..."

Diede un'occhiata alla signora Koppel. "Il Dr. Stratton è nel pronto soccorso. Basta andare in fondo al corridoio e poi a destra. Vedrai l'insegna. Signora Koppel... C'è qualcos'altro di cui ha bisogno?"

"Grazie". Accennò un sorriso riconoscente e si precipitò giù per il corridoio.

Mentre entrava nel pronto soccorso, fu immediatamente colpita da una scena traumatica. Attraverso le porte a vetri dell'ingresso del pronto soccorso, vide Jack a cavalcioni su un paziente in barella. Il suo camice blu era sgualcito e macchiato, lui era chino sul paziente, intento a fare delle compressioni toraciche. Jack abbaiava ordini alle persone che ronzavano intorno a lui, ordini che Addy non capiva.

Si schiacciò contro il muro mentre l'intera faccenda degenerava accanto a lei. All'improvviso il piccolo guaio che avevano combinato loro due non le sembrò così terribile. L'enorme sala d'aspetto del pronto soccorso era piena di persone i cui occhi erano iniettati di paura e dolore.

Da qualche parte nell'angolo opposto, una donna singhiozzò, i rumori animaleschi diventarono una colonna sonora nella stanza.

Jack attirò la sua attenzione mentre passava. Per un secondo lui vacillò, e lei sentì come una scarica elettrica tra di loro. Durò solo un secondo, ma la lasciò senza fiato.

"Spostatevi!" Addy sobbalzò a quell'ordine.

Dalla direzione opposta, una splendida dottoressa bionda con un camice viola le corse accanto, e Addy si appiattì di nuovo contro il muro. La dottoressa si chinò su un ragazzo con una gamba ovviamente rotta. Il padre urlava.

Addy intravide un osso, bianco e luccicante come la neve, che sporgeva dal polpaccio del ragazzo. Sebbene le guance del ragazzo fossero rigate di lacrime, non piangeva più. Era lì, semplicemente seduto in stato di shock.

Jack non si vedeva più, ma mentre Addy vagava con lo sguardo attraverso la stanza, vide un volto familiare. Philip si diresse verso la dottoressa bionda e il ragazzo, che veniva sollevato su un letto in una piccola area coperta da delle tende.

Accidenti, anche lui è magnifico. Essere dannatamente fighi è un requisito per essere assunti qui? Smettila, Addy. Sei già sposata.

Scosse la testa e si diresse verso Philip.

"...Comincia con la steccatura. Signor Holton, se segue l'infermiera Bostian da quella parte, avrà tutti i documenti necessari... Addy, ciao!" disse vedendola avvicinarsi.

Il suo viso si illuminò quando l'infermiera portò via il padre. "È bello vedere che sei sopravvissuta alla prima notte di nozze."

Avrebbe giurato che la dottoressa le avesse lanciato un'occhiata, ma non ne era certa. Dopotutto, sembrava che l'intera città avesse gli occhi puntati su di lei.

"Ehm, sì..."

"Jack mi ha detto che non ti eri ancora alzata dal letto. Ora sarà contento che tu sia in piedi."

"Te lo ha detto? Sarà contento? Come ha fatto a... "

Philip la guardò in modo strano. "Ah, sì. Tutti qui muoiono dalla voglia di incontrare la donna che ha irretito il dottor Stratton. È un obiettivo molto appetibile, sai. Bellissimo dottore giovane, piccola città. Beh, in realtà all'inizio non *morivano* dalla voglia di conoscerti, dal momento che nessuno lo conosce davvero da queste parti. Ma poi dopo li ha incantati tutti raccontando della sua prima notte di nozze, e bam! Lo hai catturato, va bene."

"Si, colpa mia", disse Addy goffamente. "Sono magica."

La bionda si mise dritta in piedi e squadrò Addy, sebbene tenesse una mano sulla spalla del ragazzo.

"Addy, sarai felice di incontrare una vecchia conoscenza di Jack. Ti presento Rosalie Crane. Rose, ecco a te Mrs. Stratton! Conosciuta anche come Addison."

Prima che entrambe le donne potessero reagire, Philip si sporse in avanti e spinse Addy delicatamente verso Rosalie.

"Ciao," disse Addy e tese una mano. "Sono, ehm... com'è che conosci Jack?"

"Sono la sua ex fidanzata", disse Rosalie accigliata. "Siamo andati a scuola di medicina insieme."

"Oh. Ehm..."

Jack entrò nella stanza principale della zona dei traumi, si tolse il camice e la mascherina. Si fermò di colpo alla vista di Rosalie e Addy fianco a fianco. Rapidamente, si diresse verso Addy.

"Ehi, ecco l'uomo del giorno! Stavo solo dicendo a loro due che..." iniziò Philip, ma rimase in silenzio quando Jack afferrò Addy e la piegò all'indietro per darle un bacio.

"Bleah!" Addy sentì dire al giovane da qualche parte alle sue spalle, ma c'era troppa attrazione tra loro per fermarsi.

"Ti prego, assecondami," le sussurrò Jack all'orecchio prima di tirarla su.

Era troppo scioccata per dire qualcosa.

"Ah, finalmente sei uscita dal *nostro* letto!" esclamò. "Ero preoccupato di averti sfinita definitivamente."

Addy arrossì, e vide sia Philip che Rosalie lanciargli un'occhiata sorpresa. Addy cercò di simulare un'espressione quasi naturale, sebbene temesse che l'intero pronto soccorso potesse sentire il suo cuore battere così forte.

"Ehi, dov'è il tuo anello?" chiese Jack.

Lei si morse il labbro e se lo tolse di tasca. Addy lo reggeva un po' come un'offerta, piatto sul suo palmo.

"Ti avevo detto di non preoccuparti del fatto che possa rovinarsi, tesoro. La gente vuole vedertelo addosso!"

Addy sbatté le palpebre e obbedientemente si mise l'anello al dito. Era strano che un completo estraneo facesse qualcosa di così... personale. Che le comandasse qualcosa di così intimo.

Jack le prese la mano e la mostrò a Philip, Rosalie e ad alcune infermiere che si erano radunate attorno alla confusione generale per vedere la scena. Addy sentì gli "ooh" e gli "aah" intorno a loro, ma fu lo sguardo micidiale di Rosalie a catturare la sua attenzione. Rosalie sbiancò, poi trovò una scusa e fuggì.

Addy sentì di aver ferito Rosalie, anche se l'aveva conosciuta solo pochi minuti prima.

"Ehi! E la mia gamba?" gridò il ragazzo a Rosalie, e un'infermiera cominciò immediatamente a prendersi cura di lui.

Addy scrutò gli occhi di Jack.

"Posso parlarti un minuto? In privato?" chiese.

"Ooh!" disse una delle infermiere, ed emise il suono di uno sbaciucchiamento nella loro direzione. "Penso che Stratton abbia la precedenza per il battesimo della nuova sala per le pause."

Jack le prese la mano e la condusse in una stanza privata, circondata da delle tende e vuota. Si appollaiò sul lettino, sopra dei fogli di carta che si spiegazzavano sotto di lui. "Che succede?"

"Che succede? Che ne è stato dell'impegno che avevamo preso nel sistemare la cosa una volta tornati?"

"Bene, ciao anche a te amore. Quel piano è andato a farsi benedire dopo che ci ho riflettuto un po' su."

"...Prego?!"

"Stavo curando un ragazzo che è entrato con dei dolori al petto e mi si è accesa la lampadina. Dovremmo rimanere sposati per un po'."

Addy guardò a bocca aperta Jack, e lui sorrise alla sua espressione.

"Ascoltami", continuò. "Mia mamma mi è sempre stata col fiato sul collo, cercando di farmi accoppiare con una stupida bionda. Grazie a questo accordo, posso dire: "Scusa mamma, mi sono sposato, tutto è stato già organizzato". Il che mi delizierà e mi solleverà dalle aspettative di mia madre."

"Va bene ma... io cosa dovrei fare in tutto ciò?" disse confusa.

"Puoi mostrare al tuo ex quanto aveva torto quando ti ha ignorato. Farò in modo che si renda conto dell'errore che ha commesso. Dopotutto è stata una tua idea!"

"Jack, ero ubriaca. Eravamo entrambi ubriachi. E poi intendevo dire che dovremmo fingere di uscire insieme, non di essere sposati!"

"Abbassa la voce, potrebbero sentirci."

"Va bene. Ad ogni modo, probabilmente possiamo annullare..."
"No, no. Dobbiamo rimanere sposati per un po'. Pensavo per... due, forse tre mesi."

"*Cosa?*" Addy incrociò le braccia sul petto e iniziò a scuotere con veemenza la testa. "No. Sei pazzo!"

"Pensaci un attimo! Non sono il solo a guadagnare qualcosa da questo piccolo accordo. Immagina quanto possiamo umiliare Jeremy. Con tutte le effusioni in pubblico... E mia mamma guarderà le nostre foto e si arrabbierà così tanto... Sono sicuro che la vena che ha sulla fronte esploderà."

Pian piano la convinse. Era folle, ma ormai il danno era già fatto.

Che differenza fa se siamo sposati due giorni o due mesi? Un annullamento è pur sempre un annullamento.

"Okay, che ne dici di questo?" Chiese Jack osservando la sua espressione corrucciata. "Rimani sposata con me per due mesi, io mi occupo dell'annullamento e tu non fai nulla."

"Oh! Non so..."

"Addy, la parte difficile è già fatta! Siamo già sposati. Tutto quello che devi fare è rimanere sposata con me per due mesi. Prometto che non sarà così difficile. Non sono poi così male, giusto?"

Ma sembra troppo bello per essere vero...

Jack le sorrise. "Eddai. Ti aiuterò persino a fare il trasloco dopo il mio turno."

"Aiutami con...cosa? Il trasloco...?!"

"Beh, sì. Se funzionerà, dovremo sembrare sposati. E le persone sposate vivono insieme. A meno che non preferisci che mi trasferisca da te..."

Una scarica di panico la inondò. Anche solo l'idea che Jack incontrasse suo padre bastava a farle avvertire un vuoto allo stomaco. Non riusciva a immaginare di dire a suo padre che si era sposata.

"No. Sicuramente no," disse rapidamente. "Noi, ehm... vivremo a casa tua."

"Dr. Stratton?" Un'infermiera fece capolino nella stanza improvvisata. "Hanno bisogno di lei nella 2C."

"Va bene, arrivo", disse passando rapidamente a quella che Addy aveva capito essere la sua "voce da dottore". Jack si alzò e baciò Addy sulle labbra. "Ti chiamo quando stacco."

L'infermiera alzò gli occhi al cielo con fare simpatico.

"Okay," disse Addy in tono sommesso. "Ehi!" lo chiamò poi. "Aspetta! Non ho il tuo numero."

Jack si voltò e sorrise. "È già sul tuo telefono. Non ricordi?"

"Il mio telefono? No..."

"Hai insistito parecchio nel dirmi che te lo saresti ricordata. Mi hai salvato come Dr. Sexy."

Addy si sentì avvampare dalla vergogna. "Oddio..."

"Ma penso tu l'abbia cambiato durante la nostra prima notte di nozze. A più tardi, mogliettina."

Mentre Jack se ne andava, Addy prese il telefono. Non trovò nulla sotto la voce "Dr. Sexy", ma c'era un nuovo contatto recente. "Marito".

Addy chinò la testa. *Non so minimamente a cosa andrò incontro.*

5

Jack mise l'ultima scatola di Addy nella Jeep. Si accigliò alla vista delle quattro scatole e lanciò un'occhiata alle altre due ammucchiate sul sedile posteriore della sua auto.

O vive una vita davvero schifosamente minimalista, oppure non ha intenzione di continuare a lungo, pensò.

Incrociò le braccia e guardò in alto verso il portico di casa sua. Jack non sapeva cosa aspettarsi quando lei gli aveva dato il suo indirizzo. E tutt'ora non lo sapeva. Era stata irremovibile, aveva deciso che sarebbe restato fuori, e aveva già allineato le sei scatole in modo ordinato sui gradini anteriori, pronte per partire.

"E se dovessi usare il bagno?" le aveva chiesto quando era arrivato, e lei lo aveva bloccato fisicamente rimanendo fissa sulle scale.

"Usa i cespugli!"

"Perché? Cosa nascondi lì dentro?"

"Niente", aveva detto con enfasi, e gli aveva messo una delle scatole in mano.

Dall'esterno, sembrava la classica casa di Tahoe. Progettata come una grande cabina, aveva un bel fascino rustico e un dondolo in veranda che forse necessitava di un lavoro di verniciatura.

"Parecchio grande per sole tre persone", le disse. "Sembra un Bed and Breakfast."

"Non sono state sempre solo tre persone", mormorò lei.

Allora lui ci diede un taglio, ricordando che la madre era ancora un punto dolente per lei.

"Ma che significa che ti stai trasferendo? Che cosa ti è preso?" La sua sconcertata sorellina, Kenzie, si scontrò con Addison sulla veranda. Gli occhi di Kenzie erano spalancati.

"Chi è che se ne va e sposa un completo estraneo? E poi proprio tu! Sei sempre stata quella responsabile, la pianificatrice. Distolgo lo sguardo per due secondi al bar e tu ti sei già avviata verso Reno con qualcuno che potrebbe essere un serial killer per quanto ne sappiamo. Senza offesa," disse rivolgendosi a Jack.

"Nessuna offesa. Dopotutto è vero, so come usare un bisturi."

"Non preoccuparti, so quello che sto facendo," sibilò Addy. "Hai ricevuto la mia mail? Papà deve dividere le pillole in dosi mattutine e serali, altrimenti non avranno effetto. E la donna delle pulizie viene sempre il secondo martedì del mese, quindi non chiudere a chiave la porta in quei giorni. Kenzie, stai ascoltando? La situazione qui a casa non può andare in malora solo perché..."

"Dio mio, sì, ho capito, ok? E ho la tua folle lista di tre pagine. Ora vai pure... vai a divertirti con il tuo maritino medico, ok? Vai pure a darti alla pazza gioia o quello che ti pare." Kenzie fece una risata improvvisa. "Forse siamo più simili di quanto pensassi."

"Non mi sbilancerei fino a questo punto...", rispose Addy, e Kenzie le avvolse le braccia attorno.

"Mi mancherai," disse Kenzie tanto piano da farlo sentire a malapena a Jack.

"Ci vediamo quasi ogni giorno al ristorante."

"Non è la stessa cosa."

Jack distolse lo sguardo. Quel tipo di affetto familiare lo rendeva nervoso. Era estraneo a lui, e si sentiva come se stesse assistendo ad una scena che non doveva vedere.

La sua famiglia non era molto affettuosa. Immaginò cosa sarebbe successo se avesse abbracciato sua madre nel modo in cui Kenzie aveva appena abbracciato Addy. *Imbarazzato* sarebbe stata un'ottima parola per descrivere il suo ipotetico stato d'animo, poco ma sicuro.

Si sedette sulla jeep aspettando la fine dei loro addii e non poté fare a meno di pensare alla propria famiglia a Melbourne. I suoi genitori, quando potevano evitarlo, facevano sempre in modo di non stare nella stessa stanza. E dopo la morte di suo padre, sua madre gli era sembrata... quasi sollevata. Non l'aveva mai descritta con quella parola fino a quel momento, ma era così. Come se il fardello della sua vita si fosse alleggerito.

"Pronto?" Addy si sporse verso il finestrino, un sorriso cauto sul viso.

"Io sì. E tu?"

"Credo di sì. Pronta come non mai. Non è poi così strano, vero?" chiese mentre abbassava la voce in un sussurro. "Voglio dire, in alcuni paesi le persone si sposano e non si sono mai viste prima."

"Sì. Ma comunque penso che per i matrimoni combinati ci vogliano un po' più di pensiero e preparazione rispetto a quello che stiamo facendo noi."

Teneva d'occhio lo specchietto retrovisore mentre lei lo seguiva nel suo appartamento.

"È questo il posto in cui vivi?" chiese lei, nervosa. "Qui ci vive Jeremy."

"Ah, davvero? Penso di averlo visto in giro, ora che me lo dici. Ho avuto un incontro piuttosto spiacevole con lui, e senza che nemmeno sapesse del nostro matrimonio! Forse renderlo geloso sarà più facile di quanto pensassi."

Addy si guardò intorno mentre prendeva le due scatole dalla sua macchina. Lo seguì fino a casa.

"Beh... Ci siamo." Aprì la porta con uno scatto.

Addy arricciò il naso e si guardò attorno. "Non ti sei dedicato molto alle decorazioni, eh? O all'arredamento?"

"Ho pensato che potrebbero essere alcuni dei tuoi primi doveri matrimoniali. Decorazioni e articoli d'arredamento."

"Ah ah", rispose lei, e prese una delle scatole dalle mani di lui. "Almeno hai un divano. Un divano nuovo. Ha ancora l'etichetta."

"Oh, sì, scusami", rispose lui. "È stato appena consegnato, proprio pochi giorni fa. Puoi dare un'occhiata in giro se vuoi. Ti farei fare il grande tour, ma mi sembra un po' troppo formale."

Prese una birra dal frigorifero mentre ascoltava i passi di Addy nel corridoio corto.

"C'è solo una camera da letto", disse lei terminando velocemente il tour. Gli lanciò uno sguardo accusatorio e aprì la bocca, col discorso chiaramente già pronto.

"Non ti preoccupare, starò sul divano", disse, e alzò la mano.

"Le lenzuola sono pulite e tutto è in ordine. È tutto tuo, pronto e pulito."

"Beh... Direi che va bene", rispose Addy. Fianco a fianco, uscirono di nuovo per prendere il carico successivo di scatole per poi notare il camion di Jeremy. Bloccava entrambe le loro macchine. Jeremy si stava dirigendo verso il suo condominio, ma scoppiò a ridere quando li vide.

"Che c'è di così divertente?" chiese Addy. Jack non aveva mai sentito quel tipo di tono nella sua voce. "In realtà... non m'importa. Non mi sorprende che tu pensi che il matrimonio sia uno scherzo."

"Matrimonio?" Chiese Jeremy incredulo. Si tirò giù gli occhiali da sole. "Sì, buona fortuna nel convincere qualcuno a credere a queste cazzate. Che c'è? Per caso l'australiano aveva bisogno della green card o qualcosa del genere?"

"Tu..."

Prima che Addy potesse finire, Jack la afferrò e per poco non la sbatté al suolo. Le loro labbra si incontrarono, e anche lui fu sorpreso dalla stretta magnetica che li unì. Lei emise un piccolo sussulto e lui colse l'occasione per farle scivolare la lingua tra i denti. Per un momento, si dimenticò del luogo in cui si trovava, o che fosse tutto uno stratagemma. Lo strinse col pugno dalla camicia e lo avvicinò a sé, temendo che potesse lasciarla cadere, e quel suo gesto carino gli fece battere il cuore.

Alla fine la tirò di nuovo su e lei emise un altro sussulto. Jeremy rimase in silenzio davanti a loro, e Jack fece un sorriso.

"Ma andate a fanculo", disse Jeremy con un cipiglio. Con le spalle curve, si diresse verso il suo edificio.

"È stata una recitazione da Oscar", gli sussurrò Addy.

Scaricarono il resto delle scatole sul bancone e Addy si diresse verso il frigorifero.

"Sto morendo di fame," disse. "Ero troppo impegnata a fare le valigie questa mattina per mangiare. Non c'è niente qui", disse mentre tenendo lo sportello aperto e guardandolo.

"Fino a poco tempo fa era l'appartamento di uno studente, non ricordi? Non preoccuparti, ordinerò una pizza."

"Uhm, sì, perché non ho intenzione di preparare una cena a base di birra e ... Vegemite... Estratto di Lievito Vegetale?! Seriamente?"

"Gli americani hanno mac e formaggio. Noi abbiamo la Vegemite. Cibo consolatorio, che c'è di male?"

"Sì, è tutto tuo."

"Che mi dici della birra? So che è nella lista delle cose che Addison approva."

Lei si mise le mani sui fianchi. "Intendevo cibo vero. E poi l'ultima volta che abbiamo bevuto birra insieme le cose non sono finite nel migliore dei modi."

"Va bene, va bene, chiamerò di nuovo la pizzeria."

"Di nuovo?"

"Sì, diciamo... diciamo solo che mi conoscono lì. Sono già un cliente abituale e sono qui da solo una settimana! È impressionante, vero?"

"Non proprio la parola che userei. Domani mi fermerò al supermercato dopo il mio turno. Non si può mangiare solo pizza."

"Supermercato? Quindi, stai dicendo che... sei..."

"Cosa? Capace di fare la spesa?"

"Voglio dire, non sei brava a cucinare?"

"Ti informo che ho imparato da mia madre, che cucinava tutto al ristorante prima che..." Gli occhi di Addison iniziarono a lacrimare e le sue parole pian piano si offuscarono. "Ad ogni modo, cosa vuoi? Per la cena di domani, intendo."

"Um... che ne dici di... un cheeseburger?"

"Sì certo, come se non ne mangiassi già abbastanza al lavoro. E poi non sei un dottore? Non sai che sono delle bombe per il colesterolo? Cosa ne pensi di una bella lasagna?"

"Credo vada benissimo. Cosa vuoi sulla pizza?" Non aveva visto quel suo lato autorevole, almeno non indirizzato a lui. E non era sicuro di come si sentisse al riguardo.

"Tutto tranne l'ananas. Sai che tutta la storia della pizza hawaiana originariamente è nata come uno scherzo?"

Jack compose il numero, la terza chiamata più recente nel suo registro. Sorseggiava una birra mentre la guardava disfare i pacchi, ma non riusciva a capire di quali oggetti si trattasse. Si muoveva così velocemente mentre sfrecciava tra le stanze che gli faceva venire le vertigini.

"Rallenta, frecciarossa. La pizza è arrivata", disse quando sentì bussare alla porta.

"Dove mangiamo?" chiese lei uscendo dal bagno. Si era legata i capelli in una coda disordinata e le sue guance erano arrossate per il disimballaggio. Qualcosa riguardo a quel suo stile, insieme a quella canotta e ai suoi jeans strappati, la rendeva spensierata e innocente in un modo che non aveva notato prima.

"Che ne dici del mio letto?"

"Come scusa?"

"Intendevo il divano. Giusto? Sarà il mio letto."

"Sì, sei così divertente", disse, ma accettò il piatto che lui le porse e ne prese una fetta generosa.

"Lo sai?" chiese mentre si sedevano fianco a fianco e fissavano fuori dalla finestra. "Non ho mai vissuto con una ragazza prima d'ora."

"Davvero? Mai mai?" chiese lei.

"No, mai, mai. Forse dovrei conoscerti un po' meglio per rendere l'esperienza... non così fottutamente strana. Quindi tu sei nata qui, giusto?"

"Già. Non essere geloso, dai."

"Non hai mai desiderato di scappare? Voglio dire, prima del college?"

"Solo ogni singolo giorno della mia vita. E la cosa è peggiorata quando a mia madre è stata diagnosticato... beh, diciamo solo che la mia voglia smodata di viaggiare non è morta." Afferrò un'altra fetta e appoggiò i piedi sulle scatole, un tavolino di fortuna.

"Allora perché non vai?" chiese. "Intendo soprattutto ora che puoi. Cosa ti trattiene qui?"

"Hai visto mia sorella", disse Addy con una risata. "Pensi sia in grado di gestire il tutto? O anche solo una cosa...?"

Jack rifletté. "Non è così male. È ancora una ragazzina. Pensaci un attimo. Adesso potresti essere... non so, sull'Himalaya a fare un'escursione! O qualcosa del genere."

Addy gli lanciò un'occhiata. "Sai che costa oltre sessantamila dollari scalare l'Everest? Ed è solo per provare l'esperienza, nessuno ti garantisce che arriverai in cima. Sei cresciuto con i soldi, vero?"

"Mmm, credo di sì. Perché?"

"Perché sessantamila dollari sono tanti soldi. Allontanarsi da tutto per passare intere settimane per "ritrovare sé stessi" o qualunque altra cosa costa un sacco di soldi. E se non ce l'hai... beh, ti abitui a guardare il paesaggio intorno a te. E tieni la testa bassa. Se fossi nato nella mia famiglia, ringrazieresti il cielo di essere arrivato a ventitré anni. Ho capito, crescendo, che la vita è un bene prezioso..."

"Non intendevo dire il contrario. Cambiamo argomento. Parlami di qualcosa che ti piace."

"Qualcosa che mi piace?"

"Sì, qualsiasi cosa."

"Gelato alla fragola."

"Un palato abbastanza esigente. Ma sono d'accordo."

"Dimmi qualcosa che piace a te."

"Base jumping e immersioni in acque profonde."

"Scelte molto parsimoniose."

"Ehi, io non ti giudico, e allora tu non giudicare me. Tocca di nuovo a te."

"Fotografia", rispose lei prontamente.

"Guardare fotografie o scattarle?"

"Entrambe. È il tuo turno."

"Auto da corsa."

"Guardarle? O possederle e gareggiarci?"

"Entrambe", disse un po' imbarazzato. "È il tuo turno. Un'altra."

"Arte", disse, e guardò in lontananza.

"Questa non conta. La fotografia è arte."

"Sono contenta che la pensi così", disse con un piccolo sorriso.

"Dovresti davvero andare a Roma e Parigi. E Barcellona! E Medellín, le statue di Botero in giro per la città sono incredibili..."

"Il tuo status di privilegiato sta emergendo alla grande", disse con un luccichio negli occhi.

"Forse un giorno ci andremo insieme."

Addy si mise dritta a sedere, rigida. "Non... insomma, non facciamo piani o robe del genere. Tutto questo non è reale, ricordi?"

"Che c'è? Stiamo falsificando un matrimonio, non possiamo falsificare una luna di miele? Non è nulla di grave. In ogni caso vorrei davvero andarci, e comunque apprezzerei la compagnia..."

Addy si alzò, raccolse i tovaglioli e i piatti sporchi.

"Ci penso io", disse lui. Afferrò i piatti e li gettò nella spazzatura.

"Che stai facendo!?"

"Ne compreremo di nuovi", disse con un'alzata di spalle.

"È uno spreco. E anche un gesto arrogante," disse con un'espressione accigliata.

"Scusami. Cosa vuoi fare ora? Posso accendere Netflix e..."

"In realtà sono stanca. Penso che andrò semplicemente a letto."

"Letto? Ma sono solo le dieci!"
"Qui qualcuno ha il turno di apertura."
Scomparve in camera da letto con un semplice clic della porta.
Dannazione. Ma le donne sono tutte così permalose?

6
―――

Addy gemette mentre lanciava i suoi zoccoli Dansko neri e rigati nella stanza dei piccoli impiegati nascosti dietro la cucina. Perfino la bassa stagione di Tahoe la metteva a dura prova ad ogni turno.

Nelle ultime otto ore era stata in piedi mentre correva da un tavolo all'altro o piegava sapientemente dei tovaglioli di stoffa attorno alle posate.

Si tolse le mance dalle tasche e dal grembiule. Addy era stata messa nei turni per gli ultimi dieci giorni consecutivi, senza contare il giorno in cui aveva interrotto i postumi della peggior sbornia di sempre.

Grazie a Dio le due nuove ragazze che ho assunto inizieranno presto, pensò.

"Ehi!" Sua sorella era in piedi sulla soglia, fresca e pronta a subentrare nel passaggio dal turno del pranzo a quello dell'aperitivo. "Hai visto Dawn?"

"Sì", disse Addy con un sospiro. "Penso abbia fatto una scappata verso un cassonetto pochi minuti fa. Non dovevi occupartene tu, Kenzie?"

Sua sorella arricciò il naso.

"Mi dispiace, stavo facendo tardi", rispose. "Ho dovuto fermarmi per un caffè, lo sai. Non riesco a lavorare bene durante il turno di notte senza una bella botta di caffeina."

Kenzie sollevò il suo caffè da sei dollari.

"Qui ce l'abbiamo il caffè, sai. Gratis. Hai contato di nuovo le casse? Assicurati anche che siano stati sostituiti tutti i menù con quelli della sera. E non dimenticare il..."

MacKenzie roteò gli occhi e si voltò.

"Sì, farò tutto! Accidenti, vai a casa. Tutti questi turni mattutini ti stanno rendendo irritabile."

"Kenzie!" Addy chiamò la sorella che se ne stava andando.

Scattò in piedi per seguirla e sentì tutta la stanchezza delle ultime ore colpirla d'improvviso.

"Accidenti," sussurrò sottovoce, ma spinse di nuovo i suoi piedi doloranti nelle scarpe. La chiamò di nuovo mentre sfrecciava lungo il corridoio per acciuffare sua sorella. "Kenzie!"

"Che c'è?" Chiese Kenzie seccata. "È solo un ristorante. Non si tratta di un intervento al cervello o qualcosa del genere."

"Lo sai perché è importante! E non è "solo" un ristorante. È il ristorante di papà. Il ristorante di mamma e papà... "

Kenzie sospirò e posò il caffè.

"Lo so", disse lentamente. "Pensi l'abbia dimenticato? E non è la prima volta che me lo ricordi."

Addy incrociò le braccia.

"Penso tu l'abbia dimenticato? Forse sì. La scorsa settimana hai dimenticato tre volte alcune attività di base per l'apertura e la transizione. Menomale che per te *non si tratta* di neurochirurgia."

"Addison Marie Fuller," disse Kenzie inclinando la testa di lato. "Mi stai forse dicendo che non mi reputi abbastanza intelligente per essere un chirurgo cerebrale?"

"Davvero non capisco perché tu debba rendermi tutto così difficile" brontolò Addy.

Kenzie si sporse in avanti e la baciò sulla guancia, proprio come faceva la loro mamma.

"Ti preoccupi troppo", rispose Kenzie. "Non ti fa bene. Ti spunteranno delle rughe premature."

Mostrò ad Addy quel sorriso dorato che funzionava su tutti gli altri prima di schizzare via dalle porte del salone verso la parte anteriore dell'edificio.

"Hai dimenticato di controllare di nuovo le casse", disse Addy piano.

Erano ancora impilate ordinatamente con la calligrafia precisa di Addy sui rotoli di nastro del punto vendita. Inspirò profondamente e cominciò a contarle di nuovo da sola.

Non c'è modo che Dawn possa farlo, pensò.

Addy e Kenzie avevano imparato rapidamente che, sebbene Dawn potesse affascinare la clientela e trarne il maggior numero possibile di mance, era un caso perso quando si trattava di matematica.

"Oh, mio Dio! Addy. Ehi!" la testa di Kenzie sbucò dalla parte posteriore.

"Che c'è adesso?" chiese Addy. "Seriamente, non ti aiuterò con..."

"Shh." Disse Kenzie sussurrando in modo teatrale. "Jeremy è appena entrato."

"Jeremy?"

"Non guardare", disse Kenzie.

"Non guardare!? Perché dovresti tornare per dirmi che lui è qui se poi non vuoi che guardi!"

"Volevo solo che lo sapessi. Nel caso in cui, sai, volessi decidere di uscire dal retro..."

"Perché dovrei sgattaiolare dal retro come se fossi *io* quella che ha fatto qualcosa di sbagliato?" chiese Addy.

All'improvviso si rese conto che doveva sembrare una barbona e puzzava di fritto. Si odiava per questo, ma istintivamente allungò una mano per valutare quanto fosse disordinata la sua coda di cavallo.

"Beh..." Kenzie si spostò da una parte all'altra e si guardò alle spalle.

"Kenzie, che c'è? Ho davvero un aspetto orrendo?"

"È solo che, sai, non è solo."

Addy guardò sua sorella, accartocciando la faccia in una smorfia. "Che vuoi dire?"

"C'è una tipa con lui", disse Kenzie guardando il pavimento.

"Vuoi dire Shannon." Prese una pila di tazze che erano state riposte a casaccio e le raddrizzò. "Già sapevo di loro."

"Mi dispiace." Disse Kenzie. Non avrei dovuto dire nulla. È solo che l'ho visto - con lei - e non volevo che tu..."

"Tranquilla, non è colpa tua", aggiunse Addy. "Venire qui in questo modo, con lei..."

"Che mossa del cazzo", disse Kenzie. Lo spirito da sorellina cominciò ad emergere, pronto a combattere per Addison. "È uno stronzo."

"Sì, beh. Lei non è da meno", rispose Addy.

Erano passati cinque anni da quando si era diplomata al liceo, ma vedere Shannon di persona dopo tutti quegli anni la riportò a quando ne aveva diciotto. Aveva frequentato le lezioni con Shannon da quando erano in prima media.

Non erano mai state amiche, ma più o meno all'ultimo anno di liceo Shannon aveva deciso che Addy era un bersaglio. Ricordava ancora gli insulti che riecheggiavano nei corridoi.

"Lui sta un po' male," disse Kenzie. "Penso che stia diventando prematuramente calvo."

"Si è rasato, Kenzie", rispose Addy.

Si detestò all'istante per averlo difeso. Soprattutto dopo il modo in cui si erano lasciati.

Si erano frequentati per un anno, e durante gli ultimi due mesi Addy aveva cominciato a pensare di essere semplicemente passati alla fase più rilassata della loro relazione.

La tappa della luna di miele non era stata quell'esplosione fuochi d'artificio di cui aveva sempre sentito parlare, ma al liceo Jeremy era due anni più avanti rispetto a lei e Shannon.

Quarterback della squadra di calcio, ogni anno veniva eletto re della sua classe e, naturalmente, re del ballo quando fu all'ultimo anno. Ricordava ancora il peso sorprendente della corona quando gliel'aveva fatta provare sei mesi prima.

Ma poi Jeremy aveva cominciato la sua ascesa sociale come venditore in uno dei negozi di gioielleria più prestigiosi della città. Sfortunatamente, ciò significava che aveva sempre meno tempo per lei. Quando alla fine aveva trovato il coraggio di affrontarlo per la sua negligenza nei suoi confronti, lui aveva semplicemente scosso le spalle con disinteresse .

"E quindi, vuoi che la finiamo qui?" chiese lui.

Come se per lui non significasse niente. Come se *lei* non significasse niente per lui.

Quella notte aveva lasciato il suo appartamento in lacrime, e solo pochi giorni dopo l'aveva visto per la prima volta mentre si appartava con Shannon. Probabilmente non aveva nemmeno scelto Shannon per disturbare Addy, semplicemente di Addy non gli importava proprio nulla.

Kenzie le diede una gomitata nelle costole.

"Vado a cacciarli", concluse. "Non riesco a credere che abbia avuto il coraggio di entrare qui..."

Addy le afferrò il braccio.

"No, lasciali stare", controbatté.

Kenzie la guardò negli occhi.

"Bene", disse alla fine. "Ma non li servirò io."

Fianco a fianco, sbirciavano attraverso le porte. Shannon scoppiò a ridere e i suoi lunghi capelli di platino le ricaddero sulla schiena. Addy sospirò.

Jeremy era sempre stato il ragazzo figo al liceo, quello che in qualche modo riusciva sempre a trovare quell'equilibrio tra cattivo ragazzo e tipo popolare. Anche adesso, era ancora bellissimo. I suoi capelli rasati biondo cenere incorniciavano i suoi lineamenti marcati e la mascella quadrata.

Ma Kenzie ha ragione, pensò fra sé e sé. *I suoi capelli stanno cominciando a diminuire. Ecco perché li rade.*

Scosse la testa e cercò di allontanare il suo lato cattivo. Non poteva negare che fosse ancora innamorata di lui.

Sii onesta con te stessa, si disse. *Jeremy a malapena ti ha prestato attenzione negli ultimi anni. Forse sono un po' patetica, ma come avrei potuto pensarla diversamente? Era il primo ragazzo fantastico che avessi mai frequentato.*

Gli altri, non che poi ce ne fossero stati molti altri, erano ragazzi bravi e mansueti, ma non c'era quel fuoco.

Non che ci si possa aspettare molto da qualcuno che lavora in un negozio di videogiochi, pensò ancora. *O uno sviluppatore di software al livello principiante.*

Con Kenzie premuta contro il suo fianco, vide Dawn sculettare e attraversare la sala da pranzo a caccia di mance. Dawn aveva trentacinque anni ed era sposata, completa di una pietra di dimensioni spropositate sul dito, eppure ciò non la tratteneva dal flirtare. Emise un fischio degno di un murature quando due giovani ragazzi entrarono e si diressero verso il bar.

Addy si tolse il grembiule e si diresse di nuovo verso il corridoio. Afferrò i libri di contabilità del ristorante per portarli a casa.

È ora che me ne occupi, pensò. *E per nulla al mondo uscirò dal retro come una specie di criminale.*

Cominciò a stilare una lista delle cose da fare mentre apriva le porte del salone e attraversava la sala da pranzo.

Confronta le schede dei prezzi richieste dai fornitori. Organizza il calendario per la prossima settimana. Scrivi quella risposta alla lettera dell'OSHA.

"Addison! Sono felice di incontrarti." Addy si voltò, le sue braccia erano piene. Shannon le andò incontro.

"Tu saresti...? In... In che modo posso aiutarti?"

Avrebbe potuto prendersi a calci sé stessa per averle fatto quella domanda, ma erano ancora nella proprietà del ristorante. In fondo era ancora la manager.

"Volevo soltanto ringraziarti."

"Ringraziarmi?"

"Beh, sì." Shannon si passò una ciocca di capelli dietro l'orecchio. "Jeremy ed io, siamo davvero felici. E devo ringraziare te per questo."

"Me? Perché, cosa ho fatto?"

"Lui mi ha raccontato tutto. Circa, sai, la tua relazione", disse, e abbassò la voce. "È un bravo ragazzo, e so che stava cercando di farti un favore uscendo con te. Il fatto che volesse dare una spinta al tuo ego e tutto il resto."

"Come scusa?"

"Oh, non prendertela. Ma ti ringrazio per non averlo implorato di restare con te ancora un po'. Sai che lo avrebbe fatto. È stato davvero grande da parte tua, comportarti da adulta riguardo a questo. Voglio dire, sappiamo entrambe che meritava di meglio. E sono contenta di essere stata lì quando lui è riuscito a smettere di essere così caritatevole."

"Esci dal mio ristorante", rispose Addy. La sua voce tremava e le lacrime stavano per caderle dagli occhi, ma si rifiutò di lasciare che prendessero il sopravvento.

"Come? Ehi, sto cercando di dire cose carine!"

"Vattene dal mio ristorante!" urlò Addy. Il silenzio intorno a loro era palpabile. Poteva sentire tutti gli occhi del ristorante su di lei. Sentì una posata cadere a terra.

"Patetica..." disse Shannon con un sorriso.

Addy si voltò, coperta di vergogna, e corse alla porta principale con i pesanti libri tra le braccia.

"Ehi! Tutto bene?" Per poco non sbatté contro Jack intento a varcare le porte.

"No", piagnucolò. "È solo che... per favore, puoi portarmi da qualche altra parte?"

"Certo", rispose lui. "Sali, la mia macchina è proprio qui."

Lo seguì fino alla sua macchina, ancora ricoperta di vergogna.

7

Jack fece scivolare lo sguardo su Addy. Era preoccupato per lei. Sembrava ignorare completamente il suo sguardo, appoggiata lì contro il finestrino, con il viso premuto contro il vetro. Aveva le guance rigate di lacrime, sebbene avesse smesso di piangere.

"Ehi", disse lui. "Dov'è che fanno il panino più grande e più grasso della città?"

"Ehm. Oh. Non lo so. Forse Boudreaux's? Hanno dei poboys in stile New Orleans."

Tirò su col naso, ancora di mal umore. Almeno aveva risposto alla sua domanda. Voleva chiederle perché fosse così arrabbiata, ma tenne a freno la sua lingua. Forse più tardi, dopo che si fosse calmata.

"Dove vado?" chiese.

"È su Main Street, vicino all'ufficio postale" mormorò. Tornò a guardare fuori dal finestrino.

Si diresse verso il ristorante, parcheggiò lì vicino. Boudreaux si rivelò essere un buco, tutto fatto in legno di pino grezzo. Addy lo seguì, ovviamente ancora offuscata dai suoi pensieri.

Era il tipico luogo in cui si ordina e si mangia in piedi, quindi guardò il menu appeso sopra la cassa. Dopo un minuto, ordinò un pollo arrosto e delle patatine fritte. Dopo un po' di incoraggiamento, Addy ordinò un poboy con ostriche con impanatura di farina di mais.

Jack la guidò verso un tavolo e si sedettero. Sembrava che Addy non fosse dell'umore giusto per parlare, così lui si diede da fare strappando alcuni scottex di carta dal rotolo e piegandoli a forma di gru.

"Un uccello?" chiese lei incuriosita quando le mostrò la prima forma.

"Una gru", rispose lui, cacciando la lingua mentre cercava di concentrarsi per fare una piega particolarmente accurata.

"Dove hai imparato a fare gli origami?"

La guardò con la coda dell'occhio e vide che lo stava osservando avidamente, con gli occhi incuriositi. Soffocò un sorriso. Aveva già usato gli origami in precedenza per impressionare le donne, ma non per affascinarle e risollevarle dal cattivo umore.

"Me lo ha insegnato mio padre" rispose. "Era un chirurgo, quindi studiava l'arte dell'origami come un modo per affinare la sua manualità. Ha sempre avuto una sorta di creazione di carta in tasca."

"Sembra divertente."

"Sì, lo era. Tornava a casa da un lungo turno in ospedale e si svuotava le tasche. Ci mostrava di aver creato gru, rane e fiori, e poi io ci giocavo. È una delle cose che mi sono mancate di più dopo la sua morte."

Si morse il labbro, ma l'espressione di curiosità era ancora chiara sul suo viso. Un cameriere portò il cibo e rimasero in silenzio per un minuto mentre assaggiavano il tutto. Addy afferrò una delle patatine di Jack, mostrandogli un sorriso fuggevole quando lui sollevò un sopracciglio.

Lui staccò un grosso boccone del suo panino, riuscendo a far cadere arrosto di manzo e lattuga ovunque. Addy rise e strappò un altro tovagliolo di carta per porgerglielo.

"Grazie", disse, asciugandosi la bocca. "Non stavi scherzando sul livello d'informalità del posto. Dio, comunque è davvero buono."

"Non sbaglio mai col cibo". Rimarcò la sua osservazione facendo un morso enorme del suo panino e sospirando di piacere mentre masticava. "Sanno davvero come fare un panino qui."

"C'è un qualcosa d'intrigante nel guardare una bella donna maneggiare un panino delle dimensioni della sua testa..." scherzò.

"Sei solo geloso di non aver preso le ostriche." Lei fece un sorrisetto.

"Quindi vuoi sapere della morte di mio padre, giusto?" azzardò lui.

Fece un'espressione seria e annuì. "Non voglio rattristarti. Ma sì, vorrei sapere."

"Facciamo un patto: ti parlerò di lui se mi dirai perché prima hai lasciato il tuo ristorante in lacrime."

Lei fece una smorfia ma annuì. "Va bene, è giusto."

"Va bene", rispose lui dopo un altro morso. "Allora, mio padre è morto per la malattia di Huntington quando avevo tredici anni."

Gli occhi di Addy si spalancarono. "Davvero?"

"Già. I miei genitori erano già sposati quando hanno scoperto che mio padre aveva questa malattia. L'ha ereditata, ovviamente. Per quanto ne so, probabilmente l'ha avuta anche mio nonno paterno, ma è morto in un incidente d'auto quando mio padre era un bambino."

Spinse via gli avanzi del suo sandwich.

"Se non ti dispiace che te lo chiedo, ti sei sottoposto a dei controlli per vedere se ne sei portatore?"

"Sono stato visitato quando ho compiuto diciotto anni", rispose, giocando con una delle gru in carta assorbente. "Sono risultato negativo. È stata mia mamma ad insistere per il controllo. Se fosse dipeso da me, non lo avrei fatto."

"Perché no?", chiese Addy.

"Non lo so", disse Jack sinceramente. "A che pro? Non è che si possa fare qualcosa se avessi la malattia. Probabilmente non dovrei dirlo in quanto medico, ma penso che a volte è destino che alcune cose accadano. Che differenza farebbe se sapessi di avere il gene di Huntington o no?"

"Credo sia vero", disse lei annuendo lentamente. "Tuttavia, ci sono cure sperimentali. Più tempo per prendere in considerazione terapie naturopatiche o alternative in combinazione con le migliori pratiche della medicina occidentale. Se fossi stata in te..."

"Ma non lo sei", rispose semplicemente lui. Poi le sorrise per farle capire che non la stava giudicando.

"No. Suppongo di no."

"Sei soddisfatta adesso?"

Fece una smorfia provocando in lui una risata.

"Fammi sapere se sono indiscreta, sul serio", disse, scuotendo il dito verso di lui. "Quindi è tuo padre la ragione per cui sei entrato a medicina?"

"Sì", disse Jack. "Immagino di sì. Voglio dire, è stato un chirurgo per anni, e poi è stato curato da così tanti dottori... Credo di essere stato in giro per gli ospedali durante tutti i miei anni di tirocinio."

Lo aveva sempre saputo, ma non l'aveva mai detto ad alta voce prima.

"Non è raro", disse Addy. "Ho sentito parlare di molti medici che hanno trascorso un periodo eccessivo di tempo negli ospedali da bambini. Sia a causa di una loro malattia, sia a causa di quella di un membro della famiglia."

"Mmm," disse Jack senza impegno. "Va bene. "Basta parlare di me. Raccontami di quello che ti ha fatto piangere al ristorante."

"Oh", disse lei, diventando rossa. "Sembrerà sciocco, dopo... tutto il tuo discorso."

"Eppure, è questo quello che voglio sapere. Abbiamo fatto un accordo, ricordi?"

"Beh, allora ridimensiona la tua prospettiva tanto per cominciare. Ma... beh, hai presente il mio ex?"

"Si. Jeremy. È un bel soggetto."

"Ebbene, è entrato con la sua nuova ragazza."

"Nel tuo ristorante?"

"Sì. Shannon. È una ragazza con cui sono andata al liceo e da allora non è cambiata nemmeno un po'. È ancora bionda, carina e *stronza*."

"Li hai buttati fuori?" chiese. Il cameriere arrivò e portò via i loro piatti, e Jack si affrettò a lasciare un pezzo da venti sul tavolo.

"Beh... Ho detto: "esci dal mio cazzo di ristorante". Ma solo dopo che mi ha detto cose davvero atroci. E poi ho pianto e sono corsa fuori. Ed è stato allora che mi hai incrociata."

"Accidenti! Beh, l'hai almeno messa in imbarazzo durante il battibecco?"

"Voglio dire, ho fatto una scenata. Tutti nel ristorante si sono voltati e ci hanno guardato."

"Brava ragazza", disse lui appoggiandosi allo schienale. "E poi, che cazzone! Portare la sua nuova tipa nel tuo ristorante... "

"L'intera scena è stata ridicola."

"Non per cambiare argomento, ma... ti va un gelato? Penso che ci sia un posto a pochi metri da qui."

Addy rise, scuotendo la testa. "Gelato, dopo un sandwich poboy? Questo sì che è cadere in basso."

"Devi sapere che io tratto *tutte* le mie mogli così bene. Soprattutto quelle fighe", disse, facendole l'occhiolino. Lei arrossì. Quel colorito le stava bene, il rosa chiaro metteva in risalto l'azzurro dei suoi occhi.

"Va bene, beh dato che tratti tutte le tue mogli in questo modo..."

Si alzò e le offrì il braccio, e lei si alzò a sua volta e accettò l'offerta. Il suo tocco era leggero, ma lui si sentiva comunque un po' carico, come se fosse fatta di pura energia.

Mentre camminavano per il quartiere, lui la guardò dall'alto verso il basso. Era abbastanza alta per essere una donna, ma lui col suo metro e ottanta la superava ugualmente.

Riusciva facilmente a immaginarsi a letto con lei, lei raggomitolata sul suo fianco, intenta a leggere un libro. Si sarebbe incastrata bene contro di lui, la sua carnagione abbronzata si sarebbe scontrata contro quella impeccabilmente pallida di Addy.

Poi fece l'errore di pensare al motivo per cui sarebbero stati a letto insieme. Riusciva ad immaginarla alla perfezione mentre cavalcava il suo cazzo, con la testa piegata all'indietro e la bocca aperta. Dio, le cose che avrebbe potuto fare a quella dolce bocca...

"Aspetta", disse lei tirandolo dal braccio. "È questo, Cinquanta Leccate."

"Oh", disse lui.

Accidenti, anche il modo in cui leggeva l'insegna della gelateria era sexy.

Aprì la porta, lasciando il suo braccio. Lui la seguì dentro, turbato. Non era sicuro del perché stesse avendo queste fantasie su di lei.

Non che non fosse bella. Lo era, davvero.

Semplicemente non era il suo tipo. Tutte le sue ex somigliavano a Rosalie; erano alte, magre e slanciate. Di solito bionde, con una personalità competitiva. Il problema era che era stato con Rosalie. Lei era il sogno supremo, giusto?

Ma non era finita bene con lei. Se ricordava correttamente, aveva scaricato Rosalie in modo piuttosto spettacolare.

Guardò Addy, china sulla vetrina, intenta ad esaminare i vari gusti. Era così minuta e mancava della grazia longilinea che tutte le sue ex avevano in modo smisurato. Eppure aveva un qualcosa.

Un qualcosa di unico. Si voltò verso di lui, il suo enorme sorriso era contagioso. Era entusiasta di un gusto, così lo invitò a provarlo.

Lei si avvicinò mentre riceveva due assaggi dalla ragazza dietro il bancone. Gli offrì uno dei cucchiai rosa con una piccola pallina di gelato al cioccolato e lui lo prese.

"Mio Dio", esclamò lei chiudendo gli occhi. Fece un secondo assaggio, assaporandolo. "È così buooono."

Era buono, ma guardare lei mentre lo assaporava era di gran lunga meglio.

"Prendiamo due di questi," disse Jack alla ragazza dietro il bancone. "In coni di cialda."

Addy finì l'assaggio e lo guardò divertita. "Ma abbiamo assaggiato solo questo!"

"So cosa mi piace", disse lui con un'alzata di spalle. "Sono un tipo semplice."

"Vorrei essere anch'io come te", rispose Addy mentre lui pagava i gelati. "Ho sempre paura di perdermi qualcosa di davvero fantastico a causa di qualcos'altro che è solo *buono*."

"Sei affetta da FOMO?"

"Eh?"

"Fear Of Missing Out. La paura di perdersi qualcosa. È questo il nome per la sensazione che hai appena descritto."

"Ah. Beh sì, credo di sì."

Addy si diresse fuori dal negozio, dove trovarono posto ad uno dei tavoli. Jack la guardò mentre leccava i lati del suo gelato, facendo attenzione a non lasciarlo gocciolare. Vide la sua lingua rosa uscire e rientrare nella sua bocca, ancora e ancora.

Scosse la testa e si concentrò di nuovo sul proprio cono gelato. Se non fosse stato attento, sarebbe finito col fantasticare su tutte le altre cose che Addy avrebbe potuto fare con quella sua piccola bocca...

E non era quello l'obiettivo della loro uscita. Dannazione, non era affatto l'obiettivo di tutto il loro rapporto, anche se stava iniziando ad avere dei dubbi.

Qual era lo scopo della loro... relazione? Poteva sbattere chiunque in faccia a sua madre. Perché proprio Addy?

La guardò e lei gli fece un sorriso sbilenco. Lui ridacchiò.

Si disse che non aveva bisogno di uno scopo. Avrebbe potuto svegliarsi vicino a chiunque a Reno. Non si trattava di lei.

... Giusto?

8

Poteva capire già solo aprendo gli occhi all'alba che Jack non era in casa. Aveva una presenza quando c'era, indipendentemente dalla stanza in cui si trovava, che si faceva sentire costantemente.

Addy si stiracchiò sul letto e premette più a fondo nel nuovo materasso rigido. Avevano vissuto insieme per soli cinque giorni e si erano visti pochissimo in quel lasso di tempo. Non che avesse qualcosa in contrario.

Addy si era affrettata a firmare per i doppi turni al ristorante. Aveva addestrato lei stessa i nuovi assunti e Kenzie era felice di saltare quell'aspetto del lavoro.

Le ore di Jack all'ospedale erano aumentate velocemente da quando i cittadini si erano resi conto che il centro medico era più conveniente rispetto alle altre opzioni, e il fatto di sembrare dei veri medici non rovinava di certo la loro reputazione.

Di tanto in tanto, si incontravano nel corridoio o si imbattevano l'uno nell'altra in cucina. Quegli incontri di solito comportavano un "ciao" educato e niente di più. Alcune volte, Addy si era precipitata fuori dalla porta proprio mentre Jack tornava a casa dopo un turno di diciotto ore in ospedale.

È davvero così la vita matrimoniale? si chiese. Se davvero era così, non sembrava si stesse perdendo molto.

Anche se era distesa, sentiva che le facevano male i piedi per tutte quelle ore in piedi al ristorante. Il suo avambraccio destro era stanco di trasportare pesanti vassoi.

Addy prese il quaderno che teneva accanto al letto e lo aprì su una pagina vuota. Con una matita di carbone duro, iniziò a disegnare la prima cosa che le venne in mente. Una fetta di torta di ciliegie che aveva fatto cadere il giorno prima in mezzo alla sala da pranzo.

Le era schizzato tutto come sangue sul suo grembiule bianco e sui pavimenti appena lavati. Qualcuno al bar le aveva fatto un piccolo applauso.

"Non riesci a pensare ad altro oltre al lavoro?" si chiese mentre colorava i dettagli.

I grossi pezzi di zucchero fatticcio che la sovrastavano. Il modo in cui il fornaio aveva piegato con cura il bordo fatto di crosta. Odiava sé stessa per non riuscire a disattivare la modalità lavoro, ma finì ugualmente lo schizzo.

Completato, chiuse il libro e si tirò fuori dal letto. Alla fine, sarebbe stata in grado di rifornire completamente la cucina come aveva promesso a Jack. Dopotutto cosa c'era di meglio da fare durante un giorno libero se non arrancare nelle faccende domestiche?

Inoltre, in bagno mancava tutto tranne un rivestimento doccia.

Potrei occuparmi anche di questo.

Addy allungò le braccia sopra la testa mentre camminava verso la cucina. Chiuse gli occhi e si godette l'aria fresca contro il suo ventre nudo mentre la sua maglietta si arrampicava sull'addome. Spalancò gli occhi quando la porta laterale della cucina si aprì.

"Alla buon ora, piccolo ghiro", disse Jack. Aveva nelle mani due caffè presi a un takeaway.

"Oddio! Jack, pensavo lavorassi oggi."

"Sì lavoravo, ma ho appena staccato. Caffè?"

"Non sei... non sei stanco?"

"Stanco? Ma se è mattina."

"Sì, ma non per te."

"Vuoi il caffè o no?"

Addy si morse il labbro e guardò le due grandi tazze di carta bianca. "Che caffè è?"

"Non so. Americano, penso."

"Nero?"

"Cosa, mia moglie è per caso razzista?"

"Intendevo... non importa. Mi piace con molta panna e il dolcificante. Che immagino tu non abbia."

"Già, hai indovinato. Ma ho zucchero e latte scremato."

Addy arricciò il naso, e prese il cartone quasi vuoto del latte quando lui glielo porse.

"Scade oggi", rispose lei.

"Bene, allora tanto meglio se lo usi." Jack spinse verso di lei il sacchetto di zucchero bianco e rosa con all'interno un cucchiaio incastrato.

Addy aggiunse quella che pensava fosse la minima quantità possibile per rendere sopportabile il caffè.

"Allora... Oggi è il tuo giorno libero, vero? Qual è il piano? Cosa vuoi fare?"

Guardò Jack attraverso le sue folte ciglia. *Dio, era davvero impaziente di uscire.*

"Beh, stavo per andare a fare la spesa. E il bagno ha davvero bisogno di..."

"Stavo pensando di fare parapendio", la interruppe.

Aveva tolto il coperchio dal caffè e aveva mandato generosamente giù il liquido fumante.

"Parapendio", ripeté lei.

"Certo! È una grande opportunità che abbiamo qui in zona, ho dato uno sguardo. E ci godremo la magnifica vista di Reno", disse con un occhiolino.

"Jack, non ho tempo per..."

"Dai, ci siamo appena sposati, no? Non dovremmo mettere tonnellate di foto su Facebook o qualcosa del genere? Inquinare tutti i nostri profili social con foto felici?"

Addy rimase in silenzio. Touchée.

Qual era il punto di tutto questo imbroglio se non lo avessero davvero sbandierato? Chi sarebbe stato geloso di loro se tutto ciò che facevano scompariva nel loro lavoro?

"Beh sì, immagino di sì... Dio, ma come fai ad avere tanta energia? Quando è stata l'ultima volta che hai dormito?

Lui le sorrise ma rimase in silenzio. Quello sguardo le fece battere forte il cuore.

"Ebbene?" chiese lei per riempire il silenzio.

"Ho appena dormito sette ore di fila nella stanza dell'ospedale. Ho completamente ricaricato le mie batterie."

"Hai *dormito* lì? Non avevi i turni di notte? Perché non sei tornato a casa? " Era strano dire a casa, ma Addy non sapeva come dirlo diversamente.

"Ti manco?" chiese lui con un occhiolino.

"No! Volevo solo dire che..."

"Addy. So che è strano farmi dormire qui. Ho finito il mio turno, era notte fonda e sapevo che probabilmente mi sarei svegliato se fossi tornato a casa. C'era un letto proprio lì. Sai, dopotutto il divano qui non è il massimo del comfort."

"Scusa," rispose lei, e abbassò gli occhi.

"Non preoccuparti. Allora? Parapendio?"

"Fammi prendere la mia macchina fotografica."

Addy indossò un paio di jeans, afferrò la borsa e la reflex digitale e si infilò gli occhiali da sole mentre raccoglieva i suoi capelli in una coda di cavallo disordinata.

Jack tenne aperta la portiera della sua Jeep: il lato del passeggero era l'unica parte dell'auto che aveva una parvenza di porta, sebbene fosse solo un semplice telaio.

"Oh, quindi è un vero e proprio appuntamento?" lo prese in giro.

Lui si strinse nelle spalle e saltò al suo fianco. Mentre si immettevano nell'autostrada, il vento e i suoni di Tahoe si abbattevano contro di lei.

Fra tutte le macchine che poteva scegliere, doveva andare con una jeep aperta senza tettuccio o lati. Ma dovette ammettere che quella macchina gli si addiceva. *Sembra davvero a suo agio così, con il vento tra i capelli, un uomo al controllo di ciò che lo circonda.*

"Ti dispiace se facciamo una deviazione?" le gridò attraverso il vento.

"Cos'hai in mente?"

"Forse una capatina all'attuale progetto di costruzione del padre di Jeremy? È lui che se ne sta occupando, vero?"

"Sì, come... come lo sai?"

"Non è difficile scoprire le cose in una piccola città", disse, e le sorrise.

Mentre si avvicinavano al sito, gli addetti ai lavori tirarono su le mani guardando Jack e gli fecero segno di rallentare. Addy individuò immediatamente il camion di Jeremy, il più grande sul posto.

Mentre passavano lentamente, lei vide la schiena larga di Jeremy. Indossava quella maglietta dei Metallica che Addy aveva sempre odiato.

Jeremy sentì i loro occhi su di lui e si voltò lentamente. Il caschetto che indossava proiettava un'ombra cattiva sul suo viso. Addy sorrise a Jack.

"Penso abbia funzionato", disse.

"Ma certo che ha funzionato, tesoro" rispose lui.

Jack manovrò la Jeep su una pista sporca che Addy non aveva mai notato prima. Mentre salivano in alto, vide una Jeep sconosciuta, una con le porte vere e un uomo con quello che sembrava uno strano aereo di carta sovradimensionato sulla scogliera.

"Cosa significa tutto questo?" gli chiese nervosamente, "Pensavo che avremmo fatto parapendio."

"Già ma in realtà planeremo. Come con un aliante."

"Un *aereo*?"

Jack prese uno zainetto dal sedile posteriore e saltò fuori. "Allora che fai, vieni?" chiese.

Si arrampicò dietro di lui e lo raggiunse proprio mentre Jack dava una pacca sulla schiena al professionista. "È un po' come il paracadutismo?" chiese Addy. "Come il tandem, o come si chiama? Ci fai salire tu?" Chiese all'uomo con in divisa ufficiale col logo "Sail Away".

"Io?" chiese la guida. Sembrava vagamente familiare. Addy era sicura che fossero andati a scuola insieme. "Voglio dire, potrei anche. Ma Jack ha detto che..."

"Sono un pilota esperto", le disse Jack. "L'ho fatto moltissime volte, non preoccuparti."

"Non preoccuparti?" ripeté lei incredula.

"Okay, ora, dato che Jack ha la licenza e guiderà lui, devo solo illustrarti brevemente le procedure di sicurezza di base, Addy."

La guida cominciò a spuntare il suo discorso preparato, ma il cuore di Addy batteva così forte nella sua testa che non riusciva a digerire nulla di ciò che il tizio stava dicendo. Invece, osservò l'aliante, consapevole di quanto fosse fragile.

La superficie reale del mezzo era minuscola, e le ali e la coda si estendevano lunghe e sottili. Sembrava un po' la versione top model di un aereo.

"Capito?"

"Scusa...come?" chiese imbarazzata e guardò la guida.

"Basta firmare la liberatoria, qui, in tutte le caselle vuote."

Guardò Jack.

"Vai", disse lui. "Fidati di me."

Addy non sapeva cosa l'avesse spinta a farlo, ma guardò la sua stessa mano impugnare la penna e firmare. Non avrebbe potuto fermarlo se avesse voluto. E non era più sicura di ciò che voleva.

"Sembrano un po' degli aerei di carta andati a male," disse mentre Jack le afferrava la mano e la conduceva verso la cabina di pilotaggio.

Jack rise, ma quando lei vide quanto vicini si sarebbero dovuti sedere, la sua paura iniziò a passare all'eccitazione.

Se è un pilota esperto, sei al sicuro. Giusto?

Mentre salivano, prese rapidamente la cintura di sicurezza, e intanto Jack fece un pollice in su alla guida. Addy si mise la tracolla della macchina fotografica sul collo.

"Pronta?" chiese Jack. Addy scosse la testa, ma Jack azionò l'argano e quasi immediatamente si staccarono da terra.

"Oh mio Dio", disse Addy mentre guardava la terra scomparire sotto di loro. "Questo coso va veloce."

Afferrò il bordo del sedile.

Jack rise. "Rilassati."

"Facile per te!"

Eppure, dopo un paio di minuti, era chiaro che sapesse davvero cosa stava facendo. Il modo in cui guidava abilmente l'aliante la metteva a proprio agio, o almeno abbastanza quanto ci si potesse aspettare.

"Wow. È davvero bello", disse sottovoce. Non aveva mai visto la sua piccola città da quella prospettiva prima di quel momento. Lentamente, Addy sollevò la macchina fotografica e iniziò a scattare foto.

"Sai che la prima volta che sono stato in un aliante ero solo un ragazzo. Guidava mio padre. Da allora sono diventato drogato di questo sport", disse Jack. "Ho anche pensato di diventare pilota."

"Pensavo già lo fossi...", disse Addy, e gli lanciò un'occhiata.

"Sai cosa voglio dire. Un pilota commerciale."

"Allora perché non lo sei diventato?"

"Oh, sai com'è. Avvocato o medico, quelle erano le uniche due professioni possibili approvate dalla mia famiglia. Il dottore sembrava un po' più entusiasmante dell'avvocato."

"Standard elevati nella tua famiglia. Sono sicuro che tua moglie la cameriera si adatterà perfettamente," disse lei. Addy lo intendeva come uno scherzo, ma sapeva che le parole che aveva appena pronunciato non suonavano come uno scherzo.

Forse perché dopotutto non stai davvero scherzando.

"Non intendevo dire questo", disse rapidamente Jack. "Voglio dire, quegli standard valgono solo per me..."

"Sai, mi piace molto di più volare ora che sui veri aerei", disse lei, desiderosa di cambiare argomento.

Dentro di sé, però, pensava ancora: *cosa vorresti dire con "quegli standard valgono solo per me"?*

"Ah sì?"

"Comunque ho volato solo un paio di volte. Principalmente solo in Arizona o Messico per il college. E ho dovuto prendere uno Xanax per cercare di sembrare a posto."

"Davvero? Mi dispiace, non lo sapevo. Però ora sembri tranquilla."

"Sì" concordò lei. "Forse era più per l'aeroporto e tutte le regole che devi seguire..."

"Dobbiamo procurarti un passaporto."

"Scusa? C'è... qualcosa in programma?"

"No, al momento no. Ma pianificare non è nel mio stile. In ogni caso dovresti sempre avere un passaporto con molte pagine in attesa di essere timbrate."

"Oh okay. Kenzie ce l'ha."

"Ah sì? Viaggia molto?"

Addy rise. "Non direi. Doveva fare un viaggio a Tijuana per lo spring break e l'auto si è rotta a metà strada verso la California."

"Peccato. Immagino tu non sia mai stata rimossa da un volo, allora?" chiese lui. "Data la tua esperienza di volo limitata e tutto il resto."

"Oh, no. Assolutamente no. Invece scommetto che a te è capitato."

"Scommetteresti bene", rispose lui.

Addy rimase in silenzio mentre rimuginava su tutto. *Come ci sono finita qui, a guardare dall'alto la mia piccola città con un dottore ricco, pazzo e drogato di adrenalina?*

"Abbiamo per caso incasinato la nostra vita?" chiese lei alla fine. "Non chiedendo l'annullamento subito?"

"Beh... Io mi sto divertendo. Tu no?"

"Certo!", disse lei. "Voglio dire... come posso lamentarmi?"

"Penso che stiamo bene, allora. Oh, guarda! Un fiume."

"No, quello è il lago di Martis Creek ", lo corresse.

Addy trascorse il resto del volo indicando i punti di riferimento che conosceva e si allontanò da qualsiasi altro discorso serio.

È meglio così, pensò. *Ci andrò piano e leggera. Voglio dire, sono solo un paio di mesi, giusto?*

"È ora di tornare indietro", disse Jack guardando l'orologio.

"Di già?" chiese lei.

Lui rise. "Vuoi rimanere ancora?"

"È che è passato troppo in fretta!"

Quando iniziarono a scendere, sentì salire lo stesso panico che aveva provato negli aeroporti. Jack le prese la mano in modo rassicurante. Addy trattenne il respiro mentre il terreno si avvicinava e poi lo buttò fuori in un sospiro di sollievo mentre atterravano.

Jack saltò subito fuori e si chinò per aiutarla.

"Tutto bene?" chiese.

Era consapevole di quanto fossero stretti l'uno contro l'altra. Mentre lei annuiva e lo guardava, pensò che ci fosse uno sfarfallio di interesse nei suoi occhi. Jack abbassò lo sguardo sulle sue labbra, e lei se le leccò per istinto.

"Sorridi", disse, e tirò fuori il telefono.

Lo tenne sopra di loro e la baciò sulla guancia per scattare il selfie. Addy si sentì arrossire.

Non ci sono rimasta male, si disse. *Tanto è solo per mostrare a Jeremy che ha combinato un casino.*

Sarebbe tutto molto più semplice se solo Jack non fosse così dannatamente bello.

9

Rimase deluso quando si fermò davanti al condominio e non trovò la macchina di Addy.

Perché? si chiese. *Ti manca o qualcosa del genere?*

Era così strano. Erano passate due settimane da quel loro falso matrimonio e in qualche modo si era sistemato in una specie di routine. Sembrava quasi... normale.

Jack aprì la porta d'ingresso e si rese conto che lentamente, Addy aveva iniziato a diventare più prominente nel loro spazio condiviso. Piccoli pezzi di lei pian piano cominciavano ad apparire.

Una foto incorniciata di lei e del suo compagno di stanza del college sullo scaffale. La sua sciarpa preferita color lavanda era appesa al gancio accanto alla porta.

Aprì il proprio laptop e vide trentanove nuove notifiche sulla home di Facebook. Stava funzionando. Ogni giorno aveva postato nuove foto che sottolineavano la loro relazione perfetta da neosposini.

Da Instagram a Tumblr, era riuscito a costruire sapientemente una vita falsa ma bella con la sua nuova moglie.

Che si trattasse di una foto con una vista straordinaria in cui l'aveva taggata, o semplicemente di uno scatto fugace che la ritraeva sul portico, in uno dei rari momenti in cui erano a casa insieme, Jack doveva ammettere che era stato parecchio bravo. Chiunque avrebbe pensato che fossero in quello stato di idilliaca felicità tipica delle coppie appena sposate.

Jack fece clic sulle notifiche solo per cancellarle. C'erano commenti di congratulazioni da parte degli amici di entrambi. Con alcuni dei suoi non parlava da anni.

Prese il cellulare per caricare la selezione fotografica del giorno. Mentre scorreva le foto, mettendo dei filtri ad alcune ed eliminandone altre, si fermò di colpo sull'ultima foto che aveva scattato col parapendio.

Addy era appena arrossata, le guance di un rosa caldo mentre la baciava. Guardò da vicino la foto. Guardò lei. Era successo tutto così in fretta, quella notte da Dusty.

La corsa al matrimonio, il trasloco insieme, non l'aveva mai davvero *guardata* prima di allora.

Certo, sapeva che era figa. Non aveva potuto fare a meno di notare quelle gambe baciate dal sole mentre girava per la casa in pantaloncini strappati. Aveva ripreso fiato un paio di volte nelle rare occasioni in cui lei si era sciolta i capelli. Erano così lunghi che le arrivavano quasi alla schiena.

Ma quelle erano cose solo superficiali. Di poco conto e ovvie. In quella foto, adesso, poteva vedere la vera Addy. L'Addy a cui si era abituato così in fretta.

In realtà, non la conosci affatto, ricordò a sé stesso.

Si abbeverò dal terrificante blu dei suoi occhi. Era come se ci fossero profondità, macchie d'oro e verde. Era così intenso, era come se raccogliesse delle galassie nei suoi occhi.

La sua pelle era morbida, soffice, di quel color bronzo-dorato tutto americano che proveniva solo da una vita passata vicino a un lago. Uno spruzzo di lentiggini attraversava le sue guance e il suo naso, concentrandosi sulla curva di quest'ultimo.

Le sue ciglia erano innaturalmente nere, lussureggianti e folte. Le sue labbra si contraevano in un arco di cupido ben pronunciato che mostrava una specie di broncio permanente.

Debolmente, proprio tra le sue sopracciglia folte e nette, riuscì a scorgere i leggeri segni di preoccupazione generati da anni di guai di cui lui non sapeva quasi nulla.

La facevano sembrare saggia, come se fosse vissuta. Quel piccolo difetto, se così poteva chiamarlo, era ciò che la rendeva così perfetta.

Ma non era solo il suo viso. Ricordò le curve del suo corpo mentre l'aveva tirata fuori dalla cabina di pilotaggio. Come aveva sentito il suo bacino a clessidra sotto la sua maglietta larga.

Il modo in cui i suoi fianchi si estendevano, la sorpresa perfetta di una curva sopra il suo corpo magro, tonificata dal duro lavoro piuttosto che da ore estenuanti di palestra.

Scosse la testa.

Come poteva non aver mai realizzato prima quanto fosse bella? Non solo sexy, non carina, ma davvero bella.

Jack odiava ammetterlo, ma quando si erano incontrati per la prima volta, tutto quello che era riuscito a vedere era che, quando la guardava, non era come le altre ragazze con cui usciva. E quello era stato abbastanza per lui.

Non era bionda, non era alta e non era follemente magra a causa di continui allenamenti.

Quando aveva incontrato Rosalie, invece, era stato colpito dalla sua grandiosità. Era spaventosamente magra, ma con la sua altezza e la sua arrogante sicurezza la faceva passare per naturale. Era come se ogni uomo dovesse desiderarla, e lui ci era cascato.

Tuttavia, la prima volta che aveva avvicinato Rosalie, si era quasi tirato indietro sciocato dalla sua magrezza. Ma si era fatto avanti perché ogni altro ragazzo nel loro corso l'aveva desiderata così tanto.

Ora, mentre guardava Addison, nel vederla davvero per la prima volta, si rese conto di quanto fosse figa.

Una figa stratosferica, si corresse. Come aveva fatto a non vederla prima? Perché tutti i ragazzi di quel paesino sperduto non andavano a bussare alla sua porta? *Forse lo fanno, ma tu sei così preso dai tuoi interessi che non te ne sei mai accorto.*

Mentalmente, si diede una pacca sulla spalla.

Hai fatto un'ottima scelta, amico, anche se in quel momento eri totalmente ubriaco. Si scervellò alla ricerca di indizi che aveva potuto dargli. *Era una merce preziosa lì intorno?*

Non sapeva dirlo - e una parte di lui si vergognò all'idea di tornare alle sue vecchie abitudini secondo le quali basava il valore di qualcuno su ciò che tutti intorno a lui pensavano.

"Ehi", la voce di Addy ruppe i suoi pensieri. Imbarazzato, Jack spense il telefono e chiuse il pc.

"Ehi. Giornata lunga?" chiese.

Addy gemette e si accasciò sul divano accanto a lui.

"Lunghissima", gli rispose. "E non solo... La peggiore."

"Cos'è successo?"

La stanchezza emanava da tutto il suo essere. Profumava di torte appena sfornate e vaniglia.

"Beh, tanto per cominciare, il congelatore e la lavastoviglie hanno smesso di funzionare contemporaneamente. Come se si fossero messi d'accordo, un incubo totale. Il tecnico delle riparazioni è lì adesso. Non potevo starmene lì ad aspettare che mi desse la cattiva notizia."

"Cattiva notizia?"

"Già. Sospetto da un po' di tempo che la lavastoviglie sia al suo ultimo stadio. Probabilmente deve essere sostituita. E il congelatore, è un miracolo, è durato davvero tanto. È vecchissimo, arrugginito, penso sia un po' come la mia... beh, non importa."

"Lavastoviglie e congelatori non sono così costosi, vero?" chiese Jack. "Voglio dire, non conosco i prezzi americani, ma..."

"Non sono come, sai, le lavastoviglie che acquisti per le case. Sono di tipo commerciale."

"Quindi tipo... diecimila dollari?"

"Probabilmente quindici."

"Oh. Beh, posso prestarteli."

"Come?" Addy girò la testa di lato e lo guardò.

"Non è un problema, solo quindicimila..."

"È una... bella offerta. Ma non posso accettare i tuoi soldi."

"Seriamente, Addy, sei mia moglie, ricordi? Non è un dramma. Inoltre, so dove dormi. Proprio là!"

"Anche io sono seria, Jack. Mi inventerò qualcosa. In questo momento ho solo bisogno di rilassarmi per un minuto."

"No, so di cosa hai bisogno."

Addy s'irrigidì visibilmente. "Ah...sì?"

"Sì. Aspetta," Jack si alzò e andò in cucina.

Estrasse la bottiglia di whisky che aveva comprato il giorno in cui era atterrato a Tahoe, la prese dalla credenza ad angolo insieme a due bicchieri di cristallo intagliato.

"Di lusso", disse Addy. Si chinò sul divano e lo guardò. "Da quanto tempo lo nascondi lì dentro?"

"Non vuoi saperlo davvero. Liscio o con ghiaccio?"

"Con ghiaccio."

Mise tre cubetti in ciascuno dei bicchieri e li riempì per un quarto. Con uno scatto, porse a Addy il bicchiere e posò la bottiglia sul tavolino che aveva comprato la settimana scorsa.

"Jack Daniels", lesse lei. "Carino. È l'unico superalcolico che bevi?"

"Come se non l'avessi mai sentito prima. Salute," disse.

Schioccarono i bicchieri e lui la guardò sussultare per il bruciore. "È questa la tua risposta per tutto?" chiese.

"Praticamente sì. Funziona, non è vero?"

Finirono rapidamente gli ultimi sorsi e Addy riempì di nuovo i bicchieri. Jack lasciò che quel dolce senso di bruciore gli ricoprisse la gola mentre si insediavano nelle profondità del divano.

La vide rilassarsi. Quando divenne leggermente brillo, proprio come quella prima sera, la perenne aria di preoccupazione che aleggiava su di lei si dissipò.

Addy emise una risata acuta e improvvisa.

"Che c'è di così divertente?" chiese lui, poco consapevole di aver iniziato a biasciare.

"Niente. Stavo solo ripensando a una cosa. Beh... Ho fatto un sogno... Su di te." Seppellì la faccia nel proprio avambraccio e i cubetti di ghiaccio tintinnarono nel bicchiere. "Lascia stare, è troppo imbarazzante, e poi ho i ricordi sfocati."

"Su di me?" chiese Jack sporgendosi in avanti. "Tipo un... tipo un sogno sessuale?"

"Cosa? No! Oddio, no. Non eravamo... non abbiamo... fatto niente."

"Oh", si appoggiò allo schienale, deluso. "Beh, bel modo di far crescere l'aspettativa per poi deluderla violentemente."

"Solo perché non aveva a che fare con il sesso non significa che..."

"Ti hanno mai detto che sei davvero repressa?"

Lei diventò rossa. "Ah, ora sei uno psichiatra oltre che un medico?"

"In realtà gli psichiatri sono dei medici."

"Come ti pare. Comunque eri semplicemente nel sogno, tutto qui. Eravamo in ospedale. E Rosalie è passata e tu non volevi baciarmi. Mi hai detto che non sapevo baciare."

"...E lo sei davvero?"

"No! Beh... Spero di no. Non lo so, mi hai già baciato. Dovresti saperlo..."

Jack socchiuse gli occhi e fece finta di non ricordare. "Non sono sicuro, non ricordo. Non deve essere stato molto memorabile."

La bocca di Addy si spalancò, inorridita. "*Cosa?!*"

"Forse dovremmo esercitarci. Sai, così quando ci baceremo in pubblico, sembrerà autentico."

Addy posò il bicchiere e balbettò. "Oh, wow, davvero? Voglio dire... se è quello che pensi che dobbiamo fare... "

Jack rise e le diede una pacca sulla coscia.

"Sta' tranquilla", disse.

Il calore che irradiava dalla sua gamba scintillava contro la sua pelle. La avvicinò, a metà fra l'essere piacevolmente brillo e più serio di quanto avrebbe voluto essere.

Gli occhi di Addy si spalancarono. Sentì che diventava duro mentre si sporgeva. Chiuse gli occhi a pochi centimetri da lei. Il suo caratteristico fascino era inebriante.

La testa di Addy inclinata all'indietro, un invito, e le sue labbra incontrarono quelle di lei. Jack si rese conto che quello era il primo bacio da semi-sobri, il primo vero bacio che condividevano insieme.

Mentre la sua lingua batteva contro i denti di Addy ed esplorava la sua bocca, lei gemeva e il suo respiro si faceva irregolare. Quei piccoli versi quasi animaleschi glielo resero duro come una roccia.

Come sarebbe stato possederla? Farla stare sopra, darle tutto il piacere che voleva?

Jack iniziò ad abbassarla sul divano, ma un rumore di qualcosa che si rompeva in mille pezzi li fermò entrambi. Il suo bicchiere mezzo pieno di whisky era caduto a terra.

"Mi dispiace", disse lei in tono sommesso.

Jack si alzò in piedi, il respiro così pesante da riempire la stanza.

Addy si asciugò la bocca e si alzò, vacillando leggermente. Jack si sentì affondare il cuore. Era chiaramente ubriaca, o quasi.

"Credo che dovresti bere un bicchiere d'acqua e andare a letto", disse lui. "Non preoccuparti per il bicchiere, lo pulirò io."

Lei aprì la bocca come se stesse per dire qualcosa, ma poi cambiò idea. Si voltò e si diresse verso la camera da letto.

La vide girarsi e dargli un'ultima occhiata prima che sparisse e chiudesse la porta.

10

Si appoggiò allo stipite della cucina del ristorante mentre il tecnico si dilungava nell'elencare tutti i problemi che Addy già sospettava di trovare. "Spenderesti più a riparare i danni che a ricomprare gli elettrodomestici nuovi. E io non ci guadagno nulla se li sostituisci, e ho detto tutto."

Addy sospirò. "Allora, di che cifra si tratterebbe?"

"Beh... può variare. A seconda di cosa vuoi, del marchio... ma direi più o meno dodicimila in tutto. Se scovi qualche offerta, potresti trovare degli ottimi prezzi. Altrimenti se puoi aspettare fino agli sconti della Festa del Lavoro... "

"Non posso aspettare nemmeno un giorno senza avere una lavastoviglie e un congelatore", disse lei.

"Come scusi?"

"No", Addy scosse la testa. "Mi dispiace, non è colpa tua. Hai qualche consiglio per degli elettrodomestici convenienti?"

"Certo, certo", rispose lui. Con le mani nere e sporche, estrasse una pila di biglietti da visita dal portafoglio. "Il negozio di questo tipo, ti tratterà bene. Digli che ti ho mandato io."

"E quanto ti devo? Per il controllo e tutto il resto?"

"Ti invierò la fattura domani", rispose il tecnico.

Lo accompagnò all'ingresso del ristorante e si morse il labbro per tutto il cammino. Pagare per i nuovi elettrodomestici avrebbe svuotato completamente i suoi risparmi personali. Non riusciva a credere che un tempo aveva pensato che dodicimila dollari da parte fossero un risparmio impressionante. Ora erano spariti, proprio così.

Non che tu abbia molta scelta se il ristorante resterà aperto, pensò. *Certo, puoi sempre parlare con papà riguardo all'idea di chiedere un prestito.*

Quasi rise di sé stessa. Non sarebbe mai stato d'accordo – sempre se fosse mai stato abbastanza sobrio da parlarne. Inoltre, avrebbe solo peggiorato le cose. Avrebbe dovuto pagarlo lei, con gli interessi.

Avrebbe anche potuto usare i propri risparmi ed evitare i costi aggiuntivi. Forse il ristorante avrebbe avuto una svolta in positivo lei ne avrebbe ricavato un bel guadagno.

Chiuse a chiave la porta salutando il tecnico e iniziò a prepararsi per il turno del pranzo. Avevano solo un'ora di pausa tra la colazione e il pranzo.

Senza una lavastoviglie funzionante, ci sarebbero voluti sessanta minuti per lavare a mano piatti, tazze e posate. E, naturalmente, Dawn aveva richiesto la sua pausa di un'ora intera e Kenzie non era ancora entrata per il turno di mattina.

Almeno non devi più lavorare di notte, pensò tra sé mentre si rimboccava le maniche.

Le nuove assunzioni avevano effettivamente richiesto turni serali. Erano dei camerieri esperti, e sapevano che la sera si guadagnavano le mance più alte. Anche Addy lo sapeva, ma non valeva la pena litigare per il turno di chiusura.

Lascia che abbiano le mance migliori, pensò. Le rendeva felici, e gli impiegati felici rimangono a lavorare.

Il tempismo di Dawn fu impeccabile. Si presentò per il suo secondo turno proprio mentre Addy finiva con l'ultimo piatto.

"Ehi! Ti avrei aiutata se mi avessi aspettata", disse. Puzzava di sigarette.

"Non potevo aspettarti, i piatti dovevano essere pronti per il pranzo."

Dawn si strinse nelle spalle. "Beh, grazie."

Grazie. Come se Addy le dovesse un favore.

Inspirò per non dire nulla. L'ultima cosa di cui aveva bisogno era che Dawn se ne andasse in un battibaleno e lasciasse Addy con un'altra mansione da portare a termine.

Mentre Addy si dirigeva verso la macchina, il suo telefono vibrò.

"Marito" si illuminò brevemente il suo schermo con una notifica di testo. La fece arrossire. Prima di leggere il testo, lo ricambiò rapidamente in "Dr. Sexy".

Era molto più appropriato e non strano.

Se l'altra sera non avesse frantumato quel bicchiere di whisky, avrebbe potuto davvero mettersi nei guai. Jack era un ragazzo, e i ragazzi non rifiutavano il sesso. Soprattutto lui: Dio, tutto doveva essere sempre stato facile per lui.

Le ragazze si lanciavano contro di lui. Ragazze come Rosalie, la superdonna-supermodella-superdottoressa. Non poteva incolpare Jack per averci provato l'altra sera, e non lo avrebbe biasimato se si fossero spinti oltre.

Ma Addy doveva ammettere a sé stessa che aveva iniziato a sviluppare una seria cotta per lui. Era gestibile se avesse tenuto le distanze. Ma se invece avessero fatto sesso?

Se avessero fatto sesso e poi lui l'avesse scaricata per Rosalie in poche settimane quando il piano di gelosia avrebbe funzionato? L'avrebbe completamente schiacciata, lo sapeva.

Non è per questo che lo stiamo facendo? Quindi Rosalie tornerà strisciando da lui e Jeremy da me? È... È davvero quello che voglio?

Per la prima volta, cominciò a pensare che forse non voleva che Jeremy tornasse. Era davvero un idiota. O forse era solo il suo ego a essere ferito.

Mi sono davvero sposata per una banale ferita del mio ego?

Addy aprì il messaggio mentre scivolava sul sedile del conducente.

Passa un attimo in ospedale se hai un minuto. Ho una sorpresa per te.

Una sorpresa?

Lei rispose rapidamente.

Sto arrivando, sono appena uscita dal ristorante.

Ci vollero solo dieci minuti per raggiungere l'ospedale.

I vantaggi di una piccola città. Non appena varcò la soglia, fu bombardata da saluti.

"Salve, Signora Stratton!"

Arrossiva ogni volta che la chiamavano in quel modo. Pensava di esercisi abituata, ma le suonava comunque strano.

Finto. Come se tutti fossero d'accordo e stessero al gioco per tenerli tranquilli.

Addy si diresse verso il pronto soccorso e immediatamente

individuò Jack intento a chiacchierare con un paziente che era appollaiato su un tavolo. Attirò la sua attenzione e annuì.

"Dammi un minuto", disse lui con i suoi occhi.

Addy sorrise. Lui era assolutamente sbalorditivo. Sotto i pantaloni blu e il camice bianco, era ancora facile distinguere il suo fisico perfetto.

Come faceva? Come faceva ad essere così naturalmente bello durante le ore di lavoro?

Guardò mentre si passava una mano tra i capelli totalmente scompigliati, sebbene sapesse che gli ci voleva poco per essere bello.

"Addy, ciao!"

"Ciao, Philip", disse lei. Lo salutò con un sorriso.

"Come va? Sei qui per vedere tuo marito?

"Sì, immagino di sì", disse lei. "Tu come stai? Ti tengono impegnato qui?"

"Non immagini quanto. Beh, in realtà sì, forse puoi immaginarlo. Entrambi i nostri lavori sono brutali, eh?"

"Penso che il tuo sia un po' più esigente del mio", disse con una risata.

Oltre la spalla di Philip, Addy vide Rosalie. Era impossibile non accorgersi di una tale amazzone, soprattutto in un'atmosfera come quella.

Camminava come se fosse su una passerella, una perfetta coda alla francese teneva fermi i suoi capelli biondi. Rosalie chiacchierò con un'infermiera, e la sua bocca, simile a un bocciolo rosso, era carnosa e piena.

Come una donna francese, pensò Addy. *Affascinante senza il minimo sforzo, con i capelli raccolti e un rossetto rosso.*

Rosalie doveva aver sentito gli occhi di Addy su di lei. I suoi stessi occhi grigio acciaio scattarono in alto e fissarono intensamente quelli di Addy. La bionda socchiuse gli occhi e si accigliò leggermente.

Addy distolse rapidamente lo sguardo, tornando al calore degli occhi amichevoli di Philip. Chiaramente, Rosalie non aveva ancora accettato l'idea che Addy stesse con Jack. Sposata con Jack.

Immagino sia una buona cosa. È questo l'obiettivo, giusto?

"Addy? Tutto bene?" chiese Philip.

"Sì. Scusa! È stata una lunga giornata. Cosa stavi..."

"Ciao, Addison. Mi fa piacere rivederti."

All'improvviso Rosalie fu al suo fianco, silenziosa come un gatto. Offrì un sorriso, sorriso che però non si estendeva fino ai suoi occhi.

"Rosalie, ciao. Stavo per venire a salutarti..."

"Oh, tranquilla," disse Rosalie. "Questo è un chiacchierone, non saresti mai riuscita a dileguarti." Rise mentre annuiva a Philip, e lui si unì a lei nella risata. "Oggi è il tuo giorno libero? E scegli di spenderlo al pronto soccorso. Questa dì che è dedizione."

"Dedizione?"

Prima che Addy potesse aggiungere altro, Jack si unì a loro. Si precipitò verso di loro e salutò Addy con un lungo bacio.

Continuava a pensare che prima o poi si sarebbe staccato, ma quando non lo fece e tirò la cosa per le lunghe, lei gli mise una mano sul petto. Jack si allontanò e le sorrise, un sorriso così luminoso che fece andare Addy in un brodo di giuggiole.

"Ehi, amore", disse lui. "Scusami. Stavo parlando con un paziente e indovina un po'?"

"Cosa?"

"Ha detto che un ristorante in città sta chiudendo, ma la cosa non è ancora ufficiale."

"Un ristorante? E quindi?" Lei lo guardò negli occhi.

Cosa stava facendo adesso?

"Quindi... stanno vendendo tutti gli arredi e gli elettrodomestici..."

"Tipo una lavastoviglie? O un congelatore?"

"Già...proprio così. E a quanto pare il proprietario era in ottimi rapporti con tuo padre. Gira voce che puoi avere entrambi a un prezzo stracciato. Penso si tratti del Signor Stills... "

"Gli Stills, sì, hanno quel vecchio locale di hamburger in periferia. Non riesco a credere che si stia chiudendo! Ma... tipo, ti ha detto una cifra?"

"Ha detto un migliaio più o meno."

"Un migliaio? Cioè mille dollari? Tutto qui? Veramente?"

Sia Rosalie che Philip erano scomparsi.

"Proprio così".

Addy si lanciò tra le sue braccia e lo abbracciò forte. Appoggiò la testa sul suo petto. Si sentiva nel posto giusto, si sentiva bene, come se fosse a casa. Non si era resa conto di quanto avesse forzato il suo affetto fino a quel momento.

"Hey!" disse lui con una risata. "Non ho fatto nulla di che. È stato il destino a giocare la sua parte."

Addy si ritrasse leggermente.

"Invece hai fatto tanto", disse lei.

In quel momento, con solo qualche centimetro di spazio tra loro, lei sentì di nuovo quel tremolio. Sentì che i suoi occhi cominciavano a bagnarsi.

"Ancora? Ma prendetevi una stanza!"

Una delle infermiere gli passò accanto e li rimproverò con fare simpatico, ma fu sufficiente per far ricordare ad Addy dove si trovavano. E chi avrebbero dovuto essere.

Jack si schiarì la gola.

"Poi durante la mia prossima pausa ti mando il numero che mi ha dato," disse lui. "Il dovere chiama. È ora di mantenere l'immagine del Dottore Professionale per qualche altra ora."

"Grazie," disse Addy. "Sul serio. Io... Non so cosa dire o come ripagarti."

"Io un paio d'idee ce le avrei...", disse lui, e alzò le sopracciglia.

"Smettila!" disse lei schiaffeggiandolo sul petto.

Una parte di lei era grata di tornare alla loro normale routine, ma un'altra parte di lei soffriva per quegli scorci di ciò che sarebbero davvero potuti diventare.

"Ho capito. Vuoi qualcosa di particolare per cena? Ho il resto della giornata libera, quindi è il medico che deve scegliere. Tutto quello che vuoi."

"Perché non mi sorprendi?"

Addy si precipitò fuori dal pronto soccorso, sentendosi leggera e stordita. Tuttavia, il ricordo del tocco di Jack rimase con lei, e divenne e rimase rossa per tutto il tragitto fino alla macchina.

11

"Sì sì" disse Jack.
Annuì mentre la sua paziente, una donna di settantadue anni "nata e cresciuta a Genova" continuava a sproloquiare durante la sua visita.
"E, santo cielo, quella ragazza che ha sposato? Non saprebbe marinare un tacchino se lei... "
"Signora Miller, potremmo gentilmente tornare ai suoi sintomi? Dove, esattamente, le fa male?"
"Oh, da qualche parte qui intorno", disse, e fece un gesto vago verso l'anca, il bacino e l'area addominale.
"Direbbe che è cronico? Acuto?"
"Una volta arrivata alla mia età, è normale. Sai, quando ero più giovane, potevo... "
Jack fece il rapido esame usando le risposte fisiche della paziente per valutare il problema. La sua mente cominciò a divagare, e pensò ad Addy mentre i suoi anni di tirocinio prendevano il sopravvento. La sera prima, durante la cena, l'aveva sorpreso.
Quel profumino lo aveva investito ancor prima che aprisse la porta d'ingresso. Una carne succulenta, verdure arrostite e un pizzico di qualcosa di dolce nel forno.
"Cosa hai cucinato?" chiese, e si fermò sulla soglia quando entrò.
Aveva preso un tavolino da pranzo e lo aveva coperto con una tovaglia di lino color crema. Una bottiglia di vino al fresco in un

secchio argentato. Dall'altra parte della piccola parete a balcone che separava il soggiorno e la cucina, l'aveva guardata tutta indaffarata con il suo lavoro e con il volto verso l'alto.

"Trota Lahontan", disse con un sorriso. "È un pesce locale, recentemente rifornito dopo che la pesca commerciale ne ha quasi decimato la popolazione a partire dagli anni Trenta."

"Ha un profumo straordinario", disse lui.

"Spero che abbia anche un buon sapore. Vai, siediti pure", disse Addy. "Apri il vino, la cena sarà pronta tra dieci minuti."

"Posso aiutare con..."

"No, sul serio, ho tutto sotto controllo. Lo faccio ogni giorno. Devi essere stanco. Se vuoi aiutare, puoi versarmi un bicchiere."

Aprì la bottiglia, versò due bicchieri e si sporse sul bancone per guardarla lavorare. Addy era a piedi nudi e le sue cosce formose schizzavano fuori dai pantaloncini consumati color cachi che aveva arrotolato fino quasi alla cima delle sue gambe.

La cucina era calda, e i capelli che le incorniciavano il viso si aggrappavano alla sua pelle rugiadosa.

Curve per intere giornate, pensò. La pelle abbronzata del dorso dei suoi piedi era in netto contrasto con il bianco perlato della sua pedicure casalinga.

La guardò mentre estraeva abilmente dal forno le verdure condite e spostava una torta fatta in casa su una griglia per farla raffreddare. Il pesce uscì per ultimo con una scia di aroma ricco e burroso.

Mentre impiattava i vari cibi, il vapore le salì in faccia. Tirò fuori uno strofinaccio e ripulì i piatti.

"Non serve che siano belli", disse Jack.

Lei lo guardò. "Perché no?"

"Immagino tu abbia ragione."

Brindarono seduti uno di fronte all'altra. Jack aveva l'acquolina in bocca mentre tagliava il pesce traballante e umido.

"Questo è un buon segno", disse lei.

"Cosa?"

"Il silenzio a tavola."

"Mi dispiace", disse Jack con la bocca piena di pesce tenerissimo.

"No, dico sul serio. Significa che il cibo è buono."

"È incredibile", rispose Jack. "Devo ammettere che sono sorpreso."

"Perché? Te l'avevo detto che mi piaceva cucinare."

"Sì, ma molte persone lo dicono. Non significa che siano brave a farlo."

"Grazie per il voto di fiducia", disse Addy, ma c'era un luccichio nei suoi occhi.

Jack aveva abbassato lo sguardo e si era reso conto che il suo piatto era già ripulito.

"Ne vuoi ancora?" chiese lei. "Ci sono ancora un po' di verdure. O il dessert."

"Se mi stai chiedendo se voglio le verdure - che erano fantastiche, comunque - o quella torta, penso che sceglierò la torta."

Addy aveva sorriso, aveva spinto indietro la sedia, aveva raccolto entrambi i piatti ed era andata in cucina. Lui ascoltava mentre lei estraeva i piatti che erano apparsi nelle loro credenze il giorno prima e tagliava la torta.

"Panna o no?" aveva chiesto lei, e si era appoggiata al bancone tra la cucina e il soggiorno.

Un sorriso malvagio apparve sul suo viso. Prese in mano una ciotola di panna montata fatta in casa, mise un dito in quella fitta nuvola e la assaggiò mentre sosteneva il suo sguardo.

"Vuoi assaggiare? Dimmi se è abbastanza dolce."

Ok, forse questa parte non c'era mai stata. Ma se ci fosse stata...

"Dr. Stratton?" Gli occhi blu lattiginoso della Signora Wood sondarono i suoi.

"Oh, mi scusi," disse. "Che cos'ha detto?"

"Io..."

All'improvviso si chinò e vomitò sangue sulle sue scarpe.

"Non si preoccupi", disse Jack, e il suo tirocinio partì in quarta.

Una delle infermiere arrivò al suo fianco.

"Liquido in circolazione nell'addome", disse prontamente. "Chiama Philip — cioè, il dottor Ruiz."

Philip aprì la tenda con una mossa veloce e aiutò a preparare la paziente per un intervento chirurgico.

"Ci penso io," disse Philip a bassa voce a Jack.

La specialità di Philip era la chirurgia, e se era disponibile aveva sempre la priorità nel pronto soccorso. Jack non si lamentava: più si addentrava nella medicina interna, più considerava quel periodo al pronto soccorso una sorta di dura iniziazione con un tocco di nonnismo.

Qualcosa da superare prima di scavare in quello che voleva

davvero fare. O almeno, quello che voleva davvero fare se la medicina fosse stata l'unica opzione.

Indietreggiò dal tavolo degli esami e guardò le sue scarpe mentre Philip e un'infermiera spingevano la signora Wood verso la sala operatoria.

"Dottor Stratton?" Una delle sue infermiere preferite, Loretta, aprì le tende e gli fece un sorriso gentile. Gli porse una salvietta umida e un asciugamano.

"Grazie", disse, e si appoggiò al bancone per asciugarsi le scarpe.

"Non ne hai portato un paio di riserva come ti avevo detto?" chiese. Incrociò le braccia pesanti sul petto ancora più ampio.

"No, mamma, scusa. Mi sono dimenticato", disse lui.

Lei fece una smorfia.

"Lavoro al pronto soccorso da trent'anni", disse lei. "Dovresti ascoltarmi quando ti dico di tenere un paio di scarpe di ricambio qui."

Lui le sorrise, notando come i suoi capelli si abbinassero perfettamente al suo camice. Come ogni giorno indossasse sempre un diverso paio di orecchini oversize e scintillanti.

"Sì, hai stile, ragazza", le disse. "Potrei prendere lezioni da te."

"Mm-hmm", fece lei. "Tieniti queste battute per tua moglie. Queste tue ruffianate non funzionano con me."

Mentre si voltava e se ne andava, i suoi pensieri tornarono immediatamente ad Addy.

Smettila, si disse. *È a causa di questo fantasticare sul lavoro che ti sei guadagnato sangue e vomito sulle scarpe tanto per cominciare.*

Il suo crescente interesse per Addy stava ostacolando il suo lavoro? Per la terza volta era stato sorpreso con la testa fra le nuvole intento a pensare a lei invece di impegnarsi attivamente a lavorare su un trauma.

Si stava dimostrando una distrazione, questo era certo. Molto più di quanto si aspettasse. Guardò l'orologio. Il suo turno sarebbe finito dopo dieci minuti e non c'erano segni di un nuovo paziente.

Jack si avviò lungo il corridoio verso la sala dello staff e si imbatté in Rosalie che usciva dal bagno e quasi gli andava addosso.

"Rosalie, ehi", disse lui. "Come... come va?"

"Sto per iniziare un turno di quattordici ore", rispose lei. "Bene nei limiti del possibile. Come sta tua moglie?" chiese lei.

"Addison."

"So come si chiama."

"Sta bene, grazie per avermelo chiesto", rispose Jack.

Rosalie annuì e distolse lo sguardo.

Jack sorrise, divertito. Non pensava che il loro piccolo inganno avrebbe funzionato così bene, ma a Rosalie chiaramente l'intera faccenda pesava. Rosalie era una tipa dura, lo era sempre stata.

Questo era in parte ciò che inizialmente lo aveva attratto di lei. Non avrebbe mai pensato di riuscire a infastidirla così bene e così facilmente.

"Beh, non voglio tu faccia ritardo", disse Jack.

"Jack... io, è imbarazzante", rispose lei. "Penso che, sai, ho cinque minuti. Vorrei dirti un paio di cose."

"D'accordo" disse. "Spara."

Guardò su e giù per il corridoio, ma era deserto a parte un bidello che passava lo straccio in fondo.

"Io.. beh, è abbastanza ovvio che non sono contenta di questa situazione."

"Riguardo me e Addison?"

"Si. Sono amareggiata, lo ammetto. È difficile, sai? Voglio dire, è come se fosse venuta fuori dal nulla. Ma mi sto impegnando per superare la cosa. Sto cercando di lasciarla andare. Se ci impegneremo insieme, non voglio che ci sia questa nuvola sempre lì a minacciare di pioverci addosso."

"Sì, sono d'accordo", rispose Jack.

"Quindi, per questo stavo pensando... perché non facciamo un'uscita a quattro?"

"Come? Intendi, Addy e io, e tu e... "

"Un tipo con cui ho cominciato a uscire di recente", disse con una scrollata di spalle.

"Oh. E di chi si tratta?" chiese Jack. Avrebbe voluto prendersi a calci per quel suo slancio di curiosità.

Rosalie gli lanciò un'occhiata. "Non ti è permesso avere un'opinione sul tipo con cui esco. Sei sposato."

"Lo so", rispose lui. Lo aveva beccato.

"Allora? Appuntamento a quattro domani sera? È probabilmente una delle poche volte in cui nessuno di noi ha il turno di notte."

"Conosci il calendario dei miei turni?"

Lei roteò gli occhi guardandolo.

"È affisso nella stanza delle pause", disse lei. "L'ho guardato quando sono arrivata qui in modo da poterti chiedere di uscire."

"Oh".

"Quindi, cena confermata per domani? Magari alle sette?"

"Hai ufficialmente un appuntamento", disse Jack.

Lei sorrise e si diresse verso il pronto soccorso.

Mentre Jack estraeva la sua borsa dall'armadietto e si dirigeva verso la Jeep, ripensò a tutta la conversazione con Rosalie.

Stava tramando qualcosa? O era semplicemente genuina? Non riusciva a capirlo. La Rosalie che aveva conosciuto o che pensava di aver conosciuto in Congo non era subdola o manipolatrice. Almeno non sembrava esserlo.

Forse lo è davvero, pensò.

Mentre entrava nel condominio, vide Addy prepararsi per il lavoro.

"Turno serale?" chiese. "Pensavo non lo facessi."

"Dawn è malata", rispose lei. "Devo sostituirla."

"Lavori domani sera?"

"No, ho il turno di mattina. Perché?" chiese mentre raccoglieva i capelli in una coda di cavallo.

"Andiamo a cena con Rosalie e un ragazzo con cui sta uscendo."

"Cosa?!"

Lui alzò le spalle. "Me lo ha chiesto lei, ha detto che non vuole che l'aria diventi tesa sul lavoro, quindi si suppone che quest'uscita ci tenga tutti più tranquilli."

"Okay, sembra divertente", disse lei.

"Non userei quella parola."

"Eddai, non era questo il nostro scopo? Colpire i nostri ex. Quale occasione migliore di una bella cena?"

La guardò mentre se ne andava, con la borsa in spalla e le chiavi che tintinnavano nella sua mano.

Sembra divertente, no?

Non era solo quello che aveva detto, ma *come* lo aveva detto. Il tono era un po' quello di una fidanzata. E per quanto fosse attratto da Addy, doveva ricordare a sé stesso che l'intera faccenda del matrimonio era solo per rendere gelosa Rosalie.

Come posso ricordarlo ad Addy? si chiese. *Soprattutto senza farla arrabbiare e convincendola a mettere su un bello spettacolo domani sera?*

Jack si versò un bicchiere di whisky e si sedette sul portico per rimuginare sul suo approccio.

12

Perché ho accettato tutto questo?
Addy allisciò con le mani il vestito blu scuro, nervosa, mentre Jack guidava la Jeep verso l'unica steakhouse costosa della città. Lasciò cadere i suoi capelli che aveva intrecciato in una treccia morbida per evitare che la sua acconciatura si trasformasse in un cespuglio crespo durante il tragitto.

"Pronta?" chiese Jack.

"Sono nervosa", rispose lei.

"Stai scherzando?"

"No."

Abbassò lo specchietto per controllarsi il trucco. Era passato talmente tanto tempo da quando aveva effettivamente messo altro oltre al lucidalabbra e al mascara che adesso era un po' arrugginita.

"Con quel vestito fai voltare chiunque."

"Di che stai parlando? Non siamo stati da nessuna parte oltre che a casa e questo parcheggio."

"E in quel breve tragitto hai provocato un attacco di cuore al vecchio nell'angolo e a quei due ragazzini che sono sempre sui gradini lì davanti a cercare qualcosa da fare."

"Fantastico, quindi ho emozionato un vecchio e due adolescenti in preda agli ormoni che si sbatterebbero anche un idrante."

"Wow, devi imparare ad apprezzare un complimento", rispose lui.

Il cameriere aprì la porta e tese la sua mano col guanto bianco. Lei gli sorrise e la afferrò.

Forse Jack aveva ragione.

Gli occhi del tipo quasi gli uscirono fuori dalle orbite mentre osservava il taglio estremamente basso del vestito a maglia. Kenzie l'aveva quasi forzato su di lei, ed era più una gonna con due cinturini molto lunghi in vita che si sollevava e si allacciava al collo in stile greco.

"Non lo so", si era lamentata con Kenzie tenendosi a coppa il seno nudo sopra la stoffa. "È un po' troppo scoperto per quel locale."

"Beh, lo so", aveva detto Kenzie. "Fidati di me. Sai cosa darei per una cena da Stovall?"

Con una nuova sicurezza, prese la mano di Jack mentre lui prendeva la sua e spinse indietro le spalle mentre entravano nel ristorante. Enormi lampadari pendevano sospesi e il ricco velluto rosso delle cabine contro gli intricati tappeti persiani offriva un tipo di intimità immediata e lussuosa.

"Avete una prenotazione?" chiese la cameriera.

"Stratton", disse Jack. La ragazza non poteva avere più di vent'anni, troppo giovane per poter controllare la palese lussuria nei suoi occhi.

"È un'occasione speciale?" domandò la ragazza. Ignorò completamente Addy.

"Solo una serata fuori con mia moglie e i miei amici", rispose Jack.

La cameriera lanciò ad Addy un'espressione di pura gelosia e guardò in basso per individuare l'anello. Addy doveva ammettere che era una bella sensazione.

Se è così che ci si sente ad essere una coppia di un certo calibro, non posso lamentarmi.

"L'altra metà degli invitati è già al tavolo. Seguitemi," disse in tono seccato la cameriera.

Addy deglutì quando vide Rosalie. L'ex di Jack era seduta accanto a un bell'uomo con i capelli neri e pettinati all'indietro.

"Jack, Addy, ciao!" Disse Rosalie quando li vide. Offrì loro un mega sorriso che metteva ancora più in risalto le sue labbra rosse perfettamente simmetriche. "Questo è Theo", disse mentre la cameriera appoggiava bruscamente due menù di cocktail sul tavolo e se ne andava.

Theo si alzò per stringer loro la mano. Era alto, notò Addy, ma non tanto quanto Jack. Il suo viso affilato era stato appena raso, e quando sorrise rivelò i denti così perfettamente bianchi che Addy si chiese se fossero delle faccette.

"Mi ha parlato molto di entrambi", disse Theo. "Siamo contenti di poter stare tutti insieme. A quanto pare tutte le nostre giornate sono frenetiche."

"Theo è un produttore a Los Angeles", disse Rosalie. "È in città solo fino a domani."

"Wow, è...fantastico," disse Addy sedendosi mentre Jack le spostava la sedia.

Rosalie le sorrise, e per un momento sembrò quasi sincera. Aveva un aspetto sbalorditivo, Addy non poteva fare a meno di notarlo. La pelle color alabastro di Rosalie era in contrasto con il suo top di seta color melanzana e mostrava le braccia così sottili che sembravano irreali - belle in modo stranamente quasi scheletrico.

Rabbrividì quando Jack fece scorrere la sua mano sulla carne nuda della parte superiore della schiena di lei mentre si sedeva. Mentre il gruppo iniziava a parlare, la circondò con le braccia come se fosse la cosa più naturale del mondo.

Jack irradiava calore e lei ne assorbiva ogni raggio. Non sapeva se il freddo nell'aria fosse dovuto all'imbarazzo della situazione o solo perché era la prima volta dopo mesi che era in un ristorante senza lavorare.

Tutti i ristoranti sono così freddi?

Addy entrava e usciva dalla conversazione. Jack fece a Theo domande educate sul suo volo e sul suo lavoro, mentre Rosalie e Jack tendevano a farsi prendere dai discorsi sull'ospedale.

Theo alzò gli occhi su Addy e scosse la testa con un sorriso quando i dottori entrarono troppo in profondità nel loro gergo tecnico.

"Allora, come vi siete conosciuti?" chiese Addy. "Dato che tu sei in California e Rosalie è qui."

"In realtà ho una baita qui a Tahoe", disse Theo. "È una vacanza comoda da Hollywood, e adoro sciare in inverno e praticare sport acquatici in estate. È così che ci siamo incontrati: mi sono infortunato alla cuffia dei rotatori con la mia nuova moto d'acqua, ed è stata Rosalie a rimettermi a posto."

Rosalie rise.

"Rimetterti a posto è un po' esagerato", disse lei. "Ho solo prenotato una risonanza magnetica e ti ho consigliato un chirurgo a Los Angeles."

Il cameriere si avvicinò con un sorriso educato.

"Possiamo cominciare con un drink?"

"Prendiamo una bottiglia di rosso?" Chiesero contemporaneamente Jack e Rosalie.

Risero insieme e si scambiarono quello che per Addy era un inequivocabile sguardo segreto e intimo.

"Per me va benissimo," disse Theo, e Addy scrollò le spalle guardando Jack.

"Io preferisco i vini bordolesi, ma penso che debba scegliere Theo poiché è lui l'ospite in città."

"Prendiamo una bottiglia di Chateau Lafite Rothschild 2009", disse Theo. "Per iniziare."

Addy fece finta di esaminare il menù dei cocktail, ma cercò la bottiglia ordinata da Theo. Quasi soffocò alla vista di quel prezzo, oltre mille dollari.

Sono l'unica a questo tavolo a non guadagnare stipendi a sei o sette zeri, si rese conto.

Una piccola parte di lei tornò coi piedi per terra. Fissò il vuoto mentre ascoltava a malapena la conversazione intorno a sé. Addy non aveva molto da dire in merito ai discorsi sulla politica ospedaliera o sulle produzioni di Hollywood.

Il suo respiro si bloccò quando vide Jeremy con una bionda slanciata attorno al suo braccio seduto a soli quattro tavoli di distanza, una bionda che non era Shannon.

Cosa? Oggi si sono messi tutti d'accordo per venire a mangiare una bistecca?

Jeremy si accorse di Addy proprio mentre iniziava a sedersi. Con un sorriso si rialzò, prese la mano della sua tipa e si avvicinò al loro tavolo.

"Che sorpresa", disse Jeremy. "Addy, non mi aspettavo di trovarti qui. Questa è Melissa."

"Marissa", lo corresse la ragazza.

Si tirò inconsciamente giù la minigonna che a malapena le copriva il didietro.

"Che fine ha fatto Shannon?" chiese Addy.

Jeremy si strinse nelle spalle e sorrise.

"Non posso legarmi adesso. Non sono pronto a farmi stringere dalla morsa del matrimonio. Senza offesa," aggiunse, e guardò Jack.

Jack scrollò le spalle, apparentemente imperturbabile.

"Oh, salve" disse il cameriere mentre appariva con la bottiglia di vino. "Dobbiamo aggiungere due ospiti al tavolo?"

Addy aprì la bocca, ma prima che potesse dire qualcosa, Jack si intromise con un clamoroso "Sì".

Addy rimase a bocca aperta e guardò Jeremy, ma lui sembrava pronto per la sfida. Prima che potesse realizzare ciò che stava succedendo, un tavolo fu spostato per aggiungere altre due sedie.

Addy strinse il ginocchio di Jack sotto il tavolo e lui la guardò con un sorriso rassicurante. Lui si sistemò di nuovo sulla sedia, un braccio attorno ad Addy mentre teneva il bicchiere di vino nell'altra mano.

Dall'altra parte del tavolo, vide che Jeremy ci stava dando dentro con le effusioni in pubblico. Con il braccio sulla spalla di Marissa, le sfiorò ripetutamente il lato del seno con il pollice. Per non essere da meno, Addy si rannicchiò più a fondo nell'abbraccio di Jack e posò brevemente la testa sul suo petto fra un sorso di vino e un altro.

Rosalie si schiarì la gola, e ciò riportò Addy alla realtà. Si era dimenticata. Si era dimenticata di *quella* ex nel suo tentativo di rendere geloso Jeremy.

Rosalie era visibilmente a disagio e gelosa, ma Addy non aveva il tempo di concentrarsi su di lei in quel momento.

E poi, sembrava che anche la Jeremy Challenge stesse funzionando per lei.

Quando il cameriere tornò, venne ordinata un'altra bottiglia di vino, ma già il primo bicchiere l'aveva resa abbastanza brilla da non preoccuparsene più. Ad Addy non dispiacque il fatto che Jack ordinò per lei: un ossobuco e un minuscolo filetto mignon condito con aragosta da dividere.

"Scusate," disse Rosalie quando il cameriere se ne andò. "Torno subito."

"Vai anche tu in bagno," le sussurrò Jack.

"Cosa?"

"Vai!" le disse sottovoce.

"Io, um, scusate", disse Addy. Rosalie era già a metà strada verso il bagno.

Non era sicura di cosa avrebbe dovuto fare mentre seguiva la ritirata di Rosalie. Ma non appena raggiunse il lungo corridoio che portava ai bagni, sentì una mano poggiarsi in modo deciso sulla sua vita.

"Cosa..."

Si voltò e trovò Jack dietro di sé, una fame nei suoi occhi che non aveva mai visto prima di allora. Addy non sapeva cosa stesse facendo, ma lui la strinse a sé e la baciò in un modo che la lasciò quasi senza fiato.

Si sentì sciogliere in una pozzanghera contro di lui mentre la premeva contro il muro. La sua lingua invase la bocca di Addy, e lei emise un gemito mentre veniva dominata.

Jack si spinse contro di lei, e Addy fu sorpresa di scoprire che era duro e molto dotato.

Era come se stesse guardando qualcun altro, un'altra coppia. Non poteva fermarsi. Senza pensare, fece scivolare la mano tra di loro e sentì lo spessore del suo rigonfiamento. Un ringhio gli scoppiò in gola.

"Scusate!"

Si voltarono entrambi e trovarono Rosalie a pochi centimetri da loro, appena uscita dal bagno. Il corridoio era così stretto che non riusciva a passare.

Jack balzò via da Addy mentre si asciugava la bocca con il dorso della mano.

"Mi dispiace", disse Addy. Jack le sorrise, mentre Rosalie passava con aria accigliata e si precipitava di nuovo al loro tavolo.

Anche loro due tornarono al tavolo poco dopo. Addy fu sollevata nel trovare un bicchiere pieno di vino che la aspettava. Lo buttò tutto giù in un paio di sorsi. Dall'altra parte del tavolo, Rosalie era rossa di rabbia. Addy poteva quasi sentire l'eccitazione che emanava da Jack alla vista di quella sua gelosia.

Lo rendeva ancora più affascinante. Mentre riempiva il bicchiere di Addy, si sporse verso di lei e le mise una mano sulla coscia nuda.

"Voglio assaggiarti di nuovo", le sussurrò all'orecchio. Lei si contorse.

La sua mano quasi scottava sulla sua pelle. Ogni volta che provava a muoversi, le sue dita la stringevano più forte. Per due volte Addy allontanò la sua mano, ma lui la riappoggiava ogni volta, e ogni volta saliva un po' più in alto sulla sua gamba.

Addy lo guardò quando la conversazione al tavolo divenne

finalmente piuttosto fluida, e lui alzò un sopracciglio. Addy fece un bel sorso di vino e cominciò a mangiare senza molto entusiasmo.

Non poté fare a meno di notare gli occhi di Jeremy su di lei, divertiti.

Non puoi lasciarlo vincere, si disse.

Addy avvicinò la sedia a Jack. Quando tutti a tavola avevano quasi finito di mangiare, lei emise un piccolo sbadiglio e si rannicchiò verso di lui con la mano sul suo petto. Addy lanciò un'occhiata a Jeremy, che la fissava ancora. Il ghigno era sparito.

"Qualcuno gradisce un dessert?" chiese il cameriere mentre un un altro puliva discretamente il tavolo e asciugava le briciole.

Addy diede una gomitata al fianco di Jack.

È il momento di andare, provò a dirgli senza parole.

"In realtà, noi dovremmo andare", disse Jack.

Lasciò cadere una pila di banconote sul tavolo e fece l'occhiolino a Rosalie. La vista di Addy era abbastanza confusa da non poter dire quanti soldi avesse lasciato. Mentre si alzavano, Jack tirò di nuovo indietro la sedia di Addy e la aiutò ad alzarsi.

La scortò verso la porta, ma poco prima che fossero fuori dalla vista degli altri si fermò e la tirò di nuovo a sé per un bacio appassionato. Anche ad occhi chiusi, Addy riusciva a sentire gli occhi degli altri bruciare su di loro.

Quando furono finalmente fuori, Addy emise un sospiro di sollievo mentre l'aria fresca della notte la avvolgeva.

"Grazie a Dio non abbiamo altre persone da ingannare a casa. La cena mi ha sfinita."

Jack la guardò interrogativamente e scansò via il valletto per aprirle la portiera.

A cosa sta pensando?

13

Deve essere la mia notte fortunata, pensò Jack mentre scivolava nella stanza dei dottori.

Per una volta non c'era nessun altro lì dentro e poteva scegliere uno dei due letti a castello. Si arrampicò su quello più vicino alla finestra e si coprì appena con la sottile copertina prima di addormentarsi.

"Jack."

Addy era sulla soglia della porta che portava dal loro corridoio al soggiorno. All'improvviso stava dormendo sul divano, non più sul cigolante letto dell'ospedale.

Poco consapevole che fosse un sogno, ci si aggrappò stretto. Non indossava altro che quei pantaloncini color kaki che aveva arrotolato la prima sera in cui gli aveva cucinato la cena, e una canottiera bianca sottilissima che riusciva a far vedere chiaramente i suoi capezzoli rosa chiaro.

"Non riesci a dormire?" chiese. Il suo cazzo balzò sull'attenti e spostò la coperta.

Addy scosse la testa e si passò una mano sul seno. "Ho fatto un sogno."

"E cosa hai sognato?"

"Te", disse lei, con tono quasi timido.

"Che tipo di sogno? A sfondo sessuale?"

"Si…"

"Racconta."

"Tu mangiavi... la mia figa. Ed ero così vicina all'orgasmo, ma..."

"Vieni qui."

Mentre si mordeva il labbro, si sfilò la canotta da sopra la testa. Infilò i pollici sotto i pantaloncini e li fece scendere scuotendo i fianchi. Mentre camminava verso di lui, Jack fu ipnotizzato dall'oscillazione dei suoi fianchi, da come si allargavano verso l'alto fino al suo minuscolo petto.

La testa di Jack era sul rigonfiamento del bracciolo del divano. Non riusciva a muoversi. La coscia di Addy gli sfiorò la guancia mentre si avvicinava; indossava solo un paio di mutandine blu.

In piedi davanti a lui, sollevò verso l'alto i due lati delle sottili stringhe di pizzo e gli mostrò l'umidità blu scuro sul cavallo del tessuto.

"Guarda cosa mi hai fatto", disse.

Jack riacquistò movimento nel suo corpo mentre il suo cazzo era indolenzito per il desiderio. Afferrò le sue natiche, nude e attraversate dal tanga, e la tirò verso il proprio viso per baciarne il centro attraverso il tessuto. Mentre Addy emetteva un grido, lui le strappò le mutandine.

"Siediti sulla mia faccia", le ordinò.

Addy si inclinò per rimanere in posizione sul divano e si mise a cavalcioni sul suo viso. Non appena le labbra di Jack incontrarono la sua dolcezza appiccicosa, cominciò a zampillare. Guardò le sue tette rimbalzare sopra di lui; le sue lunghe dita le tiravano i capezzoli mentre lei si appoggiava su di lui.

"Scopami, per favore", cominciò a gemere. "Per favore, Jack, ho bisogno di sentirti dentro di me."

Le dita si strinsero nel suo grosso culo, e intanto la controllava mentre rimbalzava sulla sua lingua. Quando stava per venire, la sollevò e la indirizzò verso di lui.

Con avidità, Addy si arrampicò su di lui. Con le mani sul suo petto, cominciò a cavalcarlo. La sua testa era inclinata all'indietro e quei lunghi capelli gli sfioravano le gambe...

"Dottor Stratton?"

Jack gemette contro la luce improvvisa.

"Deve cominciare col suo turno. Hanno bisogno di lei nel pronto soccorso, stanza 1B." L'infermiera si allontanò dopo un rapido clic della porta.

Jack si precipitò in bagno, si appoggiò al muro e si segò in meno di trenta secondi: il pensiero di Addy che lo cavalcava lo fece salire alle stelle fino all'orgasmo. Soffocò i suoi gemiti di piacere e si asciugò prima di mandare giù una bevanda energetica, la seconda del suo turno.

Turni, si corresse. Non riusciva a credere che avesse sognato lei piuttosto che Rosalie.

"Sono contenta che ti unisci a noi", disse Rosalie mentre Jack apriva la 1B.

Mentre lei iniziava ad abbaiare gli ordini e ad aggiornarlo sul paziente, non riusciva a smettere di guardarla.

In ogni caso, cosa c'era di così dannatamente attraente in lei? si chiese.

Era bellissima. E intelligentissima. Ma... qualcosa era cambiato. Lui era cambiato. In quel momento, mentre Rosalie e la sua perfetta matita per le labbra incombevano sull'adolescente con l'ulna fratturata, realizzò di non volerla più.

Bene. Questo ti mette in una posizione piuttosto ambigua, non è vero? Sapeva che doveva dirlo ad Addy. *Ma come avrebbe cominciato quella fottuta conversazione?*

Per fortuna il resto del suo turno passò in fretta. Erano le otto quando finalmente uscì, e il sole estivo indugiava ancora nel cielo. Non sapeva se sarebbe riuscito a vederla, solo lui e lei, dopo quel sogno.

Ti va di berci un drink? Il messaggio di Addy apparve sul suo schermo.

Parli del diavolo e spuntano le corna, pensò.

Certo. Metà della bottiglia di whisky è ancora lì, rispose.

Sicuramente avrebbe potuto gestire un paio di minuti nella stessa stanza con lei senza pensare a strapparle i vestiti di dosso e vedere se fosse davvero così dolce. Giusto?

Stavo pensando di uscire. Vuoi andare con degli amici per un drink? Quel posto a Pine? chiese.

Certo. Adesso? Posso venire direttamente lì.

Ci vediamo lì, rispose lei.

A Jack non importava se ciò volesse dire dover presentarsi in un bar con i suoi abiti da lavoro. Almeno non avrebbe avuto la tentazione sotto il suo naso, a casa, senza nemmeno un sorso per attenuare il dolore.

Quando si presentò al bar di campagna, individuò immediatamente Addy. Era seduta proprio accanto a Jeremy, a un tavolo affollato di volti che riconobbe vagamente. Addy spostava la testa all'indietro e rideva per qualcosa che Jeremy aveva detto, gli toccava leggermente il braccio.

Jack non riuscì a fermare il cipiglio che si diffuse sul suo viso, ma quando Addy lo vide si illuminò e si voltò. Addy gli indicò il posto tra lei e Jeremy.

Sa recitare fottutamente bene, pensò. Sembrava davvero felice di vederlo.

Si sedette perfettamente consapevole di aver appena interrotto una specie di folle intesa tra loro due. Jeremy gli lanciò uno sguardo cupo.

"Ho bisogno di un altro giro," ringhiò Jeremy e si diresse al bar.

"Hey ragazzi" Addy chiamò il gruppo. "Questo è mio marito, Jack!"

Il suo cuore si strinse alla parola "marito" e gli diede la spinta di cui aveva bisogno per fingere tutta la notte. Addy fece il giro ed elencò nomi che non avrebbe mai ricordato. Era abbastanza ovvio che tutti fossero piuttosto alticci, inclusa Addy.

"Stiamo giocando a Non Ho Mai", spiegò Addy a Jack. "Lo conosci? Ci giocate laggiù?"

"Dici in Australia? Sì, penso proprio che tutto il mondo conosca questo gioco", disse.

Addy gli versò una birra dalla brocca. Il suo essere sbronza la rese inconsapevole del tono di Jack.

Mentre si sporgeva in avanti per rispingere la brocca al centro, Jack vide ciò che indossava. Una gonna a quadri corta, calze al ginocchio nere e una maglietta nera attillata. L'omaggio alla studentessa cattolica mostrava perfettamente la sua figura.

Inoltre non gli dispiaceva che la sua altezza, a malapena un metro e mezzo, rendesse la fantasia della scolaretta ancora più plausibile. Si spostò quando il suo cazzo iniziò di nuovo a indurirsi.

Le avrebbe lasciato tenere le calze al ginocchio e la gonna, almeno per un po'...

La ragazza fece sedere altre due persone quando Addy alzò la mano.

"Ok, ok, ora che abbiamo incontrato tutti il 'Dr. Sexy', dove eravamo rimasti? Non ho mai... fatto parte del mile high club."

Jack bevve automaticamente, i suoi anni universitari gli tornavano in mente. Fu solo quando abbassò il bicchiere che si rese conto che nessun altro aveva bevuto, e tutti gli occhi erano puntati su di lui.

"Che c'è? Ho il patentino di volo. È una specie di requisito." Fece l'occhiolino ad Addy e lei divenne rosa. Il rossore la rese irresistibile.

In quale altro modo posso eccitarla?

La ragazza accanto ad Addy fece finta di pensare.

"Hmm", disse. "Non mi sono mai filmata mentre facevo sesso."

Jack bevve, e lo stesso fecero due ragazze al tavolo.

"A Snapchat!" gridò una di loro, ma stavolta Addy si fece più vicina al color cremisi.

"Addy?" chiese Jack. "È il tuo turno."

Si nascose i capelli dietro le orecchie e gli lanciò un'occhiata severa.

"Non ho mai avuto un rapporto a tre."

Jack bevve, così come una ragazza in fondo al tavolo.

"Erano due ragazze!" gridò lei.

"Lo stesso per me", disse Jack.

I ragazzi al tavolo risero, ma Addy si voltò a disagio quando lui sembrava non voler distogliere lo sguardo da lei.

"Non ho mai avuto un rapporto a cinque", disse Jack, e le strinse il braccio. "O almeno non ancora."

Il gruppo si illuminò di piccole urla. Addy era calda al tatto, ma non resistette quando lui la avvicinò.

"Non ho mai cavalcato la faccia di qualcuno", disse la ragazza dall'altra parte di Jack. "Che vi devo dire... Sono una tipa tranquilla!"

Immediatamente, Jack tornò al suo sogno. Addy era completamente nuda e rilassata. Non l'aveva mai vista lasciarsi andare così prima di allora. Le sue mani premevano contro le sue cosce mentre gli cavalcava il viso con gli occhi chiusi.

Cosa darei per farla sentire così, pensò.

Il suono del bicchiere vuoto che Addy poggiò sul tavolo accanto a lui lo riportò alla realtà. I suoi occhi si spalancarono.

Aveva bevuto?

"Tu?" sibilò sottovoce mentre il gioco continuava attorno a loro. "Mi sorprendi, Addison", disse. "Non pensavo fossi quel tipo di ragazza. A cavallo del viso di qualcuno, lì a succhiare il tuo clitoride. A leccare il tuo godimento mentre ti strofini contro la sua bocca."

Più era esplicito nella descrizione, più lei arrossiva.

Vederla arrossire in quel modo era quasi come vedere il rossore di un bagliore. Quasi. Forse non era così innocente come lui pensava.

Cavolo, siamo sposati, pensò. *Finché lei acconsente, posso farle qualsiasi cosa.*

Mentre il gioco andava avanti, Jack si sedette e guardò Addy sotto una nuova luce. Prima che il round potesse tornare da lei, si alzò di scatto.

"Scusate," disse.

La guardò dirigersi verso il bagno e attese un minuto prima di seguirla.

I bagni erano singoli e privati. E solo uno era contrassegnato come "Occupato".

Jack aspettò fuori dalla porta. Non appena lei uscì, la rispinse dentro e chiuse la porta a chiave dietro di sé.

"Che stai facendo?" disse lei a fatica.

"Tutto quello che vuoi. A meno che tu non voglia che me ne vada..."

Sapeva che era un rischio. Nella penombra del bagno, illuminato con una sola lampadina rosa, vide le sue pupille dilatarsi.

Gli occhi di Addy puntarono la sua bocca. Lei si leccò le labbra. Era proprio il segnale di cui aveva bisogno. Jack si avvicinò a lei per il bacio, duro ed esigente. Addy emise un gemito sommesso e si sciolse contro di lui.

Mentre la teneva contro il muro, iniziò a baciarle il collo. Con una mano sotto la gonna cercò un po' le mutandine, il piccolo perizoma blu, ma non trovò nulla. Era stata seduta su quello sgabello di legno con la figa premuta, calda e bagnata, proprio contro il legno.

"Monella...", sussurrò mentre le sue dita sfioravano la sottile striscia di peli esaltata da quella che doveva essere una cera brasiliana molto recente.

Esagitata, cominciò a sbottonargli i pantaloni mentre lui le accarezzava il clitoride, già gonfio e scivoloso di desiderio. Jack la sollevò sul piccolo bancone e Addy allargò le gambe avidamente.

Jack le afferrò le caviglie e spinse i piedi sul bancone mentre le sue scarpe cadevano a terra. Con le sue ginocchia puntate verso il soffitto e le sue cosce spalancate, fece un passo indietro per prenderla. Quelle calze alte fino al ginocchio incorniciavano perfettamente il suo centro ben esposto.

"Accidenti," disse, e lei si sporse per prenderglielo. Le fece scivolare due dita nella destra mentre lei afferrava il suo cazzo.

Bussarono alla porta, un suono forte e chiaro.

"Ignoralo", disse Jack. Curvò un dito dentro di lei e vide i suoi occhi rotolare all'indietro mentre colpiva il suo punto G.

"Addy. Sei qui dentro?"

"Cazzo, è Kenzie!" Disse Addy.

"Addy. Jeremy ha detto che eri tornata qui. Stai bene?"

Addy lo spinse via e saltò giù dal bancone.

"Io... Ho bevuto troppo", borbottò lei.

Jack indietreggiò, stupito mentre Addy si raddrizzava i vestiti e apriva la porta con un sorriso.

"Gesù, Addy", disse, e si affrettò a chiudere la porta in modo che potesse riallacciarsi i pantaloni.

Che cazzo di sfortuna! si disse.

L'umidità di Addy gli copriva ancora le dita. Jack si mise un dito in bocca e la assaggiò. Era incredibile, più di quanto avesse immaginato. Quasi una droga.

Se lei era attratta da lui, e lui era dannatamente sicuro che lo fosse, prima o poi l'avrebbe convinta ad agire.

14

*P*oteva sentire la rigidità di due giorni di doppi turni non appena aprì gli occhi.

Ma ne è valsa la pena, pensò lei.

Due notti prima, lei e Jack erano stati vicini a scopare nel bagno di un bar. Iscrivendosi a quei doppi turni, lo aveva evitato completamente da allora.

Addy ascoltò attentamente, ma il resto dell'appartamento sembrava essere silenzioso. Non parlavano da quella notte. Un paio di cenni di saluto quando si erano incontrati, entrando o uscendo nel soggiorno, erano stati l'unico contatto che avevano avuto.

Ora, l'appartamento sembrava vuoto.

Non riusciva a smettere di ripetere quello che era successo in quel bagno nella sua testa. L'aveva consumata durante ciascuno di quei turni di diciotto ore.

Grazie a Dio i tavoli non mi hanno tenuta molto concentrata dopo un po', pensò lei.

Aveva lavorato col pilota automatico, ma era bello tenere le mani occupate.

Eh. È strano masturbarsi nel suo letto? si chiese.

Addy fece scivolare una mano sulla pancia tesa e sotto la biancheria intima. Con le ginocchia sollevate e le cosce aperte, si sorprese da quanto fosse già bagnata. Un paio di leggeri movimenti del clitoride e sentì il respiro affannarsi.

"Jack", sussurrò, e il ricordo del suo cazzo, duro e caldo nella sua mano, si precipitò alla sua memoria.

"Fanculo!" Allontanò le coperte e si mise a sedere.

Lo avrebbero effettivamente fatto quella notte? Probabilmente.

Era stato quasi impossibile fermarsi anche quando aveva sentito la voce di Kenzie dall'altra parte della porta. Quel brivido che aveva avuto per lui, nel profondo del suo centro, era rimasto con lei da allora.

"Tieniti occupata," si disse.

Addy diede un'occhiata all'orologio. Erano quasi le nove del mattino. Troppo tardi per chiamare il ristorante e prendere un altro turno. Aveva molte ore del giorno da riempire.

Si lasciò cadere sul divano e aprì il suo pc. Almeno sarebbe stato un po' più facile evitare la tentazione di toccarsi quando non era a letto. Aprì Facebook e sentì il profumo di colonia di Jack.

Ovviamente il divano ha il suo odore, pensò. Ma raddrizzò la schiena e continuò, direttamente sulla sua pagina Facebook.

Era chiaro che la pagina era stata curata con cura, ma non era scontato per tutti. C'erano decine di foto insieme.

Una foto, quella scattata subito dopo il viaggio in aliante, aveva un commento in evidenza da uno degli amici di Jack riguardo al fatto di organizzare un ricevimento per festeggiare. Non sapeva chi fosse il ragazzo, ma aveva fatto un'ottima osservazione.

In effetti se questo fosse un vero matrimonio, non sarebbe strano che non abbiamo mai organizzato un ricevimento o una festa con i nostri amici per celebrare la fuga d'amore?

Elaborò la scena nella sua mente. Addy s'immaginò l'abito bianco perfetto. Forse avrebbero potuto fare anche un'altra cerimonia in città? Una più tradizionale. Poteva immaginarsi mentre camminava lungo la navata, sulle note di "Perfect" di Ed Sheeran eseguita da un quartetto d'archi.

Nella sua mente, camminava da sola. Per un attimo avvertì una stretta al cuore, ma anche facendo galoppare la fantasia non riusciva a pensare che suo padre avrebbe potuto riprendersi per accompagnarla all'altare. Jack l'avrebbe aspettata lì in fondo, in uno smoking dal taglio netto, quel sorriso sul suo viso che la faceva vacillare...

Smettila. Sei ridicola.

Addy sospirò. Lo era davvero. Era chiaro anche a lei che questa fantasia riguardava più un matrimonio e meno l'assicurarsi che il loro piccolo stratagemma fosse credibile. *Ma si tratta della cerimonia in sé o del matrimonio?*

Il suo telefono vibrò contro la sua coscia e la riportò alla realtà.

Stasera non farò il mio turno alla guardia medica, sarò a casa per cena, scrisse Jack.

Si comporterà come se non fosse successo nulla? Dopo due giorni di silenzio? pensò.

Ottimo, rispose lei. Erano già quasi le quattro del pomeriggio.

Merda. Ho davvero passato tutta la cazzo di giornata su Facebook e fantasticando sui matrimoni? Addy balzò in piedi e corse a fare una lasagna. *Grazie a Dio la cucina non è sfornita.*

Era stato uno dei compiti che si era prefissata oltre al lavoro negli ultimi due giorni per tenersi impegnata e lontana dall'incontrare Jack.

Preriscaldò il forno e fece bollire una pentola d'acqua. Mise a scaldare l'olio d'oliva e la carne macinata a rosolare in una casseruola, quindi aggiunse aglio e origano. Mentre aggiungeva la marinara, il sale e il pepe, scolò le tagliatelle cotte e ci mise su un po' d'olio d'oliva per evitare che si attaccassero.

Quello era il suo ambiente, in cucina e circondata dal cibo.

Avrei dovuto aiutare uno dei cuochi invece di farmi il culo coi tavoli negli ultimi due giorni.

Addy estrasse una delle pesanti ciotole di vetro dall'armadio e iniziò a mischiare la ricotta, il parmigiano e il prezzemolo. Mise a strati la salsa, le tagliatelle e il formaggio in una casseruola con maestria e precisione. Anche avendolo fatto in fretta, vide che la qualità era come da ristorante.

"Perfetto", sussurrò mentre apriva il forno per iniziare a cuocere la lasagna.

Addy fece quasi cadere tutto il vassoio mentre il telefono squillava nella tasca dei pantaloncini. Kenzie.

"Kenzie? Tutto ok" chiese mentre metteva il telefono in vivavoce e lo poggiava sul bancone.

"No", disse Kenzie piano. Poteva avvertire il tremore nella sua voce. "È papà..."

"Cos'è successo?" Addy avvicinò il telefono all'orecchio. "Sta bene?"

"È...sconvolto", disse Kenzie.

"Sconvolto? Che cosa significa? Cos'è successo?"

"Non vuole alzarsi dalla sedia. Puoi... venire a darmi una

mano? " Kenzie usò la vocina dolce da bambina che funzionava sempre su tutti in famiglia.

"Kenzie! Respira? Sta bene? Devi chiamare un'ambulanza?"

"Sì! Respira, è vivo, se è quello che stai chiedendo. Dio, pensi che chiamerei te se pensassi che fosse morto?"

"Non lo so, Kenzie! Sì? Forse sì."

"Wow grazie! Ma davvero, Addy, non ci sta con la testa." *Davvero ubriaco, vorrai dire.* "Per favore, puoi semplicemente venire ad aiutarmi? So che hai avuto tutto il giorno libero..."

Addy digrignò i denti. "Io... Va bene. Sì, ok. Arrivo subito!"

Addy riattaccò, sbatté lo sportello del forno e mise il timer per venti minuti. Quello era uno dei vantaggi dell'abitare con Jack nel miglior complesso della città. Fantastici gadget da cucina con timer automatici. Tirò fuori un post-it dal cassetto delle cianfrusaglie e iniziò a scrivere un biglietto a Jack.

"Ehi". Addy quasi lanciò un urlo al saluto di Jack.

"Jack! Non ti ho sentito entrare. Ti stavo lasciando un biglietto..."

"Che succede?"

"Niente" disse lei sulla difensiva. "Perché?"

"Addy, lo vedo che sei arrabbiata. Qual è il problema?"

Lei sospirò. "Si tratta di mio padre..."

"Sta bene?"

"Sì, certo". Se consideri "bene" lo stare ubriaco e perdere i sensi. Kenzie ha appena chiamato, vuole che vada laggiù per darle una mano."

"Vengo con te." Sembrava sfinito nel suo camice stropicciato.

"No, rimani. La cena sarà pronta tra venti minuti, quindi serviti pure..."

"Addison. Vengo con te."

Qualcosa nella sua voce le disse di non insistere. Si lasciò accompagnare verso la porta mentre le immagini di ciò che stavano per affrontare le correvano per la testa.

"Jack, mio padre non ti conosce nemmeno. Cosa gli dirò? A dire il vero, non so nemmeno quanto sappia di tutta la nostra... situazione."

"Vedremo la situazione quando arriveremo lì", disse Jack in tono calmo. "Sarò il un tuo amico che fa il medico se non sa nulla."

Jack le aprì la portiera del passeggero. Era sopraffatta, da tutto. Non doveva essere così gentile con lei. Si sporse in avanti e lo abbracciò. Ma il suo profumo, la sua vicinanza, la fecero tornare istantaneamente nel bagno del bar.

"Possiamo... ehm, possiamo andare", disse lei.

Aveva appena parcheggiato sul vialetto quando Addy aprì la portiera e si precipitò su per le scale. La porta d'ingresso era aperta, come sempre. Sembrava che Kenzie avesse acceso tutte le luci della casa.

"Papà? Dai, lascia stare!" lo implorava Kenzie dal soggiorno.

Addy si precipitò verso quei suoni, leggermente consapevole dei passi di Jack alle sue spalle. Kenzie si chinò sulla poltrona e cercò di togliere una bottiglia di whisky dalle mani del padre.

Immediatamente, Addy fu imbarazzata.

Non avrei dovuto far venire Jack.

Vide tutta la sua famiglia incasinata sotto una nuova luce. Anche a più metri di distanza, sentiva che suo padre aveva un odore terribile. Ovviamente non aveva fatto la doccia o mangiato un pasto decente da quando lei si era trasferita con Jack.

Signore. Non l'ho davvero più visto da allora?

Suo padre alzò gli occhi verso Addison. *Beh, almeno è sveglio.*

"Tu" balbettò. "Che cazzo ci fai qui?"

"L'ho chiamata io, papà", disse Kenzie.

Lei prese la sua distrazione come un'opportunità per strappargli finalmente la bottiglia dalle mani.

"Non ho bisogno che *tu* interferisca con la mia vita" ringhiò suo padre.

Lei si accigliò, ma lui non dava segno di accettare quell'interazione sociale.

"Ingrata. Ci lasci proprio quando abbiamo bisogno di te; chi è questo?" chiese, finalmente consapevole di Jack.

"Sono Jack Stratton", disse Jack in modo pacato. "Sono un dottore nel nuovo ospedale."

"Un dottore, eh?" chiese suo padre mentre lo guardava. "Beh, buon per te."

"Signor Fuller, le dispiace se le faccio qualche domanda? Vuole fare un controllo di base?"

Addy rimase scioccata dal fatto che suo padre non abbaiò immediatamente. Al contrario, guardò attentamente Addy e Kenzie.

"Beh, visto che ci sei..." disse suo padre.

"Addy, Kenzie? Vi dispiace lasciarci un po' di privacy?" disse

Jack.

Non era una domanda.

Kenzie afferrò il braccio di Addy mentre uscivano dal soggiorno.

"Oh mio Dio, grazie a Dio sei qui", disse Kenzie. "Non lo sapevo che..."

"Come hai potuto lasciarlo ridursi in questo stato?" le chiese Addy.

Scosse la presa di Kenzie dal suo braccio.

Kenzie sbatté le palpebre. "È un adulto, sai..."

Addy chinò la testa. Si sentiva tradita, e ora anche in colpa.

Ovviamente Kenzie non si è presa cura di lui. Sapevi che non lo avrebbe fatto. A che diavolo stavi pensando?

"Kenzie", disse lentamente. "Sono tornata qui, ho abbandonato il college per occuparmi delle cose in modo che non diventassero *esattamente* come sono adesso. Sono passate solo poche settimane e...e..."

Si fermò mentre suo padre entrava dritto in cucina, tirò fuori un po' d'acqua dal frigorifero e proseguì verso il retro della casa, verso la sua camera da letto.

"Ma che cavolo...?" Iniziò Kenzie.

Jack lo seguì da vicino. "Tuo padre si farà una doccia", disse. "Poi ceniamo tutti da me."

"Cena? Ma avevo dei piani..." Kenzie iniziò a lamentarsi. Addy le lanciò uno sguardo che la zittì immediatamente.

Buono a sapersi, il colpo di avvertimento della sorella maggiore funziona ancora.

"Come hai fatto?" gli chiese Addy. "Che cosa gli hai detto?"

"Io per farlo rimanere buono e seduto ho impiegato giorni interi", disse Kenzie.

"Niente di che", rispose Jack.

I tre rimasero in cucina in silenzio mentre ascoltavano il suono dell'acqua che scorreva.

"Fatto!" disse suo padre.

Apparve in cucina a doccia fatta con una camicia abbottonata e i jeans. Aveva ancora gli occhi iniettati di sangue e c'erano delle piccole vene esplose sul naso, ma era la sua versione più bella – e più sobria - dopo anni.

"Prendiamo due macchine", ha detto Jack. "Kenzie, ti dispiace portare tuo padre?"

Addy tenne d'occhio i fari alle loro spalle mentre si dirigevano verso il condominio. C'erano un milione di domande che voleva porre a Jack, ma nessuna di esse riusciva ad uscirle di bocca.

Non appena i quattro entrarono nel condominio, vennero avvolti dall'aroma ricco e gustoso di una lasagna perfettamente realizzata.

Era nervosa mentre serviva il tavolo e teneva d'occhio suo padre. Si comportava benissimo, anche se lei continuava ad aspettare che emergesse il suo solito lato ubriaco.

Era Jack, si rese conto. Era riuscito a tirar fuori il miglior lato di suo padre.

"È fantastica, Addy", disse Kenzie. "Seriamente, dovremmo aggiungerla al nostro menù."

"Roba buona, ragazza" disse suo padre. Si sedette accanto a lei, aveva quell'odore di un tempo, di dopobarba Old Spice e sapone Dove. Quel profumo di quando la mamma era viva. "Sai, dovresti trovarti qualcuno come Jack," disse.

Addy lanciò un'occhiata a Kenzie.

Davvero? Non l'aveva detto a loro padre? Gli occhi di Kenzie si spalancarono per fingersi innocenti.

"Penso che tua figlia se la stia cavando parecchio bene anche da sola", disse rapidamente Jack.

Addy si affrettò a pulire i piatti mentre finivano. "Kenzie, si sta facendo tardi. Forse dovresti riportare papà a casa?"

Kenzie guardò il suo telefono.

"Sì, anche perché stasera devo uscire", disse. "Dai, papà. Ti porto a casa."

Per una volta, la vita sociale di Kenzie va a mio favore.

Le sembrò strano abbracciare suo padre per salutarlo, ma per un secondo le sembrò come ai vecchi tempi.

"Ti do una mano a lavare i piatti?" chiese Jack.

"Certo", disse lei scrollando le spalle. "Devo solo togliere il formaggio. La lavastoviglie si occuperà del resto."

Lei gli lanciò un'occhiata da accanto al lavandino. Quando controllò per assicurarsi che il tavolo fosse pulito, tornò alla sua ampia schiena piegata sul lavandino mentre scrostava la casseruola. Sopraffatta, lo abbracciò da dietro.

"Grazie per oggi", sussurrò.

Lui cominciò a girarsi. Prima che Addy potesse mettersi nei guai, corse via nella sua stanza.

15

Jack versò generosamente la panna nella spessa tazza di caffè decorata con il logo del ristorante della famiglia di Addy. Aggiunse due cucchiaini di dolcificante Splenda e mescolò il dolce intruglio.

Arrivato sulla porta della camera da letto di Addy, si fermò. Era bella quando dormiva, innocente e indifferente. Era l'unica volta che la vedeva senza nessuna preoccupazione dipinta in viso.

Addy era distesa sul letto con una gamba abbronzata appoggiata sul lenzuolo. La maglietta si era alzata durante la notte per lasciare scoperto un tratto del suo stomaco tonico.

Ad ogni suo respiro profondo, Jack non poteva fare a meno di notare il salire e lo scendere del suo petto. Chiaramente senza reggiseno, per un momento pensò quasi di poter vedere attraverso il materiale bianco.

"Buongiorno", disse lui proprio mentre la sua eccitazione cominciava a montare nei pantaloni della sua divisa.

"Buongiorno" mormorò lei, gli occhi ancora chiusi. Lentamente, li aprì ma non completamente. "È caffè?"

"Con panna e Splenda, proprio come piace a te. Sai, questi finti dolcificanti ti uccideranno", disse con un sorriso mentre si avvicinava alle sue mani tese.

"Anche una mattina senza caffè mi ucciderà", disse prima di bere un sorso. "Okay, hai attirato la mia attenzione. E ora so che vuoi qualcosa. Che succede?"

Jack sogghignò. "Alzati. Vestiti. Le stelle si sono allineate magicamente ed entrambi abbiamo il giorno libero."

Addy brontolò. "Devo farlo per forza?"

"Sì, ordini del dottore. E mettiti in tenuta sportiva o qualcosa del genere."

"Ci alleniamo? No, non credo proprio." Disse, e posò il caffè sul comodino. "Non scambierei mai il mio caffè per un allenamento."

"Non ci alleniamo. Ma indossa qualcosa a cui non tieni particolarmente."

"Cosa?"

Prima che Addy potesse ribattere, Jack lasciò la stanza e chiuse la porta.

"Cosa dobbiamo fare?" gridò lei ancora dentro.

"È una sorpresa! Sbrigati," urlò lui dal soggiorno.

Venti minuti dopo, Addy apparve nel soggiorno a doccia fatta indossando pantaloni da yoga neri e un top grigio cenere della Santa Fe University con un generoso scollo a V. Sotto lasciava intravedere un reggiseno sportivo nero a strappo.

"Ok, sono pronta. Ora dimmi di che si tratta", disse.

"È tutto in macchina. Vedrai."

Lei sbuffò, ma lasciò che Jack le afferrasse la mano e la trascinasse verso la Jeep. Addy sbirciò nella parte posteriore, ma tutto ciò che riuscì a vedere erano dei borsoni.

"Stiamo andando a fare un'escursione?" chiese. Si infilò un paio di occhiali da sole stile aviator e si sistemò i capelli sotto un berretto da baseball.

"In realtà è tutto il contrario. Ma non ti do altri indizi", disse. "Ecco, mangia questa", le disse mentre le porgeva una barretta sostitutiva dei pasti. "Ti tornerà utile."

Con la coda dell'occhio, la guardò staccarla a pezzetti e masticarla lentamente. Jack controllò la distanza. Si stavano avvicinando. Presto iniziarono ad apparire le indicazioni per la Black Chasm Cavern. La guardò mentre li osservava e lanciava a lui uno sguardo curioso.

Jack si addentrò in un terreno ghiaioso.

"Dai," disse. "Saremo speleologi per un giorno."

"Assolutamente no", ribatté Addy.

Addy scosse la testa con veemenza, ma prese la tuta blu che Jack le porse. Si sistemò la cintura di sicurezza e prese cautamente l'elmetto rosso che lui le stava porgendo dal borsone.

"Non ti preoccupare", le disse. "Sei in buone mani."

Mentre sollevava la cintura sui fianchi di Addy e la stringeva sulla zona dell'inguine, non riuscì a trattenersi. Essere così vicino a lei, le sue mani a pochi centimetri da quella dolcezza con cui era stato stuzzicato.

Addy deglutì in modo quasi udibile. Jack alzò gli occhi dal punto in cui si era accovacciato davanti a lei e vide un profondo rossore espandersi sul suo viso.

"Andiamo", disse, e diede alla sua cintura un ultimo scossone di prova.

Le fece strada nella prima caverna e le fece cenno di accendere la luce.

"Non sapevo che l'esplorazione delle grotte, o come diavolo si chiama, fosse permessa qui", osservò Addy. "Pensavo fosse una specie di trappola per turisti."

"Da quel che so, non è permesso", replicò lui.

"Jack!"

"Non ti preoccupare, ho fatto le mie ricerche. Molte persone si intrufolano per una piccola esplorazione privata."

Mentre voltavano un angolo, sollevò una torcia per illuminare la prima formazione rocciosa di cui aveva letto.

"Dai un'occhiata, è eolico."

"Ovvero?" Si avvicinò alle sue spalle, un po' senza fiato per quel tocco di paura che l'oscurità tende a suscitare.

"È stata creata dal vento." Jack spense la luce portatile e se la infilò in tasca. Solo le luci dei loro caschi illuminavano quel motivo vorticoso.

"Andiamo," disse. Non riusciva a vedere la sua mano, ma la sentì, e lei lo afferrò forte.

"Dove andiamo?" rispose lei. Sussurrò quelle parole, la sacralità della caverna onnipresente.

"Facciamo la prima sosta."

La aiutò a salire su per il primo piccolo pendio e poi si arrampicò dopo di lei. Nell'oscurità oleosa del trespolo, le pareti sedimentarie si stringevano attorno a loro.

Aveva voglia di baciarla. Odorava fiori ogni volta che le si avvicinava.

Per il resto della mattinata ci andarono molto vicini. Una volta, nella zona buia della caverna dove la luce del giorno non riusciva a filtrare, per poco non riuscì a fermarsi.

Si avvicinò, si sporse verso di lei per evitare lo strapiombo vicino. Addy non aveva bisogno di accovacciarsi. Piuttosto, lo aveva guardato, il suo mento inclinato verso l'alto e quelle labbra morbide che quasi lo imploravano di annullare la distanza tra loro.

Eppure lui resistette.

È stata un'idea stupida, si rese conto mentre si facevano strada nelle zone più anguste della caverna.

Dovevano per forza mettersi a quattro zampe. Addy si muoveva davanti a lui, il sedere a forma di cuore punteggiato dal contorno della cintura. Lui trattenne il respiro ma non riuscì a distogliere lo sguardo.

Gli ci volle tutta la sua forza di volontà per non afferrare quella cintura, tirarla indietro verso di sé, strapparle i vestiti e affondare la sua durezza in quelle profondità. Ad ogni centimetro percorso da Addy su mani e ginocchia, lui si faceva più duro.

Mentre uscivano dal tunnel, lei si voltò a guardarlo da sopra la spalla. Solo il suo faretto le illuminava il viso.

Chiedimi di scoparti ora, proprio qui, pensò Jack.

Ma lei non disse nulla. Sorrise e si alzò in piedi, pulendosi le ginocchia con la punta delle dita.

"Oh, wow", disse. "Come si chiama questa roccia?"

Addy tirò fuori la propria torcia per illuminare la colonna vorticante.

"Elictite", rispose lui. "Fantastico, vero?"

Pregò affinché Addy non accendesse la luce e vedesse il suo durello impazzito. Non era mai stato così grato per l'oscurità.

"Grazie per avermi portata qui," disse Addy piano.

Lei gli prese la mano e intrecciò agilmente le dita tra le sue. Avrebbe dovuto essere romantico, ma era più che romantico. Jack aveva visto molte cose in vita sua, cose incredibili, ma con Addy le vedeva con occhi nuovi, le vedeva con quei suoi occhi.

Se fosse andato da solo o con qualcun altro, avrebbe semplicemente spuntato dalla lista un altro elictite apparso in una delle sue tante avventure. Ma lei lo rendeva diverso, speciale. Lei gli mostrava le meraviglie proprio di fronte a lui.

La lasciò condurre lungo la strada e scegliere la meta seguente. Mentre guardava il suo sedere ondeggiare di fronte a lui e i suoi fianchi oscillare da un lato all'altro, provò a trovare una soluzione. Non era mai stato tanto ossessionato da una ragazza in vita sua.

Ma lei non è una ragazza qualunque, vero?

Tutte le altre si erano praticamente buttate ai suoi piedi. Perfino Rosalie. Era abituato a tutti i giochetti che usavano, che fossero innamorate o distaccate. Quelle come Rosalie, abili nel fare le difficili, erano comunque facilmente smascherabili.

Rosalie aveva dormito con lui al terzo appuntamento e aveva giurato di non aver mai fatto nulla del genere prima.

Ma non Addy. Lei non era come le altre. Era piacevole, e strano, soprattutto dopo che gli era diventato un dottore. Prima le ragazze arrivavano abbastanza facilmente, e dopo? Persino un accenno al fatto che fosse un dottore faceva correre da lui la più squisita delle donne.

Perché Addy ne era immune?

Semmai, sembrava essere quella che cercava di mantenere tutto leggero e spigliato.

Cazzo. Se questo è un gioco, allora è più brava di me.

Aveva incontrato la sua anima gemella? Non riusciva a capirlo. Ma l'apparente indifferenza di Addy nei suoi confronti gliela faceva desiderare ancor di più. E quel piccolo episodio nel bagno? Non poteva essere del tutto sicuro che l'avrebbe fatto se Kenzie non li avesse interrotti.

È così veloce a cambiare idea, avrebbe potuto smettere in qualsiasi momento.

Di fronte a lui, si chinò per infilarsi in un'altra piccola apertura. Jack allungò la mano, alla ricerca di un disperato tocco di lei. Desideroso di sentire di nuovo il suo culo tra le sue mani. Proprio come quella notte in bagno.

Proprio come nel suo sogno quando lei gli lasciava stringere le sue chiappe tra le mani mentre gli cavalcava il viso, mentre chiedeva con il suo corpo che lui le leccasse generosamente il clitoride prima di immergere la sua lingua dentro. "Scopami, per favore."

Ricordava ancora la Addy del sogno e il modo in cui l'aveva implorato, pur sapendo che era lei ad avere il controllo. Avrebbe potuto chiedergli qualsiasi cosa.

"Sbaglio o quello è il sole?" la voce di Addy ruppe il flusso dei suoi pensieri.

"Sembra proprio di sì", rispose lui. Ordinò alla sua erezione di placarsi quando raggiunsero l'uscita. "Aspetta".

Lei si voltò. "Che c'è?"

"Non puoi uscire ed esporti al sole in questo modo. Devi rimanere qui un minuto, far riabituare gli occhi."

Si appoggiarono alle fredde pareti della caverna, metà nell'oscurità che avevano appena condiviso e metà al sole. Addy socchiuse gli occhi nel verde illuminato dal sole. Si voltò verso di lui e aprì la bocca. *Solo una parola e sono tuo,* pensò Jack.

"Penso mi ci voglia una bella birra", disse stiracchiandosi.

"Certo, va bene. Troviamo un bar ", disse lui abbattuto.

Non importava quanto ci provasse, non riusciva a smettere di scoparla con lo sguardo.

16

"Suona troppo da ambiente triste o da serial killer?" chiese.

Addy indicò il primo cartello di un punto ristorazione sull'autostrada che passarono dopo l'esplorazione della grotta.

"Noah's Ark Burgers and More? No, per niente," replicò Jack.

Era esausta. Si appoggiò allo schienale e premette i palmi delle mani contro le cosce. C'era una piccola ferita nel punto in cui la cintura le aveva scavato la pelle. Tuttavia, ne era valsa la pena.

Non si era mai sentita così viva in vita sua. E stare con Jack al buio, la tensione sessuale tra loro, il modo in cui aveva sentito i suoi occhi sul suo culo ogni volta che si trovava di fronte a lui - era stato inebriante.

Addy continuava ad aspettare che lui la baciasse, la gettasse contro il muro, per fare qualsiasi cosa, ma si era trattenuto tutto il tempo.

Non era stata solo la speleologia ad esasperarla. Aspettare in modo snervante che facesse una mossa era stato anche peggio. Pensava sarebbe esplosa quando avrebbero raggiunto l'uscita.

Che c'è, pensa che non mi sia accorta che mi osservava tutto il tempo? Pensa che non abbia fatto lo stesso ogni volta che lui distoglieva lo sguardo?

Scosse la testa e guardò fuori dal finestrino mentre Jack usciva dirigendosi verso il punto ristoro dal nome macabro.

Devi darti una calmata, si disse.

Cosa si aspettava? Che la sbattesse contro una parete della caverna e la scopasse selvaggiamente nel buio?

Beh forse, pensò. Perfino l'idea l'aveva fatta bagnare, e si contorse sul sedile. *Ma è proprio il classico ragazzaccio. E una scelta talmente sbagliata...*

Il piccolo ristorante aveva una parete raffigurante un'arca. Animali felici, a due a due, che salivano a bordo.

"Perché sono così felici?" mormorò Jack. "Mucche, maiali... tutti animali che probabilmente ci servono lì dentro, in mezzo a un panino."

"Nessun pinguino, spero", scherzò Addy.

Indicò gli animali in bianco e nero dei cartoni animati. Ridacchiò, ma non fu abbastanza per tagliare la tensione tra di loro.

Fortunatamente, il menù era piuttosto basic, in stile americano. Ordinarono due cheeseburger e una porzione di crocchette di patate da condividere. Due birre ghiacciate arrivarono con il pranzo su ordinazione e Addy vi si avventò su tutto, affamata.

Almeno posso placare questo tipo di fame, pensò. Il formaggio si sciolse sulle sue dita. Lo succhiò avidamente.

"Ehi," sussurrò Jack.

"Non rompermi le palle" mormorò. Addy non distolse lo sguardo dall'hamburger. "Ho fame."

"No, non è per quello. Guarda!"

Addy alzò lo sguardo e Jack indicò con gli occhi l'altro lato del ristorante. "Che c'è?"

"Vedi quella vecchia coppia? Ci stanno fissando. Forse è una di quelle città di serial killer", sussurrò.

Addy si rese conto che era una vecchia coppia della sua città natale. I due che erano sempre nel negozio di bibite per l'offerta della colazione mattutina. Non riusciva a ricordare i loro nomi, ma sapeva che erano dei pettegoli assurdi. Non facevano che spettegolare dalla mattina alla sera.

"Oh, Dio", disse. Lasciò cadere l'hamburger e si coprì il viso con le mani.

"Che c'è? Ehi, attenta! Così ti sporchi i capelli col formaggio." Jack si sporse sul tavolo e scostò le mani di Addy dal suo viso.

"Li conosco", disse lei.

"Davvero?"

"Beh, non benissimo. Sono i due pettegoli della città. Sono

sicura che stanno prendendo appunti, pronti a riferire tutto quello che vedono."

"Oh. Bene, allora diamo loro qualcosa di cui parlare."

Rapidamente, Jack si spostò dal suo lato del tavolo e la avvolse con un braccio. Le sfiorò l'orecchio e la pelle d'oca si diffuse istantaneamente sulla sua pelle.

Le prese il mento tra le mani e la costrinse ad alzare il viso. Quasi sconvolta tra le sue braccia, aprì leggermente la bocca per il suo bacio. Era tiepido, soffice e allo stesso tempo familiare ed esotico.

Addy si sciolse, anche se sapeva che era per dare spettacolo. Ma non riuscì a resistere. Voleva di più. Si aggrappò alla sua camicia e lo tirò più vicino, aprì la bocca per accogliere la sua lingua contro la sua.

Jack la accontentò ed esplorò la sua bocca. Si spostò sulla sua mascella e avanzò lentamente verso il suo collo. Mentre lei iniziava a gemere in modo quasi animalesco nel suo orecchio, sentì il suo cazzo irrigidirsi.

Sentì la sua mano sfiorarle il seno mentre il suo capezzolo si induriva a quell'attenzione. Non c'era quasi nulla tra il suo capezzolo desideroso di quei baci e le dita di Jack. Solo due sottili strati di tessuto.

Voleva più di ogni altra cosa premersi contro il suo tocco. Incoraggiare le sue mani a vagare liberamente. Aprire le gambe per fargli sentire come aveva iniziato a bagnarsi in quei leggings grazie al suo tocco.

Ma Addy spalancò gli occhi e vide che la vecchia coppia era già andata via.

Dovrei dirglielo? No, pensò. *Ancora un minuto, solo un minuto...*

Addy chiuse gli occhi e si abbandonò al suo tocco. Jack si seppellì nel suo collo e mentre lei premeva il seno contro la sua mano sentì un pizzico mentre lui iniziava a succhiarle la pelle.

Sapeva già che avrebbe lasciato un succhiotto. La rendeva più bagnata, il pensiero che sarebbe stata marchiata come sua.

Attraverso la sua maglietta, le strinse leggermente il capezzolo. Lei rispose con un gemito tanto forte che sfondò la sua stessa coscienza. Ad Addy non importava, si spinse ancor di più contro di lui.

Tirò il suo capezzolo attraverso il materiale e lei aprì le gambe. Ma la mano di Jack le restò sul petto. Delusa, andò dritta verso il cavallo. Era gonfio, duro, sul punto di scoppiare attraverso il tessuto.

Quella sensazione la spinse in un vortice frenetico. Lei lo voleva, aveva bisogno di lui in quel momento.

Chi se ne frega se è in un ristorante?

"Ehi", disse Jack all'improvviso. "Whoa."

Lei aprì gli occhi e lo vide mentre si tirava indietro. Lui ansimò leggermente, arrossì, ma almeno era stato capace di tenerli entrambi sotto controllo.

"Uh, scusa," disse. Con riluttanza, si allontanò. "Immagino di essermi... fatta trascinare da tutta la situazione."

"Va tutto bene", rispose lui.

La cameriera arrivò prontamente con il conto e diede a entrambi un'occhiataccia.

Merda. L'Arca di Noè. Sarà sicuramente un posto a conduzione familiare gestito da dei super cristiani.

Addy si spostò imbarazzata mentre Jack pagava il conto.

"Pronta?" le chiese.

Lei annuì silenziosamente e lo seguì fino alla macchina, a testa in giù per la vergogna, come un bambino che è stato sorpreso a fare una marachella.

"Che succede?" le chiese mentre si reimmettevano sull'autostrada.

"Che succede?! Sai, non c'è bisogno che ci palpiamo o comportiamo in modo carino se non ci sono Rosalie o Jeremy nei paraggi."

"Ma che cavolo...?" La voce di Jack si affievolì. Addy vide la sua espressione rannuvolarsi all'istante. "Okay", disse. "Hai ragione."

Lui fissò il parabrezza e Addy si mise con discrezione su un fianco, dandogli quasi le spalle. Il viaggio verso casa fu lungo e silenzioso.

Addy si impose di non cambiare posizione, non importava quanto l'umidità appiccicosa tra le sue cosce fosse diventata fastidiosa.

17

"Grazie per aver scaricato la lavastoviglie", disse Addy in modo distaccato.

Jack sospirò. Erano passati diversi giorni dalla loro avventura nelle caverne, seguita dalla scandalosa pomiciata in quello strano ristorante, e la tensione tra loro era palpabile. Addy stava cercando così duramente di mantenere il rapporto "amichevole ma distaccato", ma l'intera situazione era diventata incredibilmente imbarazzante.

Ed è colpa mia, pensò Jack.

"Ehi, cosa ne pensi di un'escursione oggi pomeriggio?" chiese.

"Un'escursione?"

Sentì la sua voce vacillare, ma non fu sorpreso. L'escursionismo non era totalmente fuori dal campo della speleologia, ed entrambi sapevano come era andata a finire.

"Voglio dire, oggi stacco alle quattro, quindi ho pensato che..."

"Ottimo! Voglio dire, sì, un'escursione mi ispira", disse allegramente.

"Bene. Io... Immagino che verrò a prenderti alle quattro e qualcosa."

Quando Jack tornò al condominio, Addy lo stava aspettando con quella che doveva essere l'attrezzatura da trekking meno attraente che avesse mai visto. Ballava in un paio di pantaloni cargo capri larghi e informi che sembrava aver comprato al mercato.

Una t-shirt oversize pendeva dalla sua piccola silhouette. Calze bianche spuntavano da sopra i suoi stivali da trekking viola malconci e tutti i suoi capelli erano raccolti sotto un cappellino da baseball.

"Sono pronta", disse con un sorriso.

"Se lo dici tu", rispose sottovoce.

Jack mise il pranzo al sacco nel suo Camelbak e cercò di non pensare troppo.

Non deve sentirsi costretta a mettersi in tiro per me, si ricordò.

Tuttavia, anche in quella tenuta trasandata, non riusciva a smettere di guardarla mentre uscivano. Addy si avviò verso la macchina, ma Jack la fermò.

"C'è un sentiero in fondo alla strada", disse. "Ho pensato: perché non esplorare vicino a casa?"

"Certo", disse lei con un sorriso.

Adorabile Addy, pensò. *Meglio della Adirata Addy, immagino.*

Mentre camminavano verso il sentiero che Jack aveva notato durante il suo tragitto giornaliero, il calore calò su di loro.

"Gesù, fa caldo", disse lui, e si asciugò la fronte.

"Pensavo fosse più caldo a Melbourne rispetto a qui", scherzò lei.

"Penso di essere stato abituato troppo bene con tutta quell'aria condizionata al pronto soccorso."

Camminarono tranquillamente in silenzio verso il sentiero. Jack notò Addy intenta a rubargli un'occhiata quando pensava che non stesse guardando. Soppresse un sorriso.

È disperata come me, si rese conto.

Ciò lo fece sentire meglio, come se fossero pari.

Il sentiero fortunatamente era all'ombra e più fresco. Quando raggiunsero un'area più pianeggiante, Jack sentì il fragore di un ruscello.

"Seguiamolo", disse.

"Perché?"

"Forse c'è un lago vicino."

"Non c'è nessun lago qui, Jack." Aveva ragione, ma portava comunque a una piccola piscina naturale.

"Piccole benedizioni", disse mentre si toglieva le scarpe e si arrotolava i pantaloni.

Addy lo fissò, congelata.

"Che c'è, non mordo mica..." disse.

"È esattamente quello di cui ho paura." Lo disse scherzosamente, ma lui recepì solo la sfumatura più severa del suo tono.

"Dai, siediti," la incoraggiò.

A malincuore, Addy si fece strada accanto a lui e si sfilò le scarpe. Addy si assicurò che ci fosse molto spazio tra di loro. Jack tirò fuori gli spuntini dal suo zaino insieme a una bottiglia di vino.

"Dovremo condividere la bottiglia", disse. "Non ho portato nessun bicchiere."

"Va bene", disse lei troppo in fretta.

Addy si avvicinò ancora un po' per prendere la bottiglia, ma si vedeva che era ancora rigida.

Jack le porse la bottiglia e indicò le stelle sull'etichetta.

"Indovina che costellazione è", disse. Prima che lei potesse rispondere, lui riempì il silenzio. "Leone."

"Come lo sai?" chiese lei, sinceramente sorpresa. Finalmente, il muro che aveva eretto iniziò a sgretolarsi.

"Ero ossessionato dalle stelle quando ero un bambino. Pensavo che da grande sarei stato un astronauta. È uno di quei sogni che rimarrà per sempre nel cassetto", disse Jack tristemente.

Lei sorrise bevendo un sorso di vino. "Sì, lo vedo. Scommetto che eri un bambino carino."

"Il più carino", si corresse. "Aspetta, penso di avere delle foto sul telefono."

"Oh mio Dio, eri così incredibilmente carino!" esclamò. Osservò la sua espressione mentre scorreva le foto. "Ugh, mi fa male alle ovaie guardarti."

"Uhm... Grazie?" disse con una risata. "Ma ero... beh, precoce non si addice del tutto. L'apparenza inganna. E tu? Cosa volevi fare da piccola?"

"Addestratrice di cavalli", disse senza esitazione. "Non m'importava il fatto che non potessimo permetterci un cavallo. Ero determinata."

Scosse la testa a quel ricordo.

"Quando avevo dodici anni, i miei genitori hanno messo dei soldi da parte e mi hanno comprato un viaggio al campo ippico per un mese, in estate. È stata la miglior estate di sempre", disse malinconicamente. "Era l'estate prima che mia madre si ammalasse."

"Ah... Gli adulti che si ammalano mettono a dura prova le cose, no?"

"Sì", disse lei piano.

La vide percorrere una strada da cui voleva disperatamente salvarla.

"Quando è morto mio padre, mia madre ha avuto un momento buio", disse. "Beh, 'buio' è un po' riduttivo, in realtà. Era ubriaca *tutto i*l tempo. Da allora è praticamente rimasta così."

"Davvero?" Chiese Addy. Le sue orecchie si rizzarono. "Tua madre ha... un problema con l'alcol?"

"È un'alcolista, sì", rispose.

"Oh. È per questo che eri così bravo con mio padre?"

"Forse sì", disse Jack scrollando le spalle. "Praticamente è una vita che ci faccio i conti."

Addy tornò in silenzio con la schiena sul sedile, un'espressione intensa dipinta in viso.

"Posso farti una domanda?" chiese Jack.

"Ma certo."

"Quali sono i tuoi obiettivi?"

Addy emise una piccola risata. "È per caso una sessione di consulenza professionale?"

"Sono solo curioso."

"Beh, portare avanti il ristorante, facendo in modo di farci restare a galla. Prendermi cura di mio padre. Assicurarmi che Kenzie non si metta troppo nei guai..."

"Mi stai solo dicendo cosa hai fatto negli ultimi anni. Non che tu non abbia spaccato i culi", disse. "Ma intendo *i tuoi* obiettivi. Questi sono gli obiettivi fissati da tua madre e tuo padre anni fa. Dimmi cosa vuoi fare tu."

Addy lo guardò sorpresa. "Io non... Credo di non saperlo. Nessuno me lo ha chiesto per così tanto tempo..."

"Dai," insistette Jack. "So che hai fatto un elenco. Cosa c'è dentro?"

"Okay," disse lei arrossendo. "Hai ragione. Beh... Voglio viaggiare."

"Dove?"

"Londra, Parigi, Roma, i soliti posti. Ma anche Pondicherry, Istanbul, voglio vedere la migrazione delle farfalle monarca in Messico. E... Anch'io voglio innamorarmi." Disse l'ultima parte con un'alzata di spalle, quasi come per scusarsi.

"Viaggiare e amare", disse Jack. "Sono entrambi ragionevoli."

"Posso avere dell'altro vino?" chiese Addy bruscamente.

La fissò intensamente, poi lasciò intenzionalmente da parte il vino. Mentre si sporgeva verso di lei, guardò i suoi occhi blu aprirsi e chiudersi.

Era come avvicinare lo stoppino a una fiamma. La bocca di Addy si aprì a quella di Jack con avidità.

Jack non riusciva a capire se fosse stata lei a tirarlo sopra di sé, col soffice trifoglio verde sotto di loro, o se fosse stato lui a spingerla sotto di sé. Ad ogni modo, non appena furono a terra, iniziarono a strapparsi entrambi gli abiti di dosso.

La camicia rigida e troppo grande che Addy indossava si staccò con facilità. Il cappello seguì a ruota, e i suoi capelli le si riversarono lungo la schiena. Lei gli tirò giù i pantaloni mentre lui le toglieva i suoi color cachi.

Jack si lanciò verso di lei, nel disperato tentativo di metterglielo dentro, ma Addy fu più veloce. Andò dritta verso il suo cazzo e affondò la sua lunghezza in profondità fino alla parte posteriore della propria gola.

Gemette nella foresta mentre lei iniziava a succhiarglielo con una bravura che non avrebbe mai immaginato potesse possedere. Addy prese delicatamente a coppa le sue palle.

Jack abbassò lo sguardo sulla sua esile schiena mentre si accovacciava davanti a lui. Avvolse i suoi lunghi capelli attorno al pugno per avere una visuale migliore di lei intenta a succhiare e leccare la sua durezza. Con una mano lo stringeva alla sua base, con l'altra lo eccitava. Sapeva esattamente come comandare il suo corpo.

"Cazzo", sussurrò. "Così mi farai venire."

Gli sorrise, la mano ancora stretta intorno alla sua base.

"Proprio qui", disse. Addy tirò fuori la lingua e batté due volte la punta del suo cazzo contro di essa. "Voglio assaggiarti."

Non appena lo portò di nuovo nella sua gola, lui esplose dentro di lei. Gli ci vollero tutte le forze per non afferrarle la testa e seppellirglielo in gola.

Addy gemette di piacere nell'assaggiarlo. La vibrazione di quel gemito lo fece sborrare più di quanto lui stesso pensasse di poter fare.

Addy si asciugò la bocca con il dorso della mano.

"Hai... hai ingoiato?" chiese scioccato.

Lei sorrise e si toccò la mascella. Una scia del suo sperma le era colato dalle labbra.

"Beh, quasi tutto", disse. Iniziò a cercare i suoi vestiti per rivestirsi, ma non si era asciugata tutto dal viso.

"Non così in fretta", ringhiò lui.

Lei lanciò un gridolino mentre lui le afferrava le cosce e la metteva supina. Con il pollice, asciugò l'umidità dalla sua mascella, la diffuse su un capezzolo e poi sull'altro.

Jack le morse il collo e la baciò lungo tutto il busto. Stuzzicò i suoi capezzoli bagnati con le dita mentre si dirigeva verso il suo monte di Venere. Addy allargò le gambe, desiderosa e pronta ad accoglierlo.

Jack affondò la lingua dentro di lei, e lei emise un grido di piacere. La stuzzicò attorno al clitoride. Addy si agitò sotto di lui, disperata per il desiderio di avere sue labbra su di lei. Quando alla fine leccò e succhiò il clitoride, si contorse contenta.

"Sto per venire," balbettò lei. "Cazzo, ci sono quasi."

Lei gli afferrò la testa e gli affondò le dita tra i capelli mentre si avvicinava alla sua lingua. Jack sentì lo zampillo e lambì il diluvio tra le sue cosce.

Delicatamente, la baciò sul clitoride gonfio quando le onde iniziarono a placarsi. Lei rabbrividì, ma non lo fermò.

"Piano", sussurrò.

"Verrai di nuovo per me?" chiese lui.

Addy rispose con un gemito.

"Vieni ancora per me, Addy", disse, e le fece scivolare un dito dentro.

Lei bocheggiò. Il suo corpo rispose con una stretta al suo indice. La seconda volta fu più lenta. Riuscì a stuzzicarla, portarla al limite e poi farsi da parte proprio prima che lei venisse.

"Ti prego", esortò infine a denti stretti.

"Ti prego, cosa?" chiese Jack con un sorriso.

Il suo clitoride era gonfio. Era riuscito a mettere tre dita dentro di lei, e lei continuava a spingersi contro di lui, chiedendo di farsi scopare con la mano.

"Per favore, lasciami venire", implorò.

La scopò con le dita, lentamente ma con fermezza, mentre la sua lingua si scuoteva con forza contro il suo clitoride.

"Oh, Gesù!" Si mise a piangere. "Jack, sì! Sto venendo. Sto venendo..."

Sentì un battito contro le sue dita mentre lei raggiungeva di nuovo il culmine. Le sue grida risuonarono nella foresta. La seconda volta aveva un sapore ancora più dolce.

Quando alla fine si tirò su e si stese accanto a lei, gli occhi di Addy erano socchiusi.

"Ne avevo bisogno", disse mentre riprendeva fiato. "Ma, ehi..."

Lui la guardò. Addy si sporse sul gomito.

"Ci sono moltissime ragioni per cui la cosa non potrà mai più accadere", disse. "La pensiamo allo stesso modo, giusto?"

"Uh, giusto", disse sorpreso.

Ma ti ho fatto implorare il mio nome, pensò.

Addy iniziò a rivestirsi in quella ridicola tenuta. In un minuto fu completamente vestita e riprese il cammino senza di lui.

18

Addy sbatté il ginocchio nudo contro il tavolino, ma strinse i denti e continuò a strofinarsi furiosamente in superficie.
Non lascerò che mi si avvicini, pensò.
"Tutto bene?" chiese Jack all'uomo.
Era disteso sul divano, incantato dal videogioco Patriots sul suo laptop.
Si rifiutò di rispondere o di dargli la soddisfazione di sfregarsi il ginocchio palpitante. Piuttosto, cadde a quattro zampe e raccolse la lattina di Red Bull tutta accartocciata che aveva individuato quella mattina sotto il divano.
Gli uomini sono davvero dei maiali, pensò.
Jack sgranocchiò una manciata di anacardi mentre Addy si spostava verso il bancone che separava il soggiorno e la cucina. Strofinò il bancone grigio e bianco in modo aggressivo. Alcune delle macchie appiccicose erano quasi impossibili da rimuovere.
"Che roba è questa?" si chiese.
Addy pensava, dopo anni di lavoro in un ristorante, di aver visto e pulito tutto.
"Sai, se sei arrabbiata, dovresti semplicemente dirlo", le disse Jack dal divano.
Addy scosse la testa e lo guardò. I suoi occhi erano incollati allo schermo. Jack gettò la lattina degli anacardi apera, chissà dov'era il coperchio, sul tavolino che Addy aveva appena pulito, e pulì la sua mano salata sul divano.

Un attacco di rabbia turbinò dentro di lei, portandola sull'orlo dell'esplosione.

"L'ho appena pulito," scattò lei.

"Eh? Cosa?!" La guardò brevemente, ma gli applausi dallo schermo riportarono la sua attenzione sul gioco.

"Il tavolo! Il divano su cui ti sei appena pulito la tua mano disgustosa! L'ho appena pulito."

Addy sbatté la bottiglia del detersivo sul bancone e fece due passi verso il divano per fermarsi di fronte a lui.

"Oh. Scusa, poi lo pulisco", rispose.

Certo, come no.

"Ehi! Volevi che parlassi, sto parlando con te", ribatté Addy.

"Volevo mi dicessi se sei arrabbiata! Non che mi tormentassi per la pulizia. È il mio primo pomeriggio libero da... beh, tanto tempo, lo sai. Datti una calmata!"

"Darmi una calmata?!" Sentì la rabbia montante dentro di lei cominciare a fuoriuscire. "Darmi una calmata! Cazzo, non ti azzardare a dirmi di calmarmi! Sono l'unica che pulisce questo posto e..."

"Nessuno te lo ha chiesto."

"Cosa?" Scosse la testa meravigliata.

"Ho detto che nessuno ti ha chiesto di farlo. Lascia stare, chiamerò una donna delle pulizie", disse con un'alzata di spalle. "Dovresti rilassarti."

"Chiamare una..." Addy non riusciva a crederci.

Tutto era così fottutamente facile per lui, no?

Non solo non gli importava che fosse stata l'unica a ripulire il loro appartamento nelle ultime settimane, ma era anche molto facile per lui sostituirla in quel modo.

"Deve essere carino", disse Addy alla fine.

"Eh?"

"Ho detto che deve essere carino! Avere soldi da buttare in giro così." Si precipitò in cucina e sbatté i prodotti per la pulizia nell'armadietto.

"Ehi!" Jack sobbalzò a quel frastuono. "Che c'è ora? Sei di nuovo incazzata che posso permettermi un certo stile di vita?"

"Pensi che io sia incazzata perché hai soldi?!" Quasi rise. "è davvero per *quello* che pensi che io sia incazzata?!"

"Beh, dal momento che non mi dici il motivo, devo tirare a

indovinare! Volevo aiutare. Sembravi incazzata di "dover" pulire, quindi ho pensato che... "

"Non sono arrabbiata per la pulizia, Jack!" Poteva sentire un trillo di nervosismo nella propria voce, ma non riuscì a fermarlo. "Sono incazzata perché ... oh, non importa."

Si precipitò in camera da letto mentre le lacrime minacciavano di riversarsi sulle sue guance.

"Che cazzo," lo sentì mormorare mentre sbatteva la porta.

Addy si tolse gli shorts che puzzavano di candeggina. Il suo respiro si bloccò quando vide il livido rosso fuoco che era già spuntato sul suo ginocchio.

Oh, grandioso.

Una parte di lei aspettava il suono dei passi di Jack in sala mentre si infilava un jeans e maglietta pulita, ma quel suono non arrivò mai. Dal soggiorno arrivarono solo rumori di scatole di qualche ridicolo gioco.

Addy fece un respiro profondo e con un dito si pettinò i capelli per strecciare un nodo.

Ha ragione, doveva ammettere. *Perché diavolo stai sprecando tempo ed energia a pulire questo posto, comunque? Non è casa tua. E non è nemmeno un vero matrimonio.*

Afferrò il portafoglio, il telefono, le chiavi e si rifiutò persino di guardare nella sua direzione mentre si dirigeva verso la porta principale.

"Ehi!" Disse Jack dal divano. "Dove stai...?".

Addy sbatté la porta alle sue spalle con un botto soddisfacente. Lo interruppe completamente e, per fortuna, non riuscì più a sentire quel rumore tremendo. La sua frequenza cardiaca iniziò ad abbassarsi mentre accendeva la sua macchina e si dirigeva dritto verso il bar più vicino.

"Ciao, Addy. Da quanto tempo. Che prendi?"

Addy ricordò brevemente di essere stata accoppiata con il barista per un progetto di scienze alle medie.

"Uh", Addy lanciò un'occhiata all'orologio. Era solo l'una nel pomeriggio. "Credo un bianco della casa."

Avrebbe voluto un cocktail, qualcosa di forte, ma l'ultima cosa di cui aveva bisogno erano dei pettegolezzi che giravano per la città sul fatto che fosse ubriaca.

Quando ebbe finito metà del primo bicchiere, la tensione, gentile concessione di Jack, aveva iniziato ad allentarsi.

"Brutta giornata?" Addy ebbe un sussulto a quella voce. Quando alzò lo sguardo, Rosalie era accanto a lei. "Ti dispiace se mi unisco?"

Addy scosse la testa, incapace di parlare. Rosalie aveva chiaramente terminato un turno estenuante, ma come sempre riusciva a sembrare perfetta.

Il rossetto rosso acceso era stato sapientemente applicato e le ciocche di capelli sfuggite dallo chignon incorniciavano perfettamente la sua mascella delicata.

"Prendo quello che ha preso lei", disse Rosalie al barista indicando il vino di Addy. "Allora, Jack ha il turno libero oggi pomeriggio. Che cosa fai da sola in un bar?"

Addy iniziò a arrossire. *Dannazione. Non la vedo per niente bene.*

"Io..."

"Hai bisogno di un po' di tempo da sola?"

Addy fece una risatina.

"Qualcosa del genere." Finì l'ultimo sorso del suo vino.

"Aspetta," disse Rosalie. "È il tuo primo bicchiere?"

"Già". *Forse la gente penserà che sono ubriaca anche con il vino.*

"Devo recuperare." Con un solo sorso, Rosalie mandò giù l'intero bicchiere. "Ugh, non potevi bere un liquore o qualcosa del genere?"

Addy rise ad alta voce. Era la prima vera risata da un bel po' di tempo, si rese conto. "Volevo, ma ho pensato che non è molto bello all'una del pomeriggio."

"Oh, chi se ne importa di cosa pensano gli altri?" Chiese Rosalie. "Sono appena uscita dall'inferno, e immagino che questo sia il tuo primo pomeriggio libero dopo tanto. Due shot di Patrón, barista."

La ragazza con i capelli neri e le braccia piene di tatuaggi che gestiva il bar non batté ciglio mentre versava.

Al loro secondo shot, Addy si era completamente rilassata. Parte di lei non riusciva nemmeno a ricordare perché avesse litigato con Jack.

Veniva da una famiglia benestante, ricordò a sé stessa. *E perché mai proprio ora che è con te dovrebbe iniziare a ridimensionare il suo stile di vita?*

"Allora, dimmi un po'," disse Rosalie.

Agli occhi di Addy, anche se brilli, Rosalie non perdeva quella grazia speciale. Le sue guance erano diventate più rosee e il suo sorriso era più grande del normale. Le davano una rilassatezza che esaltava ancora di più la sua bellezza.

"Dirti cosa?" chiese Addy. Poteva sentire un leggero tono accusatorio nelle sue parole.

Ecco cosa succede a bere a stomaco vuoto.

"Perché sei qui da sola", disse Rosalie. "La vera ragione, non quella di facciata."

"Oh". Addy batté le palpebre e fece oscillare il bicchierino vuoto in mano. "Non lo so", disse alla fine. "Avevo solo bisogno di andarmene."

Rosalie alzò le sopracciglia.

"Entrambi lavorate tantissimo, sono sorpresa che non cogliete tutte le possibilità di stare insieme. Io ricordo com'era con il nostro orar... Scusa, dimentica quello che stavo dicendo."

"Va tutto bene", disse Addy. "Voglio dire, so che voi due stavate insieme. Fingere il contrario non cambierà le cose."

"È ancora imbarazzante. Lo capisco anch'io. Nemmeno io farei i salti di gioia se fossi al tuo posto."

"Che vuoi dire?"

"Se mio marito lavorasse con la suo ex tutto il giorno. Soprattutto il tipo di turni lunghi e strani che richiede l'ospedale," disse Rosalie scrollando le spalle. "E in più è il tuo territorio, dopo tutto."

Addy rise. "Il mio territorio?"

"Sai cosa intendo", disse Rosalie con una risata. "Voglio dire, questa è la tua città natale. E poi hai questa vorticosa storia d'amore con un nuovo uomo in città, immagina se spuntasse la sua ex e vi mettesse i bastoni fra le ruote. Sarebbe proprio da telenovela."

Addy si strinse nelle spalle.

"Lo ammetto, all'inizio è stato un po' strano. Tutta la faccenda, non solo tu", disse rapidamente. "Fidati di me, non era nel mio piano di vita sposare qualcuno che conoscevo solo da poco tempo."

Ad essere precisi meno di ventiquattro ore, pensò.

"Le cose più belle della vita raramente sono pianificate ", disse Rosalie. "Ma posso dirti una cosa?"

"Ma certo."

"Onestamente, se Jack mi avesse mai guardato come guarda te? Solo una volta? Io e lui non avremmo avuto problemi."

"Cosa vorresti dire?"

Parte del velo alcolico si sollevò rapidamente. Addy era consapevole che era una conversazione importante, ma non riusciva a trovare le parole dentro di sé per emergere e raggiungere la sobrietà.

"Significa che è innamorato di te!" Disse Rosalie. "È ovvio. Tra me e Jack, la cosa non è mai stata così. Voglio dire, penso che entrambi abbiamo fatto finta e forse speravamo persino che un giorno si sarebbe evoluto in quello - in amore - ma non era destino."

Lei alzò le spalle.

Addy rise.

"Sei matta", disse. "E ubriaca. E lo sono anch'io. Probabilmente questo non è il momento migliore per avere conversazioni profonde."

Rosalie scosse la testa e sbirciò nel bicchiere vuoto. "Vedrai."

19

Le stelle si sono allineate.

Jack guardò il suo telefono e sorrise al messaggio di Philip. Puntini di sospensione scorrevano sullo schermo.

Nessuno di noi ha turni fino a giovedì. Tu e Addy volete fare un paio di giorni fuori porta? Già siamo un bel gruppetto.

Sì, grazie a Dio, pensò.

Quando Jack aveva visto il calendario, sapeva che doveva essere un regalo. Nessuno al pronto soccorso otteneva mai due giorni liberi consecutivi. Avrebbe dovuto essere riconoscente, ma invece tutto quello a cui riusciva a pensare era quanto la situazione fosse imbarazzante a casa.

Addy era ancora incazzata, e lui non aveva idea del perché.

Dimmi solo dove ci incontriamo e cosa devo portare, rispose a sua volta. *Addy non può venire, lavora.*

Tutta quella stronzata del tira e molla di Addy stava andando fuori controllo. All'inizio si era sentito coinvolto in tutto il suo stratagemma da casalinga arrabbiata. E poi si era reso conto che non era uno stratagemma.

Il sesso aggressivo era eccitante, e per un po' aveva pensato che forse era quello ciò che le piaceva. Tuttavia, quando l'altro pomeriggio era tornata brilla dal bar, era chiaro che non stava giocando.

Philip gli scrisse un indirizzo in centro e Jack riempì rapidamente lo zaino da campeggio con la sua attrezzatura.

Questo è esattamente ciò di cui hai bisogno, pensò mentre lanciava la tenda, la borsa e gli attrezzi sul retro della jeep. *Una notte sotto le stelle, un paio di birre con gli amici, una serata senza drammi e senza Addy.*

Cominciò a sorridere mentre si dirigeva in centro.

E poi perché mi sono stressato così tanto? si chiese. *Che importa se Addy si comporta da matta? Tanto non siamo davvero sposati.*

Jack si recò nel punto d'incontro, un piccolo ristorante noto come ritrovo per numerosi campeggiatori che attraversavano l'area. Si fermò di colpo quando vide Rosalie e Addy fianco a fianco in una nicchia.

"Cosa, ehm..."

"Ehi!" Philip apparve al suo fianco e gli diede una pacca sulla schiena. "Pensavo avessi detto che Addy non sarebbe venuta..."

"Non pensavo che..."

"Avesse il giorno libero," esclamò Rosalie con un sorriso.

"Lei... ok. E tu cosa..."

"Ho invitato tutti i colleghi", disse Philip. "Riesci a credere che tutti i nuovi ragazzi abbiano due giorni consecutivi liberi?"

"Ho invitato Addy quando l'ho vista prendersi un caffè" disse Rosalie.

"E avevo appena rinunciato ai miei turni in modo che Dawn potesse fare un piccolo extra. Tempismo perfetto", disse Addy con un sorriso.

Ma Jack almeno la conosceva abbastanza da riconoscere che era un sorriso forzato.

Merda. Non posso tornare indietro ora, pensò. *Cosa stavano facendo? E da quando Addy e Rosalie erano diventate amiche?*

"Il gruppo è tutto qui, al completo." Jack si voltò e vide Jeremy avvicinarsi, aveva uno zaino in spalla.

"Cosa..." Jack cercò le parole per capire cosa diavolo stesse succedendo, ma non venne fuori nulla.

"Jeremy! Ciao!" Una delle infermiere che aveva appena iniziato la settimana prima si alzò e gli mise le braccia attorno.

Dio, c'è dell'altro? Si chiese Jack.

Jeremy mise un braccio attorno alla ragazza e osservò il gruppo.

"Sarà divertente" disse. I suoi occhi indugiarono su Jack.

"Vediamo un po' la situazione macchine. Jack, la tua Jeep è a quattro ruote motrici, giusto?"

"Sì, ma ho rimosso i sedili posteriori, quindi c'è spazio solo per due."

"La mia Range Rover è a quattro ruote motrici", ribatté Rosalie.
"Vado con Rosalie per farle compagnia", disse Addy.
"Fantastico, per te è ok se vengo con te?" Chiese Philip a Jack.
"Uh, certo."
"Tutti hanno l'indirizzo della destinazione con il GPS, giusto?"

MENTRE JACK ATTRAVERSAVA la città con Philip sul sedile del passeggero, cercò di districare quel pasticcio in cui si era imbattuto. Philip parlava solo del percorso, dei dettagli del suo campeggio preferito e dei pettegolezzi sul lavoro.

Era complice anche lui? Di qualunque "cosa" si trattasse?

Il gruppo arrivò in massa e tutti iniziarono a sistemare tende e attrezzature. Jack doveva ammettere che il posto era bellissimo. Deserto tranne che per loro, il verde lussureggiante incorniciava un torrente cristallino apparentemente non contaminato dagli umani. Poteva vedere dritto fino al fondale.

"Jack!" La voce di Philip lo fece sussultare.

"Sì? Cosa?"

"Ho detto, quante persone dormono nella tua tenda?"

"Oh. Solo due." Immediatamente, si pentì delle sue parole. Ovviamente, sarebbe stato solo con Addy nella sua piccola tenda.

"Va bene. Tu e Addy allora, e poi penso che nella mia tenda dorma... "

Scosse la testa e tornò a fissare il paesaggio incontaminato.

"Va bene. Tutti pronti?" Chiese Philip. "L'escursione dovrebbe durare all'incirca solo un'ora e mezza, e questo ci darà un sacco di tempo per finire di sistemare le tende quando torneremo. Jack, vuoi prendere l'iniziativa con me?"

Jack fu grato a quell'offerta. Addy e Rosalie sussurravano insieme nel mezzo del branco mentre il gruppo si avviava verso il sentiero.

Che cosa tramavano quelle due?

"Ehi," disse Philip piano mentre cominciavano a salire per il pendio. "Che succede tra te e Addy?"

Merda.

"Soliti bisticci coniugali", disse infine Jack. "Nulla di grave, però."

"Ti va di parlarne?" Chiese Philip. Diede un'occhiata dietro di loro, ma Addy e Rosalie erano assorte nel loro mondo di parole alle loro spalle, e chiacchieravano come due scolarette. "Se posso aiutare..."

"Ho detto che non è niente di che", disse Jack. "Possiamo solo goderci il sentiero?"

Philip chiuse la bocca. Cinque minuti dopo, iniziò a parlare di lavoro, e Jack si buttò a capofitto in quell'argomento sicuro, grato di poter dimenticare Addy per alcune ore.

Quando tornarono al campeggio, Jack aveva quasi dimenticato che Addy - per non parlare di Rosalie e Jeremy - erano proprio dietro di loro.

La breve ma impegnativa escursione gli aveva dato una scarica di adrenalina un po' troppo forte. Quando vide le gambe abbronzate di Addy davanti a sé mentre si accovacciava sopra la piccola tenda, alzò gli occhi con un sorriso sul viso.

Con sua sorpresa, sembrava che la sua incazzatura fosse svanita".

"Posso aiutare?" chiese lei.

Lui si guardò attorno per vedere se ci fosse qualcuno nelle vicinanze, se volesse dare spettacolo. Ma tutti gli altri erano impegnati a sistemare le proprie tende.

"Grazie ma ce la faccio da solo", rispose lui.

"Già," disse lei piano. "Hai capito tutto da solo."

Gli occhi di Jack schizzarono verso l'alto. Si comportava come se non fosse accaduto nulla tra loro, ma ora riconosceva quel ribollire sotto la superficie.

"Forse, forse dovremmo sistemarla un po' qui", disse, e allontanò la tenda dal gruppo principale.

"Oh, qualcuno ha bisogno di un po' di privacy!" gridò uno dei suoi colleghi. Ignorò i rumori dei baci che arrivarono in direzione loro.

Ottimo, pensò.

Quando tutti avevano sistemato le tende e messo a posto l'attrezzatura, calò il buio. Philip aveva acceso un fuoco scoppiettante nella fossa e il gruppo aveva radunato un cerchio di sedie attorno alle fiamme che si innalzavano pericolosamente verso il cielo.

"Alla salute!" Disse Rosalie aprendo una bottiglia di vino, e tutti riempirono i loro bicchieri rossi con un rosso dolce.

Dopo un solo drink ciascuno, tutti quelli che lavoravano in ospedale iniziarono a sbadigliare.

Cavolo. Siamo davvero loffi, pensò Jack.

"Ragazzi," disse Rosalie. "Odio dover dirlo, ma sono sfinita."

"Sul serio?" Chiese Jeremy. Scosse la testa disgustato ed estrasse una fiaschetta d'argento.

"Anche io sono parecchio stanca", disse l'infermiera che aveva portato Jeremy.

Lui le lanciò uno sguardo di delusione, ma non disse nulla.

"Penso di poter dire che molti di noi sono sconfitti", disse Philip. "Io personalmente non ho problemi a chiudere la serata qui e alzarmi presto domani per un'altra escursione al mattino. Voglio dire, siamo venuti qui per rilassarci, vero?"

Con la coda dell'occhio, Jack osservò Addy tracciare un disegno nella terra con un lungo bastone. Lanciò uno sguardo fulminante a Philip.

Cavolo. Davvero non vuole rimanere chiusa in quella tenda con me, pensò Jack.

Sarebbe stata una lunga notte. Pregava che il bicchiere di vino facesse il suo effetto e la mettesse a dormire.

Mentre Philip spegneva il fuoco e il gruppo iniziava a disperdersi nelle tende, Addy si lanciò verso la propria alla velocità della luce.

"Qualcuno è desideroso", disse Philip piano dando una gomitata a Jack.

Se solo avesse saputo.

Addy aveva lasciato aperto il risvolto d'ingresso ed era già rannicchiata nel suo sacco a pelo. Jack accese la torcia del telefono e si diresse verso la tenda angusta.

Si sfilò i jeans e la maglietta, raggruppandoli nell'angolo. Addy gli dava le spalle.

Mentre Jack scivolava nel suo sacco a pelo con i boxer, emise un sospiro. Sembrava che l'avrebbe ignorato per tutta la notte, il che andava bene per lui.

"Scusa, ti dispiace?" sibilò Addy.

"Che c'è?"

"Non ti sei portato un pigiama? Dormirai nudo..."

"Come fai a saperlo? Cristo Addy, porto i boxer!"

"Abbassa la voce!" Si voltò mentre gli occhi di Jack si abituavano al buio.

In alto Jack aveva lasciato aperto il lembo dalla parte superiore della tenda per far entrare la luce delle stelle. La luna era brillante, tanto da illuminare debolmente la loro tenda. Addy lo guardò e socchiuse gli occhi mentre i suoi stessi occhi si abituavano all'oscurità.

"Qual è il tuo problema?" chiese incredulo.

"Sei tu il mio problema", ringhiò lei.

Aprì la bocca per discutere, ma qualcosa in lei sotto quella luce blu lo fece fermare. Jack si lanciò su Addy. Le sue labbra erano morbide e avevano un sapore selvaggio, ma familiare.

Addy fece un piccolo verso di rifiuto e lo allontanò debolmente. Ma non fece che aumentare il desiderio in lui. Quando la baciò una seconda volta, non trovò più resistenza. Al contrario, Addy schiuse le labbra e accolse la sua lingua contro la sua.

"Addy..."

"Sta' zitto!" Si alzò in ginocchio e il sacco a pelo si staccò da lei. Con un rapido movimento, si tolse la maglietta per rivelare il seno pieno con i capezzoli duri che imploravano la bocca di Jack.

20

Addy si odiava per questo, ma non riusciva proprio a smettere.

La sensazione della sua bocca contro quella di Jack, la sua lingua che scorreva sui suoi denti, era troppo.

Addy sgattaiolò fuori dal suo sacco a pelo e Jack prese i suoi pantaloncini. Li strappò via con facilità. Quando Addy prese le proprie mutande per tirarle giù, lui le afferrò i polsi e la fermò.

Jack la spinse contro il sottile materiale della tenda, le afferrò le caviglie e allargò le gambe. Mentre strisciava verso di lei, con la mano ancora sulle caviglie, lei piagnucolò.

Senza altro addosso oltre le mutandine che si stavano rapidamente bagnando, la pelle d'oca si diffuse sulla sua carne e i suoi capezzoli si fecero più duri. Jack le accarezzò il collo e cominciò a trascinare la sua lingua lungo la clavicola.

Mentre si muoveva verso il basso, lei spinse fuori il petto, disperata per il desiderio di sentire la sua bocca contro i propri capezzoli. Le baciò il seno contornando le sue areole con la punta della lingua.

Jack la stuzzicò e lei gemette per la frustrazione. Alla fine, quando si mise in bocca un capezzolo e iniziò a succhiare, Addy gridò.

Jack si concentrò sull'altro seno mentre lei gli passava le dita tra i capelli. Le baciò lo stomaco. Addy iniziò ad ansimare mentre si avvicinava all'orlo delle sue mutandine.

Le baciò il clitoride attraverso il materiale di pizzo e lei gemette, già vicinissima all'esplosione. Quando abbassò lo sguardo alla vista della sua testa tra le sue gambe, alla vista delle sue grandi mani strette attorno alle sue caviglie, fu quasi troppo da sopportare.

"Per favore", sussurrò.

"Per favore, cosa?" chiese, ma non la guardò. "Dimmi cosa vuoi."

"Dai," disse lei. Per quanto non volesse, spinse le sue profondità verso il suo viso.

"Dimmi cosa vuoi", ripeté Jack.

Che cosa vuoi? Incoraggiata da quella domanda, gli afferrò i capelli ancora più forte.

"Strappami le mutandine", disse.

Le lasciò le caviglie giusto il tempo di soddisfarla. Il fresco nell'aria colpì all'istante la calda umidità delle sue profondità.

"Adesso?" chiese.

"Mangiami."

"Mangiare cosa?" chiese, e soffiò leggermente sul suo clitoride.

"Mangia la mia figa." Quel tono di voce non era da lei, così basso e affamato.

Immediatamente, la lingua di Jack fu sul suo clitoride. Senza la barriera del pizzo tra la sua lingua e lei, il piacere arrivò in un lampo. Addy chiuse gli occhi e sollevò la testa verso l'alto.

"Cos'altro vuoi?" chiese lui tra baci e succhiate.

"Metti un tuo dito dentro di me", chiese Addy.

Addy non si era nemmeno resa conto che era questo quello che voleva, sentirsi solo parzialmente piena di lui, fino a quando non lo disse. Lasciò andare una caviglia e fece scivolare facilmente una delle sue grosse dita nella sua umidità. Lei gemette e si premette contro quel dito, ma aveva bisogno di altro.

"Due dita", disse.

Addy aprì gli occhi e abbassò lo sguardo su Jack, così desideroso di soddisfarla. Avere quel potere, quello di dirgli esattamente come fotterla, era inebriante. Iniziò a giocare con il seno, a pizzicarsi i capezzoli.

Ma perché dovrei?

"Qui", disse, gli prese la mano che ancora teneva stretta una caviglia, e la portò al suo seno. Con impazienza, Jack iniziò a giocare con un capezzolo nel suo dito. La avvicinò all'orgasmo.

"Sì", gemette lei, allargando le gambe. Ogni mossa di Jack era finalizzata al suo piacere. "Il mio punto G", disse, la sua voce tremante. "Colpisci il mio punto G".

Le dita di Jack dentro di lei cambiarono ritmo e posizione. In pochi secondi, sentì le onde che lui suscitava dentro di lei iniziare a farsi più intense.

Mentre si avvicinava all'orgasmo, si costrinse a smettere – e costrinse anche Jack.

"Piano", riuscì a dire. "Rallenta." Lui obbedì, ma anche lei capì con quanta difficoltà riuscì a farlo. "Dammi la mano".

Jack fece scivolare lentamente via le dita dal suo centro.

"Fammi assaggiare", chiese.

Alzò le mani verso le sue labbra mentre la sua lingua pigramente circondava il suo clitoride gonfio. Mentre gli succhiava le dita, scivolosa con la sua umidità, in fondo alla sua gola sentì un gemito selvaggio crescere dentro di lei.

"Vuoi scoparmi?" chiese lei liberando le sue dita dalle proprie labbra.

"Sì", disse tra le sue cosce.

Strinse le gambe e intrappolò la testa di Jack tra di esse. "Quanto vuoi scoparmi?"

"Più di ogni altra cosa."

"Da dietro."

Non appena ebbe pronunciato quelle parole, lui si inginocchiò e si strappò via i boxer. Addy si morse il labbro e ammirò il suo cazzo gonfio.

Si mise a carponi e gli sorrise da sopra la spalla.

"Scopami ora", disse lei a bassa voce.

Jack le afferrò i fianchi e si seppellì nelle sue profondità con un gemito.

"Oh, cazzo", sussurrò.

La sua lunghezza premette forte contro il suo punto G e il suo clitoride cominciò a pulsare. Mentre lui iniziava ad accelerare il ritmo, lei si contorse.

"Aspetta", disse, e lui si fermò immediatamente. L'intensità era incredibile. "Così."

Addy si sollevò sulle ginocchia, appollaiata sulle cosce di lui con il suo cazzo in profondità dentro di lei. A questo punto, la pressione contro il suo punto G era quasi troppo forte da sopportare. Jack le baciò il collo da dietro.

"Più forte", disse lei, e lui la morse un po', quanto bastava per farla urlare. Jack toccò con una mano il clitoride e con l'altra le corse sul seno.

"Proprio così", rispose Addy.

Jack iniziò a farla rimbalzare mentre stimolava ogni parte sensuale del suo corpo.

Poteva sentire il suo respiro, irregolare, contro il suo orecchio mentre le succhiava la delicata pelle del collo.

"Addy", le sussurrò all'orecchio. "Cazzo, sei così bella."

"Fammi venire", disse lei, anche se era già vicina. Iniziò a scoparla più forte.

"Fammi venire", disse di nuovo, più forte con la testa che ricadeva all'indietro.

"Sono vicino", disse lui, quasi scusandosi.

Ma cazzo? Niente preservativo. Cazzo, non c'era il preservativo.

Ma in quel momento non le importava.

"Fammi venire insieme a te", disse. "Vieni dentro di me."

"Addy..."

"Vieni dentro di me."

Con un ultimo movimento del suo dito scivoloso contro il suo clitoride, le morse il collo e la sbatté davanti di lui.

"Cazzo, Jack," urlò Addy stringendo i denti.

L'intensità del suo getto esplose dentro di lei e la spinse oltre il limite. Addy gridò il suo nome e venne con foga contro il suo cazzo.

Jack la lasciò andare e Addy le cadde in avanti a gattoni, ma Jack rimase ancora dentro di lei. Ancora una volta con le mani sui suoi fianchi, la strinse a sé.

"Lascia che ti senta," lo sentì dire da dietro. "Voglio sentire..."

"Ancora" sussurrò. "Solo un po'... cazzo, Jack, sto per venire di nuovo."

Era appena uscita dalla prima ondata, ma la corsa dell'orgasmo di Jack dentro di lei l'aveva portata a un climax completamente nuovo. Spinse il culo contro di lui e si trascinò nel secondo round.

Quando alla fine Jack la lasciò andare e si tirò fuori, lei sentì fuoriuscire un flusso caldo dei loro succhi combinati. L'umidità le scorreva lungo la gamba.

Addy si voltò e lo vide disteso sulla schiena, un braccio teso per farle segno di allungarsi contro il suo petto.

Ma Addy rimase il più lontano possibile nella tenda angusta e si affrettò a infilarsi la maglietta.

"Che succede?" chiese Jack.

"Niente", disse lei, impressionata dal fatto che fosse in grado di ritornare alla sua voce professionale. Cercò i suoi pantaloncini ma non riuscì a trovarli nel groviglio di sacchi a pelo.

"Merda", disse. "Spostati, non riesco a trovare i miei pantaloncini."

"Addy, non ti preoccupare", disse Jack. "Vieni qui..."

"No", scattò lei. Anche sotto quella luce fioca, Addy vide il volto di Jack scurirsi.

"Che problemi hai?"

"Nessun problema", rispose lei. "Anzi, in realtà non è vero. Sei tu il mio problema."

"Come scusa?"

"Sei una fottuta scelta di vita sbagliata per me, Jack!" rispose lei.

"Beh, grazie mille!"

"Non prenderla sul personale, non volevo dire questo..."

Alla fine trovò i pantaloncini e li tirò su, senza preoccuparsi che entrambe le loro eiaculazioni continuavano a sgorgare da lei e direttamente sul tessuto.

"Okay, allora cosa volevi dire?"

"Voglio dire che non doveva succedere! Tutta questa faccenda, è stato uno stupido errore di merda tanto per cominciare. Va bene, lo ammetto, in parte anch'io ne sono responsabile, eravamo entrambi ubriachi lerci quando ci siamo sposati. Ma siamo *rimasti* sposati per farci vedere da Rosa... "

"Addy! Shh", disse, e si sporse per afferrarle i gomiti.

Guardò verso la zip d'ingresso e si ricordò che Rosalie e Jeremy erano a pochi metri di distanza.

"Scusa," disse lei, con voce più bassa. "Ma... Dio, Jack, non capisci?

"Credo proprio di no."

"Comunque, mi stava bene fingere un matrimonio in cui ci eravamo già stupidamente impegnati. O almeno, mi stava bene nel limite del possibile."

"E allora, cos'è cambiato, eh?"

"*Questo*,"Addy indicò lo spazio tra di loro. "Questo non sarebbe dovuto accadere."

"Pensavo ti piacesse."

"Non è questo il punto!"

"Perché no?", la guardò, totalmente confuso.

"Voglio dire... Sto iniziando a *sentire* cose, Jack. Capito? Cose che... Non dovrei sentirle perché tutto questo è finto. Io..."

"Vuoi dire che ti piaccio?"

"Sì, okay, chiamalo come ti pare. E questo... tutto questo sesso, non va bene."

"È a causa del sesso senza preservativo? Pensavo prendessi la pillola o qualcosa del genere. In caso contrario, voglio dire, possiamo prendere la pillola del giorno dopo. Andiamo subito se vuoi."

"Cristo, Jack, sì, prendo la pillola, ok? Non è, cazzo, non è questo il punto, non è questo che mi preoccupa."

"Allora cos'è che ti preoccupa?"

Sono preoccupata di innamorarmi di te. Ho paura di esserci già dentro fino al collo. Ho paura che mi spezzerai il cuore. E che il fatto che tu venga dentro di me peggiorerà ancora di più le cose.

Ho paura di non riuscire a smettere.

"Niente", rispose Addy. "Lascia stare."

21

Durante il viaggio di ritorno al loro appartamento l'atmosfera era pervasa da una
così forte tensione sessuale che Jack non sapeva se sarebbe riuscito a resistere.

Una parte di lui voleva fermarsi e possederla di nuovo, selvaggia e sfrenata, al lato
della strada, dove ogni passante avrebbe potuto vederli. Ma riuscì a mantenere il
controllo.

Grazie a Dio l'escursione di ieri mattina è stata breve e sia Rosalie che
Jeremy si sono comportati bene.

Era così dannatamente distratto da Addy che non sapeva come avrebbe fatto a
gestire la situazione.

La guardò mentre prendevano l'uscita verso il loro appartamento. Jack non riuscì a
cogliere la sua espressione dietro gli occhiali da sole mentre guardava in
lontananza.

Seguì il contorno del suo corpo con gli occhi.

C'era pochissimo spazio tra i bottoni della sua camicia di flanella e pensò di poter
scorgere un frammento di pelle sotto. I suoi pantaloncini si erano sollevati lasciando scoperte le curve delle cosce.

Avrebbe voluto allungare una mano e stringerle la gamba, ma non sapeva come
lei avrebbe potuto reagire.

La notte precedente era stata incredibile, aveva preso in mano la situazione. Allo
stesso tempo, Jack sapeva che il potere era nelle proprie mani. Addy aveva anche potuto dargli degli ordini, ma era stato lui a provocare quell'atteggiamento in lei. Lui l'aveva fatta venire, le aveva fatto chiamare il suo nome e chiedere ancora.

Si indurì al solo ricordo.

Al mattino, Addy aveva chiesto timidamente a Philip delle docce.

"Docce?" Philip aveva quasi riso. "Questo non è un glamping! È soltanto una scampagnata di una notte, ma se ne hai davvero bisogno puoi sempre fare un tuffo nel torrente.

L'acqua sarà ghiacciata però, sgorga dalle montagne."

Addy aveva osservato l'acqua ghiacciata per un minuto. Jack si era avvicinato e le
aveva avvolto le braccia intorno alla vita: sapeva che non poteva allontanarlo, dal
momento che erano tutti svegli, lì attorno, e avrebbero potuto vederli.

"Niente docce" le aveva sussurrato all'orecchio. "Voglio che tu abbia addosso il
mio odore tutto il giorno."

Si era irrigidita tra le sue braccia, ma aveva resistito all'impulso di spingerlo via.

Non appena la macchina si fermò, Addy saltò fuori dalla jeep e andò dritta verso la
porta. Jack si fermò, era già pronto a scaricare la macchina ma cambiò idea. Era
proprio dietro di lei e spalancò la porta che stava per chiudersi.

Sentendo quel rumore, Addy si voltò sobbalzando.

"Cosa vuoi?" chiese incrociando le braccia sul petto.

"Sai di cosa ho voglia."

"No Jack" disse lei scuotendo la testa.

Jack si avvicinò con rapidità e le afferrò la parte inferiore della camicia. Bastò uno
strattone, e i bottoni a scatto in perla si aprirono mostrando il suo seno nudo. Addy

ansimò, ma non riuscì a resistere.

"Niente reggiseno, eh?" disse Jack mentre con la lingua si spostava dalle labbra

alla mascella di Addy "Sembra che questo sia proprio quello che aspettavi."

"No, io..."

"Shh" le disse.

Con facilità, la sollevò fino ad affondare il viso nel suo seno. Le mani di Addy si

posarono sulle sue spalle mentre lui prendeva uno di quei capezzoli perfetti tra le

labbra e succhiava. Sentì la punta dello stivale da trekking di Addy sfiorare

leggermente la sua coscia.

"Questo è quello che mi piace di te", disse mentre si spostava, baciandola, verso l'altro seno. La camicia di flanella gli sfiorò il viso. "Sei piccolina."

Mentre la portava giù, le baciò il collo fino alle labbra. Quando i piedi di Addy

toccarono di nuovo il suolo, la sua testa era rimasta rivolta verso l'alto, vogliosa di altro.

"Togliti i pantaloncini."

Addy fece per togliersi la camicia.

"No, solo i pantaloncini. Tieni la camicia e gli stivali. E togliti le mutandine, se le

indossi."

Lo guardò leggermente incuriosita, ma seguì le sue indicazioni. Jack non fu

sorpreso nel constatare che non indossava nulla sotto i pantaloncini.

Si sedette sul divano e la strinse a sé.

Le sue piccole labbra erano già gonfie. Jack la tirò a sé baciandole la pancia mentre con le dita esplorava tra le cosce. Era umida, dolce e pronta come sempre.

"Guarda" disse, e le mostrò quanto erano bagnate le dita.

Lentamente, separò il pollice e il medio. La sua umidità si attaccava alle dita,

creando dei filamenti.

Addy arrossì e si portò i capelli dietro le orecchie.

Dov'era finita la ragazza della sera precedente, così sicura di sé?

"Qui", disse Jack sdraiandosi sul divano, e appoggiò la testa sul bracciolo. "Siediti",
disse indicandosi il volto "Proprio qui."
"Jack, io..."
"Siediti."
Proprio come nel suo sogno, lei si mise a cavalcioni proprio sulla sua bocca
dandogli le spalle. Era così piccola che non c'era più di un centimetro di spazio tra
la sua umidità e la bocca di Jack.
Eppure, Addy continuava a trattenersi. Non si abbassò, e allora Jack chiuse la distanza che li separava allungando la sua lingua verso il nucleo di Addy. Bastò soltanto questo.
Addy rabbrividì ed emise un gemito mentre si abbassava sul suo viso. Si riaggiustò
sporgendosi leggermente in avanti e diresse il clitoride sulla sua lingua.
Jack le prese il culo mentre Addy, tenendo le mani sulle cosce, iniziò a cavalcare il
suo viso.
Jack aveva il completo controllo su di lei e il suo culo si agitava selvaggiamente
tra le sue mani. Guardò le sue tette rimbalzare in alto, con i capezzoli duri che
Addy ogni tanto stringeva e premeva.
Era fottutamente meravigliosa, teneva gli occhi chiusi mentre cavalcava il suo viso,
pensando soltanto al piacere che Jack le stava dando.
Quando Addy si spostò e offrì la sua apertura, Jack immerse la lingua più in fondo
che poteva e si deliziò del suo sapore. Mentre la scopava con la lingua, lei gemette
e rimbalzò contro la sua bocca.
Poteva ancora sentire il sapore della scorsa notte su di lei, il loro sudore combinato
e le tracce del suo stesso orgasmo. Jack la strinse più forte. La sua lingua si fece
strada fino al bordo del suo culo.
Addy gridò il nome di Jack mentre lui con la lingua girava intorno allo stretto bocciolo del suo buco.

Addy si sporse in avanti offrendogli di nuovo il suo clitoride.

"Ci sono quasi" disse "Jack, sto per..."

"Vieni sulla mia faccia" disse. Riuscì a malapena a pronunciare quelle parole prima

che uno zampillo piombasse sulla sua lingua.

"Jack!" gridò lei. "Jack..."

"Hai un sapore così buono", disse, con le mani avvolte intorno alle sue cosce per

tenerla vicina.

Jack avrebbe potuto leccarla per tutto il giorno, quel sapore creava quasi

dipendenza.

Lei gemette e si sistemò sul suo viso, rallentando pian piano nello sfregamento. "E tu..." disse lei assonnata.

"Non preoccuparti per me, sto bene" disse Jack.

Addy si alzò in piedi.

"No", disse lei. "Lascia che mi prenda cura di te. Che cosa vuoi?" chiese.

Addy si chinò e fece scorrere la mano lungo la durezza sotto i pantaloni.

"Mettiti sopra", disse lui, e si affrettò a slacciarsi la cintura.

Qualsiasi cosa, avrebbe dato qualsiasi cosa affinché il suo sogno si realizzasse, e

adesso era così.

Addy sorrise quando il cazzo gli saltò fuori dai pantaloni. La camicia di flanella le

era scivolata fino ai gomiti.

"Cavalcami" le disse.

La sua voglia era quasi insopportabile. Addy si mise a cavalcioni su di lui, prese il suo cazzo e fece scorrere il pollice lungo la punta, liscia e umida.

Corrugò la fronte mentre lo portava dentro di sé, era ancora sensibile.

"Cazzo, è così bello" disse Jack.

Lei gli sorrise e lui le afferrò la vita e la spinse giù. Addy gridò quando la riempì.

"Resta così" disse lui "Resta così un minuto."

Jack era completamente dentro di lei, travolto dall'istinto di muoversi. Per

farla rimbalzare, per scoparla, per riempirla del suo liquido.

Ma questo, quel loro feeling, aveva preso il sopravvento su tutto il resto.

Jack vide svanire la sensibilità di Addy quando gli mise le mani sul petto e

cominciò a dimenarsi. I suoi stivali sbattevano contro le sue gambe.

Addy fece esattamente ciò che lui le aveva detto.

Non lo cavalcò completamente, ma grazie ai suoi contorcimenti, Jack capì che

stava colpendo il punto G con la sua durezza nel miglior modo possibile.

"Vuoi scoparmi?" le chiese.

Lei lo guardò negli occhi e annuì.

"Verrai di nuovo per me?"

"Sì", disse, quasi senza fiato.

Continuò a spingere contro di lui, con più forza e sempre più vogliosa.

Jack era pronto ad esplodere. Sapeva che non sarebbe durato a lungo questa volta.

La desiderava troppo.

"Addy... quanto lo vuoi?"

"Più di ogni altra cosa" rispose sorridendo.

"Chiedimelo gentilmente", disse mentre le faceva scorrere le dita sulle cosce,

facendola rabbrividire.

"Per favore, lascia che ti scopi" disse.

Le sue unghie affondarono nel suo petto e i suoi occhi rotearono all'indietro.

"Mi scoperai bene, come una brava moglie?" le chiese.

Addy si fermò, ma solo per un secondo. "Sì."

"Dillo, allora."

"Ti scoperò come una brava moglie" disse.

La sua umidità gli colò lungo i fianchi. "Dai..."

"Dillo ancora una volta," disse tirandola a sé con tutta la sua forza.

"Sei mio marito," disse lei con un gemito "E ti scoperò per bene, come una brava

moglie."

"Allora fallo."

Jack le lasciò i fianchi e Addy si scatenò.

I gemiti scandivano le spinte mentre lo cavalcava e gli strofinava il clitoride contro
lo stomaco teso.

Proprio mentre stava per liberarsi dentro di lei, Addy emise un gemito ormai
familiare a Jack, quello del suo orgasmo.

"È così bello", sussurrò ancora e ancora. "Jack, è così bello."

Rimase su di lui fino a quando ogni ultima ondata del suo orgasmo svanì.

Jack sentì che il proprio liquido iniziava a scivolare via da lei, legandoli insieme.

Questa volta, quando uscì, Addy non corse immediatamente a cercare i vestiti e si addormentò facilmente tra le sue braccia, strofinandogli la guancia contro il petto.

22

"Dai, vecchietta," disse Kenzie oltrepassando Addy in cucina. "Cos'hai che non va oggi? Questa è la prima volta, tipo da sempre, che sono davvero più veloce di te al lavoro."

"Scusa," borbottò Addy mentre metteva in equilibrio i piatti sull'avambraccio.

L'ultima cosa che avrebbe fatto sarebbe stato dire a Kenzie che poteva a malapena camminare a causa della sessione di ieri sul divano con Jack. Non sapeva cosa le era successo – o cosa fosse successo a lui.

Quello che era successo nella tenda era una cosa. Era stato alimentato dalla passione, dalla rabbia e da quella sensazione strana di trovarsi a stretto contatto con la natura. Ma ora, a casa? Non riusciva ancora a spiegarselo. Peggio ancora, voleva farlo di nuovo.

Addy quel giorno considerava una benedizione fare un doppio turno. Almeno Jack non l'avrebbe distratta.

O forse l'avrebbe fatto comunque? si chiese.

"Addy." Lasciò quasi cadere i piatti che teneva mentre li serviva ai clienti al tavolo nove.

"Dawn", fece un falso sorriso da sopra la spalla. "Che succede?"

I clienti cominciarono a scavare nei loro pasti e ignorarono completamente le due cameriere.

"Posso parlarti un minuto?"

Addy alzò gli occhi alle spalle di Dawn mentre seguiva la cavalla bionda ossigenata in cucina.

Dio, Dawn si comporta come se fosse la manager.

"Cosa c'è di così importante da farmi quasi versare il polpettone su un cliente?" chiese.

"Hanno chiamato dall'ospedale."

"Jack." Lei rimase interdetta. Perché non le aveva mandato semplicemente un messaggio?

"No, voglio dire, l'ospedale, ma non so chi fosse. Tuo padre è appena stato ricoverato..."

"Merda." Addy si avviò immediatamente verso gli armadietti per prendere la sua borsa. "Sta bene? Cos'è successo?"

Che domanda idiota.

Alcol, ecco cosa era successo.

"Hanno detto che è stabile", disse Dawn mentre Addy andava via. "Ma sembra che abbia chiamato il 118. Un'ambulanza lo ha preso..."

"Puoi coprire il mio turno?" chiese. "Merda. E Kenzie?"

"Cosa? Voglio dire, immagino di sì. Dovrò chiamare una delle nuove ragazze..."

"Grazie," disse Addy e le sorrise. Stava quasi per imbattersi in Kenzie mentre correva verso l'uscita.

"Non così in fretta!" Disse Kenzie. "Dio, Addy, mi hai quasi colpito."

"Dai, papà è in ospedale." Senza dire una parola, Kenzie gettò sul bancone il vassoio di piatti sporchi che aveva in mano.

"Ehi!" gridò Dawn, ma nessuna delle due tornò indietro.

Kenzie si tormentò follemente le cuticole delle unghie sul sedile del passeggero mentre Addy correva verso l'ospedale.

"Pensi che si rimetterà? Addy, pensi che starà bene?"

"Non lo so, smetti di chiedermelo", scattò Addy. Sentendosi colpevole, lanciò uno sguardo a Kenzie, che intanto si era masticata l'unghia fino a farla sanguinare.

"Sono sicura che starà bene," disse lei dolcemente. "Probabilmente ha solo bisogno di una lavanda gastrica o qualcosa del genere."

Kenzie sembrava incerta, ma lei rimase silenziosa.

Quasi come per miracolo, trovarono un posto proprio lì davanti. Kenzie tenne il passo di Addy mentre volavano nel pronto soccorso.

"Sig.ra. Stratton!" la receptionist chiamò in segno di saluto. "Sei qui per Ja—"

Con occhi selvaggi, Addy andò dritta da lei.

"Ted Fuller", disse senza fiato.

"Come?"

"Ted Fuller."

"Dov'è nostro padre?" urlò Kenzie alla donna.

"Oh! Uh..." le mani della receptionist volarono sulla tastiera. "Theodore Fuller è stato trasferito in terapia intensiva. È vostro padr..."

"Grazie", replicò Addy. Afferrò la mano di Kenzie e corse verso l'ala del reparto. Vide Jack camminare avanti e indietro accanto al banco del check-in. "Jack! Cos'è successo? Dov'è?"

"Va tutto bene," disse Jack. Le afferrò le spalle mentre si avvicinava a lui e cercò di tranquillizzarla. "Sta... sta bene."

"Sta bene?" chiese Kenzie. La sua voce tremava.

"Cos'è successo?" chiese Addy. "Dov'è?"

"È il cuore", disse lentamente Jack.

"Il cuore? Lui... non gli hanno fatto una lavanda gastrica? Non era ubriaco?"

"Lui... beh, lo era", disse Jack con premura. "A volte quantità eccessive di alcol possono aumentare la pressione sanguigna a un livello tale da provocare un attacco di cuore..."

"Oh, Dio, ha avuto un infarto?" gridò Kenzie. "È colpa mia. Avrei dovuto... Avrei dovuto..."

"Nessuna di voi avrebbe potuto fare niente. Tutto è stato causato da anni di grandi bevute, associate a un eccesso di peso e forse anche a dei trascorsi di ipertensione. Stiamo ancora aspettando la cartella dal suo medico di famiglia per confermarlo."

"E...e adesso?" chiese Addy, gli occhi pieni di lacrime.

"Adesso aspettiamo", rispose Jack. "Non c'è altro da fare se non tenerlo tutta la notte per monitorarlo."

"Possiamo vederlo?" Chiese Kenzie.

"No, temo di no. E poi, è stato sedato e dormirà comunque fino a domani", rispose Jack. "Cerca di non preoccuparti, non ti porterebbe a nulla."

"È facile per te dirlo," mormorò Kenzie.

Addy le diede una gomitata.

"Dr. Stratton? Abbiamo bisogno di lei qui", disse frettolosamente un'infermiera mentre camminava.

"Aspetta un minuto, torno subito."

Addy affondò in una sedia di plastica dura accanto a Kenzie e prese la mano di sua sorella.

"Andrà tutto bene", le disse.

"È tutta colpa mia," ripeté Kenzie sottovoce.

"No", replicò Addy, sebbene sapesse che non c'era nulla che potesse dire per farle cambiare idea.

"Addy? Kenzie?" Jack tornò con uno scatto veloce. "Oggi sono pieno di lavoro, ma ascoltate. Ho letto i valori di tuo padre e lo tengo d'occhio, insieme al resto dell'equipe. Te lo prometto, starà bene. Non c'è niente di cui preoccuparsi. Ma non potrete vederlo prima di domani, quindi avete motivo di restare qui."

"Devo restare", disse Kenzie testardamente.

"No, torniamo a casa", disse Addy. Diede un'occhiata a Jack. "Trattamelo bene e ripuliscilo prima che torni a casa."

Kenzie guardò Addy e poi Jack. "Ma se si sveglia..."

"Non è possibile, non con i sedativi che sta assumendo", replicò Jack. "Te lo prometto, non succederà nulla. Sono di turno qui per altre cinque ore. Hai la mia parola."

A CASA ADDY arricciò il naso a quell'odore. La colpì non appena varcò la soglia, ma Kenzie sembrò non accorgersene. Fu abbastanza facile trovare la fonte principale.

Nessuno aveva svuotato la spazzatura o per almeno due settimane. Addy avrebbe voluto lamentarsi, chiedere a Kenzie come potesse vivere in quel modo. Ma ogni volta che guardava sua sorella con quel labbro tremante, si fermava.

Fianco a fianco, pulirono ogni stanza. Per una volta, Kenzie non ebbe da ridire o lamentarsi. Fece esattamente come aveva detto Addy, felice di seguire le sue indicazioni.

Proprio quando finirono, il telefono di Addy vibrò mentre lei metteva via il mocio.

Sta bene, aveva scritto Jack. *Torna a casa.*

Addy sbatté le palpebre, sorpresa.

Erano già passate cinque ore? pensò.

Non voleva lasciare Kenzie, ma appena Kenzie si rese conto che le pulizie erano finite, accese la televisione e sembrò dimenticare che Addy esistesse.

"Va tutto bene?" chiese a Kenzie.

"Sì," Kenzie affondò nel divano e si mise su *The Great British Bake Off*. "Devo solo distrarmi."

"Se lo dici tu. Vuoi che rimanga?"

Kenzie non rispose.

"Okay..." disse Addy. "Allora immagino che andrò a casa. Chiamami se hai bisogno di me..."

Kenzie annuì, stregata dalle ciliegie flambé che venivano realizzate sullo schermo.

"Ti scrivo prima di andare a letto", disse Addy. "E domattina per prima cosa andremo in ospedale. Ti scrivo quando sto per passare."

"Okay," replicò Kenzie dietro di lei.

Durante il breve tragitto in auto verso l'appartamento di Jack, il loro appartamento, Addy cercò di non pensare agli scenari peggiori. *E se, e se, e se...*

Era vicina alle lacrime quando parcheggiò accanto alla jeep di Jack e arrancò fino all'interno. Che cosa era successo a Kenzie? Era come se si fosse trasformata in uno zombie non appena avevano finito di pulire. Era solo il suo modo di metabolizzare il problema?

"Come stai?" chiese Jack quando la vide entrare.

Era appena uscita dal bagno, e la sua corporatura impostata riempiva la porta del corridoio.

Aprì la bocca per rispondere, ma non uscì nulla. Addy cadde tra le sue braccia.

"Ehi, va tutto bene," le sussurrò. "Andrà tutto bene."

Inclinò la testa per vedere i suoi occhi, per valutare se fosse sincero, ma la fame che vide in essi la sopraffece.

"Portami a letto", disse, la sua voce forte e ferma.

"Addy, non so se..."

"Non mi vuoi?" chiese.

Un fremito era cominciato tra le sue gambe. Aveva bisogno che le facesse dimenticare, per farla sentire di nuovo completa.

Addy fece un passo indietro e si sbottonò lentamente la camicia bianca da lavoro. Mantenne il contatto visivo mentre sganciava il reggiseno.

Jack emise un ringhio e la strinse a sé. Mentre esplorava la bocca di Addy con la lingua, camminò all'indietro verso il letto. Lei sentì la sua durezza premere contro il suo basso ventre, mentre le sue mani le sollevavano la gonna nera.

Addy si sedette sul letto e tirò giù il suo camice. Si leccò le labbra e si chinò in avanti per il suo cazzo, ma lui la spinse giù sul letto e si mise su di lei, troppo impaziente per aspettare che finisse di spogliarsi.

Mentre Jack si tuffava su di lei, lei strinse gli occhi e ansimò. Era così bello, il modo in cui la riempiva completamente. Era come se la portasse su un altro pianeta.

"Piano", sussurrò. "Scopami piano. Voglio sentire tutto."

Jack seppellì il viso nel suo collo e la baciò delicatamente. Le sue labbra vagavano sui succhiotti che le aveva lasciato sulla pelle nei giorni precedenti.

Addy gioiva ad ogni centimetro che lui le concedeva, alla pressione persistente quando lui premeva contro il suo clitoride. Ogni volta che lui arrivava al punto più profondo, lei si aggrappava alla sua schiena e lo teneva stretto a sé.

Quella lentezza, quell'intensità, la portarono rapidamente all'orgasmo.

"Mi stai facendo venire", disse quasi senza fiato.

"Sì, vieni per me. Vieni per me, Addy ", la incoraggiò sussurrandole nell'orecchio.

Addy tremò contro quell'ondata mentre lui veniva con lei e la riempiva del calore di cui aveva così disperatamente bisogno.

23

"r. Stratton, c'è una chiamata per lei ", disse l'infermiera Bostian.

"Per me? Chi è?"

"Non lo so, sono un'infermiera, non una receptionist."

Jack si diresse verso la reception. Non poteva arrabbiarsi con l'infermiera. Ma gli dava sui nervi ricevere chiamate personali in ospedale, anche se non era contro le regole. *Chi diavolo mi chiamerebbe sul numero dell'ospedale e non sul mio telefono?* "Pronto?"

"Jacob, sono io." L'accento di Melbourne di sua madre era cristallino su tutte le linee.

"Mamma? Perché non mi hai chiamato sul mio telefono? "

"L'ho fatto, ma non hai risposto" disse con supponenza.

"Certo, perché sono al lavoro. Sai, nel pronto soccorso."

"Sicuramente puoi scappare per qualche minuto. Come hai fatto proprio ora."

"La... la connessione è parecchio buona."

"Questo perché atterrerò lì tra un'ora."

"Qui? Tahoe? Fra un'ora?"

"Jacob, è quello che ho appena detto. Devi ascoltarmi quando parlo."

"È solo che... beh, è una vera sorpresa."

"Ho chiesto quando sarebbe finito il tuo turno, ed è fra pochi minuti, giusto?"

"Sì."

"Quindi per la cena facciamo le sei? Così hai il tempo di rinfrescarti. Confido in te, ormai conoscerai i ristoranti decenti in città."

"Sì, ma..."

"Fantastico, ti chiamo quando atterro. Questa volta risponderai al telefono, non è vero Jacob?"

"Sì, mamma" mormorò.

"Sembrava una telefonata urgente", disse l'addetto alla reception e lo guardò di traverso.

"Molto."

Guardò l'orologio. Dopo dieci minuti il suo turno sarebbe finito, supponendo che non vi fossero casi urgenti. Si avviò verso il suo armadietto e provò a immaginare come sarebbe andata. Sorprendentemente, la prima persona che avrebbe voluto chiamare era Addy.

O forse non è più così sorprendente.

Quando staccò il telefono dalla presa della corrente, vide che c'era davvero una chiamata persa da un numero sconosciuto. Fece un respiro profondo e chiamò il numero di Addy.

"Che succede?" chiese. Sembrava senza fiato. "Sto andando di corsa verso la banca per cambiare i soldi."

"A che ora stacchi?"

"Fra un'ora più o meno. Perché?"

"Mia mamma sta arrivando in città."

"Cosa?"

"Ed è una stronza isterica."

"Jack!"

"Scusa, tesoro, ma non c'è tempo per le carinerie. Ceniamo alle sei."

"Ah sì?"

"Sì, hai abbastanza tempo per prepararti dopo il lavoro?"

"Voglio dire... Immagino di sì? Un attimo di preavviso in più mi avrebbe fatto comodo... "

"A chi lo dici. Oh, e un'altra cosa. Potrebbe non sapere che sono sposato, ufficialmente sposato."

"Scusami? Cosa? Allora perché diavolo dovrei venire? La cosa sta andando molto oltre quello che avevamo concordato... "

"È questo ciò che amo di te, il tuo saper fare buon viso a cattivo gioco."

"Jack, sono seria."

"Ascolta, mi dispiace. Mi ha colto di sorpresa. Ma fallo per me e giuro che mi farò perdonare. E poi ti proteggerò da lei il più possibile."

"Oh mio... e va bene. Come vuoi. Dove andiamo?"

"Lo stesso posto in cui abbiamo avuto quell'incredibile triplo appuntamento qualche sera fa. Solo il meglio per mamma."

Addy gemette.

"Posso incontrarti lì? Non ho niente di pulito da indossare, devo fare razzie nell'armadio di Kenzie. E controllare papà", aggiunse.

Jack deglutì. Si sentiva in colpa per averla coinvolta in quella cena quando suo padre era tornato a casa dall'ospedale da soli tre giorni.

"Sì, certo amore. Ci vediamo là!"

JACK ASPETTÒ sull'asfalto l'aereo di sua madre. Non era insolito che gli aerei privati atterrassero a Tahoe, ma sentiva ancora come se avesse addosso gli occhi della gente del posto che lavorava lì.

Tentò di scrollarsi quella sensazione di dosso, ma invano. Aveva sperato di lasciarsi alle spalle l'ombra del bambino ricco e viziato. Ma non appena seppe che sua madre era in viaggio, tutto tornò a galla.

Quando il suo aereo arrivò, l'equipaggio di terra si affrettò immediatamente verso il jet privato. Sua madre emerse con i capelli appena tagliati, un nettissimo bob argentato che era stato il suo look distintivo da quando Jack aveva memoria.

Il suo abito di seta color crema era impeccabilmente su misura, senza alcuna piega in vista. Non si prese nemmeno la briga di togliersi i suoi occhiali da sole Jackie O mentre si avvicinava a Jack, abituata a tutti coloro che le riservavano quel trattamento da tappeto rosso.

"Jacob", disse, e gli baciò entrambe le guance a mezz'aria.

"È Jack," puntualizzò lui, ma lei lo ignorò come sempre.

Finalmente si tolse gli occhiali per entrare nella Jeep mentre lui sollevava il bagaglio di Louis Vuitton Damier per metterlo nel portabagagliaio.

"Mamma...?" chiese, tenendo la portiera aperta per lei.

"Non entrerò nel tuo piccolo giocattolo trasandato, tesoro," disse lei, con il naso arricciato. "Fortunatamente, so come sono i ragazzi. Anche quelli cresciuti con degli standard così elevati. È un bene che il mio assistente abbia preso in affitto un'auto con autista. Dov'è l'ingresso per i mezzi di trasporto? Hanno detto che mi avrebbero aspettato lì."

Strinse i denti e la scortò fino all'elegante berlina nera.

"Oh, vieni con me, tesoro", disse. "Nessuno ti ruberà quel carro armato."

"Per andare dove?" chiese mentre le scivolava accanto.

Jack sapeva bene che era meglio non suggerirle di stare con lui, in un hotel o altrove. Era una forza da non sottovalutare, ed era sempre meglio lasciarle prendere il comando.

"All'ospedale", disse mentre estraeva uno specchietto per controllare il trucco.

"Il... Il mio ospedale?"

"Oh, stento a credere che possa essere tuo. Al massimo quello in cui *lavori*, mio caro", disse lei. "Pensavo di fare questo come prima cosa, così potrò vedere come trascorri le tue giornate. Non ti sembra fantastico?"

Jack sentì che la sua frequenza cardiaca aumentava mentre si avvicinavano all'ospedale.

"Aspetta qui", disse la madre all'autista.

"Mamma, questo posto è per le ambulanze", provò Jack.

"Beh, sono certa che ce l'autista sappia *spostarsi* prontamente se dovesse arrivarne una", disse lei.

Anche con i suoi tacchi a spillo vacillanti, riusciva comunque a rimanere qualche passo davanti a lui.

Jack fu accolto con sguardi sorpresi e confusi dal resto del personale. "Pensavo fossi fuori per la notte", disse Philip.

"Lo sono, cioè, lo ero. Questa è mia mamma, Diana."

"Sig.ra. Stratton", lo corresse lei.

Philip tese una mano e offrì il suo sorriso brillante, ma lei si fermò a lungo, a disagio.

"Mi dispiace, caro", disse a Philip. "Non prenderla sul personale, ma considerando il posto e il lavoro che fai, non so dove siano state quelle mani."

"Oh! Bene, okay", disse Philip.

Philip lanciò a Jack uno strano sguardo fingendo di guardare il suo cercapersone e poi se ne andò.

Jack sentì la vergogna addensarsi attorno a lui mentre sua

madre era scortese con tutti quelli che si avvicinavano, finché non vide Rosalie.

"Rosalie, tesoro!" disse.

Rosalie si girò di scatto. Le ci volle un momento per riconoscere Diana, ma quando ricompose il puzzle, Jack la vide congelarsi. Ricordava facilmente il loro ultimo e unico incontro: era stata solo una breve cena, ma sua madre era stata fredda e gelida nei confronti di Rosalie.

Cosa starà architettando?

"Sig.ra. Stratton", disse Rosalie. "Che sorpresa."

Accettò i baci a mezz'aria, ma sparò a Jack uno sguardo della serie *Che cazzo...?* oltre la spalla della madre.

"Beh, quando ho scoperto che hai seguito il mio Jacob qui, ho capito quanto voi due faceste sul serio."

"Come scusi? Non ho seguito..."

"Mamma..."

"Oh, silenzio," disse, e diede una pacca sulla mano di Jack. "Rosalie, cara, devi unirti a noi per cena."

"Cena?" Rosalie guardò Jack, confusa.

"Mamma, sono sicuro che Rosalie avrà ancora il turno..."

"A che ora finisci, cara?"

"Uh, tra circa trenta..."

"Perfetto, ci vediamo lì. Jacob? Sono pronta per andare", disse sua madre.

"Va bene. Ti manderemo un sms con i dettagli" mormorò lui, felice di portarla fuori da lì il prima possibile.

Prima ancora che uscissero, la madre cominciò a smontare l'edificio.

"Tutto quello che riesco a dire è: struttura di scarsa qualità", disse. "Onestamente, Jacob, non capisco perché avresti lasciato le tue prospettive a Melbourne per... questo."

Jack era silenzioso. Lei lo incitò, ma non c'era modo che si lasciasse risollevare prima di incontrare Addy.

"Dove andiamo?" chiese l'autista dopo aver aperto loro la portiera ed essersi riseduto sul sedile anteriore.

Jack guardò sua madre, che alzò la fronte.

"Beh...?" chiese. "Dagli il tuo indirizzo, Jacob."

Merda. Niente hotel? Borbottò l'indirizzo all'autista. Jack sentì su di lui gli occhi giudicanti di sua madre durante il breve tragitto.

"Ultimamente non hai avuto tempo per la palestra", notò sua madre. Era un'affermazione, non una domanda.

"Sono stato occupato", rispose.

"Troppo occupato persino per prendere un po' di sole? È l'unica cosa positiva di questo posto in estate. Sembri malato senza abbronzatura, Jacob."

"Beh, sì. Sono un medico, mamma. Sono un po' impegnato."

"Jacob, non inventare scuse. Se tuo padre poteva farlo, allora puoi farlo anche tu."

Jack strinse il pugno e la mascella, ma la vibrazione del suo telefono lo distrasse.

Sono appena tornata all'appartamento, aveva scritto Addy. *Ho un vestito nero di Kenzie che penso andrà bene.*

"Eccoci" disse l'autista mentre si fermava davanti all'edificio.

La madre di Jack scrutò i condomini in stile artigiano e sollevò un sopracciglio giudicante. "Jacob..."

"Mamma, ho bisogno che tu mi ascolti."

L'autista scese dall'auto e si avvicinò alla loro portiera.

"È molto importante che tu sia gentile con la persona che stai per incontrare."

"Che sto per incontr... Jacob!" Lei lo guardò accigliata. "Lo sapevo. Ti sei trasferito qui per una ragazza, vero...?"

"L'ho incontrata dopo essermi trasferito qui", disse, interrompendola.

L'autista aprì la portiera e offrì un braccio a sua madre. Lei lo prese con uno sbuffo.

"Sii gentile", ripeté mentre apriva la porta.

"Io sono *sempre* gentile Jacob."

Addy saltò giù dal divano non appena la porta si aprì. Jack vide che aveva pulito follemente l'appartamento, come meglio poteva. Anche in quello stato di disagio in cui solo sua madre riusciva a metterlo, non poteva fare a meno di notare l'incredibile aspetto di Addy.

I suoi capelli erano messi perfettamente in piega e l'abito nero con le maniche a sbuffo in pizzo abbracciava la sua figura alla perfezione, bilanciando modestia e sensualità.

"Addy, questa è mia mamma, Diana. Mamma, questa è mia moglie Addison. Addy.

Addy allungò la mano. Vide il solito disgusto in faccia a sua madre, ma quell'espressione vacillò alla parola "moglie".

"Sono così felice di poter finalmente incontrarla, signora Stratton," disse Addy.

"Tua... Tua..." disse sua madre. Non l'aveva mai vista scossa in quel modo prima di allora.

Prima che Addy potesse rendersi conto che la madre di Jack non le avrebbe stretto la mano, lui la avvolse in un abbraccio.

"Andrà tutto bene" le sussurrò, ma lei era chiaramente terrorizzata.

Sentì i piccoli tremolii che la attraversavano. Non che potesse biasimarla. Se fosse stato nei suoi panni, sarebbe già fuggito a gambe levate.

Sua madre lanciò un'occhiata al suo orologio.

"Jacob? Dobbiamo andare al ristorante adesso. Non voglio far aspettare Rosalie."

"Rosalie?" Addy sbianco un bel po', e Jack vide sua madre sorridere a quella reazione.

"Vai a prendere la borsa", disse ad Addy. "Rosalie è entusiasta di rivederti. Non vi rivedete da quando siete state in campeggio insieme, giusto?"

Solo lui avrebbe notato la piccola vampata di Addy alla menzione del campeggio, ma non voleva che sua madre facesse sentire Addy inadeguata.

"Sono parecchio amiche allora?" chiese sua madre mentre Addy andava in camera da letto per prendere la sua borsa. "Rosalie e Allison."

"Addison", disse lui, sebbene sapesse che ricordava il suo nome. "Sì, sono amiche."

"Uhm. Strano," disse sua madre. "Coraggioso da parte di Allison, però. Non vorrei una donna così sofisticata e splendida come Rosalie intorno a mio marito."

"Mamma, comportati bene", disse, e si voltò verso di lei puntandole un dito contro. "Perché se non lo fai, sarò assolutamente felice di rimanere orfano."

Lei si fermò e la sua bocca si spalancò.

"Pronta", disse Addy e sollevò una borsetta di raso nero che doveva aver preso in prestito da Kenzie.

"Che bella borsa, cara" disse sua madre, senza nemmeno un pizzico di sarcasmo.

24

Penso sia un attacco di panico.

Addy non ne aveva mai avuto uno prima, o almeno lo pensava, ma non riusciva a capire cos'altro potesse essere. Da quando aveva visto Rosalie al ristorante, già seduta e con l'aria di un cerbiatto sotto i riflettori, il suo cuore aveva iniziato a martellare.

Era calda e fredda allo stesso tempo. I suoi palmi erano ricoperti di sudore, non importa quante volte li avesse asciugati sul vestito di Kenzie.

Risciva a malapena a seguire il filo della conversazione. Non che ne avesse davvero bisogno. La mamma di Jack ignorava quasi completamente tutti e due per concentrarsi su Rosalie, accanto alla quale si era seduta.

Jack era vicinissimo ad Addy, una mano sulla sua coscia. Le strinse spesso la mano e si sporse per baciarle la guancia o sussurrarle all'orecchio complimenti che lei dimenticò rapidamente.

In qualsiasi altro momento forse sarebbe stato confortante. Tuttavia, ora, sembrava lo stesse facendo più per il bene di sua madre che per il suo.

E forse anche per rendere Rosalie gelosa, ricordò a sé stessa.

Addy bevve un grande sorso di vino rosato e guardò Rosalie annuire educatamente alla madre di Jack. Ogni volta che poteva, Rosalie lanciava uno sguardo ad Addy e le dava un'occhiata come a voler dire *Mi dispiace!* in un modo che sembrava davvero genuino. Ma chi poteva dirlo con certezza?

Si strinse nelle spalle e sorrise a Rosalie. Probabilmente non era colpa sua se era stata coinvolta in questo. Tuttavia, si chiedeva ancora se in realtà fosse stato Jack ad aver invitato Rosalie, o almeno se avesse accettato la cosa passivamente.

Era perfetto, no? Se il suo obiettivo era quello di rendere gelosa Rosalie, quale modo migliore di sbatterle in faccia sua "moglie" insieme a sua madre?

"A volte Jacob mi ricorda così tanto suo padre", disse Diana con un sospiro. "L'abbiamo mandato al campeggio estivo quando aveva dodici anni e non immaginerai mai..."

Dal momento che Diana aveva rifiutato di riconoscere Addy, Addy non si preoccupava di ascoltare quelle storie banali. Provò un pizzico di empatia per Rosalie.

Deve essere terribile essere bloccata qui ad ascoltare storie sul tuo ex mentre sei seduta di fronte a sua moglie, pensò.

Il familiare beep di un cercapersone dell'ospedale interruppe la storia di Diana.

"È il mio", disse Rosalie prima che Jack potesse prendere il suo. "Mi dispiace davvero tanto, devo tornare in ospedale."

"Chi ha il petite filet mignon?" Arrivò un cameriere con quattro piatti coperti.

"Così presto?" Chiese Diana. "Non può farlo qualcun altro..."

"Mamma, è un dottore", disse Jack. "È di guardia. Tuo marito era un dottore, so che puoi capire."

Sua madre si rimise a sedere sbuffando mentre Rosalie la inondava di scuse.

"Non scusarti," le disse Jack. "Sei stata gentile anche solo venendo a questo... qualunque cosa sia."

Rosalie si scusò ancora una volta, in particolare verso Addy.

"Solo... mi dispiace, ma devo andare. È stato, uhm... ad ogni modo grazie per avermi invitato", concluse Rosalie.

Si precipitò via in un soffio e Addy vide che le spalle snelle di Rosalie si allentavano e si rilassavano ad ogni passo che faceva per allontanarsi da quella situazione di merda. Non poteva biasimarla. In realtà, adesso la invidiava.

Cosa darei per andarmene di qui adesso.

Diana sospirò.

"Povera ragazza, non riesce nemmeno a godersi una bella cena fuori. Beh, Almeno ha una vera carriera, però", disse.

Guardò la sua bistecca senza toccarla.

"Questa non è al sangue", disse al cameriere.

"Signora, lasci che la apra e la controlli..."

"Ho detto che non è al sangue. La porti via. Quindi, Addy, dimmelo di nuovo. Cosa fai nella vita?"

Innanzitutto non te l'ho detto perché non me l'hai mai chiesto.

"Io, uhm, faccio la cameriera..."

"Ha preso in gestione il ristorante di suo padre" intervenne Jack. "Addy ora ne è la proprietaria."

"Hmmm... Cameriera, proprietaria di un ristorante. Due lavori molto diversi. Non riesco a capire quale dei due sia quello vero. Anche se ho i miei sospetti ", disse e lanciò ad Addy uno sguardo che la raggelò fino al midollo.

"Mamma, ti sto dicendo..."

"Jacob, sono stanca. Penso che l'autista mi riporterà al mio hotel."

"Il tuo hotel? Mamma, hai appena..."

Diana buttò giù due banconote da cento dollari.

"Sentiti libera di prendere i miei avanzi per portarli a casa", disse con tono affilato ad Addy.

Non appena Diana scomparve alla vista, Addy non riuscì più a trattenersi. Guardò Jack, ma quando aprì la bocca l'unica cosa che uscì fu un pianto a singhiozzo.

"Andiamo a casa", disse Jack.

"Dove... andate via tutti?" chiese loro il cameriere.

"Sì, ci scusi."

"Questi non coprono il conto", disse il cameriere con tono accusatorio. Cosa sta cercando di fare... Non puoi semplicemente ordinare tutto questo e... "

Addy era offuscata dall'imbarazzo e si asciugava follemente gli occhi con il tovagliolo.

"Chiamaci un taxi e usa la mia carta", disse Jack. "Prendi come mancia il denaro che ti resta."

"Sì, signore" disse rapidamente il cameriere.

"Sono così imbarazzata", disse Addy mentre salivano sul taxi.

"Non esserlo, mia mamma è una stronza di prima categoria. Lo è sempre stata! Stai bene?"

"Lasciami stare per un minuto", disse.

Odiava quel suo lato di sé stessa, il fatto che riusciva a malapena persino a parlare quando piangeva. Il viaggio verso casa sembrò durare un'eternità, per di più con il tassista ignaro dei lavori stradali che incontrarono durante il viaggio. Jack, per fortuna, la comprese appieno e non fece pressioni né domande.

Finalmente un po' di pace e tranquillità, pensò lei.

Tuttavia, ebbe l'occasione di rimuginare.

Che diavolo gli era saltato in mente, a buttarla nelle grinfie di quella cagna della madre? Perché poi aveva dovuto trascinarla lì?

Una cosa era certa. A prescindere da tutto, se prima pensava che lei e Jack provenissero da mondi totalmente diversi, questo lo confermava. Non pensava che esistessero donne come sua madre.

Il suo imbarazzo lasciò il posto a una furia alimentata dall'ansia.

Chi cazzo crede di essere?

Quando finalmente si fermarono al condominio, non sarebbe potuta scendere dal taxi più velocemente. Addy sbatté la porta dietro di sé e lasciò Jack a pagare.

Prova solo a parlarmi, lo sfidò nella sua mente.

Andò direttamente in bagno a levarsi il trucco dal viso e sentì la porta chiudersi mentre si asciugava il viso.

"Addy?"

Diede un calcio ai tacchi troppo alti e si lanciò in soggiorno. "Che c'è? Cos'hai da dire?"

"Cosa c'è che non va?" chiese, chiaramente confuso. "Ti avevo avvertito e ti avevo detto che mi dispiace..."

"Non ci casco più, *Jacob*. Non farò più parte delle tue scelte di vita, okay?"

"Addy, che diavolo di problemi hai? Di che stai parlando?"

"Pensi che tua madre sia una cagna? E parli proprio tu?! Da chi pensi di aver ripreso tutta la tua visione della vita?"

"Cosa? Non paragonarmi a mia mamma... Cosa ti è preso?"

"Già ho capito come andranno le cose." Addy gli si avvicinò. A piedi nudi, arrivava a malapena alla sua spalla, ma era eccitata da quella scarica di adrenalina pura. "Quando diventerò una vecchia baccucca, tu mi abbandonerai e passerai alla tipa successiva. È quello che fanno i ragazzi come te. Probabilmente è quello che hai fatto a Rosalie, e poi..."

"Whoa, ehi", disse e raddrizzò le spalle mettendosi dritto. "Non so cosa ti sia preso, ma non ho alcun interesse a sentir parlare ancora di Rosalie, e ancor meno di mia mamma. È tossica, velenosa, va bene? Lo so. E non sapevo nemmeno che sarebbe venuta qui fino a un'ora prima del suo atterraggio."

"Jack."

"No, hai parlato, ora è il mio turno. Forse è stata una cazzata da parte mia trascinarti a cena in quel modo, ma sono andato nel panico."

"E Rosalie è capitata magicamente lì, per caso? Per essere invitata? Anche se è stata davvero tua madre ad invitarla, non avresti potuto..."

"Mia madre *è* quella che l'ha invitata. Puoi chiedere a Rosalie se non mi credi. E probabilmente hai ragione, non per caso Rosalie era lì. Mia mamma ha chiesto di andare direttamente in ospedale. Cazzo, per quanto ne so, ha chiamato in anticipo per chiedere se Rosalie stesse lavorando in quel momento. Sapeva già che era qui... Come facesse a saperlo, questo non lo so."

"Cosa? Cosa diavolo c'è che non va nella tua famiglia? Tua madre ti stalkera o cosa? Questo è esattamente il tipo di situazione in cui non voglio immischiarmi. Sapevo che la tua famiglia aveva tanti soldi, ma non sapevo che... questo non è..."

"Addy." Mise le mani sulle sue spalle. "Non so cosa stesse tramando mia madre. Davvero. Ma posso dirti una cosa. Se sapesse che è riuscita a scatenare un litigio tra di noi, farebbe i salti di gioia."

Addy buttò fuori un respiro.

"Hai ragione", disse alla fine. "Io so che hai ragione. Ma Jack..."

"Shhh, basta parlare."

Addy lanciò uno gridolino mentre lui la sollevava con facilità e la rovesciava sulla sua spalla.

"Che stai facendo...?"

"Basta parlare", ripeté mentre la portava in camera da letto.

25

Jack la gettò sul letto e si scrollò di dosso la giacca. Con il viso appena struccato e i capelli lisci che le arrivavano fino alla vita, sembrava giovane.

Innocente. Nemmeno il modo in cui si mordicchiava il labbro mentre lo guardava slacciarsi la cintura gli dispiaceva.

"Vieni qui", disse.

Jack la prese per le cosce e la tirò supina verso di sé. Tirò la parte inferiore del vestito fino all'addome per rivelare un perizoma nero e un paio di autoreggenti nere coordinate. Jack allungò la mano e spostò lateralmente il minuscolo tessuto nero della biancheria intima.

Era già bagnata, ma prima che potesse far passare un pollice sul clitoride, Addy si sporse sui gomiti.

"Sei qui per visitarmi?"

"Come?"

"L'infermiera ha detto che sarebbe venuto un dottore per visitarmi. Sei il mio dottore?"

Addy lo guardò attraverso le sue folte ciglia con un luccichio che Jack non aveva mai visto prima.

"Sì", disse lui.

Non pensava che fosse possibile, ma si sentì diventare ancora più duro. La durezza spinse contro il tessuto dei suoi pantaloni.

Addy lanciò un'occhiata alla sedia nell'angolo su cui lui era solito buttare il camice e lo stetoscopio quando tornava a casa. "Dov'è il tuo camice?"

"Come?"

"Pensavo che i dottori indossassero camici bianchi."

Lui sorrise e le lasciò le cosce. Jack sentì gli occhi di Addy su di sé mentre scivolava nel camice e si metteva lo stetoscopio attorno al collo.

"Come mai sei qui oggi?" chiese mentre si voltava per guardarla.

"Sono un po' timida per dirlo."

"Va bene... Signora..."

"Smith", disse lei rapidamente.

"Signora Smith. Sono un medico, può dirmelo."

"Beh, dottore, io... Sono vergine", disse.

"Come?"

"Sì, ho appena compiuto diciotto anni... ma il fatto è che sono pronta a farlo. Ho provato a esercitarmi. Masturbarmi, sa? Ma è solo che... Non sono sicura di farlo nel modo giusto."

"Capisco. E sai già con chi hai intenzione di 'farlo'?" chiese.

"Non ancora", disse lei scuotendo la testa. "Volevo assicurarmi di saper, insomma, saperlo fare prima di tutto da sola. E quindi... posso mostrarti?"

"Mostrarmi cosa?"

"Come mi tocco. Forse puoi dirmi se lo faccio bene."

"Sì, penso sia una...una buona idea."

Addy allungò una mano tra le sue gambe e fece scivolare due dita tra le labbra. Mentre tirava ancor più giù il bordo del tanga, si fece scivolare le dita sul clitoride e nelle pieghe bagnate. Rabbrividì al suo stesso tocco.

Jack era lì su di lei, il suo cazzo premuto saldamente nei suoi pantaloni. Gli occhi di Addy si chiusero e lei cominciò a muoversi ad un suo ritmo intimo che Jack non aveva mai notato prima. Sembrava nuda, in un modo che Jack non aveva mai notato.

Questa era lei, la vera lei. Si sentiva onorato di essere lì, di poterla vedere. Immerse il dito medio nella sua apertura, quel tanto che bastava per aggiungere più umidità al suo clitoride.

"Va bene", le disse. "Che sapore hai?"

Addy si portò le dita alle labbra e succhiò.

"È così buono", disse. "Dolce. Vuoi assaggiare?"

"Probabilmente dovrei, solo per esserne sicuro."

Addy riportò la mano nella sua apertura e seppellì due dita nel profondo.

"Ecco, dottore", disse, e gli offrì la mano. Era caldo, dolce come ricordava.

"Perché non provi a giocare con il tuo seno adesso?"

Lei gli sorrise e abbassò la scollatura nera per rivelare i suoi capezzoli duri.

"Così, dottore?" chiese mentre si sfiorava le areole con la punta delle dita.

"Sì, proprio così", disse lui. "Signorina Smith, penso che se vogliamo davvero affrontare la sua preoccupazione, sarà necessario un esame più approfondito."

"Ah sì?"

Jack si inginocchiò mentre Addy si sfregava lentamente il clitoride. "Metti le mani sulla testa."

"Sì, dottore."

Mentre Addy sollevava le mani sopra la testa, lui le spalancò le cosce e leccò la sua dolcezza dall'apertura al monte di venere in un sol colpo. La sentì trattenere il respiro.

"È quello che sospettavo", le disse.

"Cosa?"

"Ti stai toccando bene. Ma hai bisogno di una bella scopata se vuoi davvero sentirti meglio." Jack le fece scivolare un dito dentro e Addy lo spinse all'istante.

"Ma dottore, non l'ho mai fatto prima", disse. "Non saprei nemmeno a chi chiedere."

"Nessun fidanzato?" Cominciò a scoparla più velocemente con un dito mentre le succhiava il clitoride.

"No..." disse lei, senza fiato. "Sono troppo impegnata con le cheerleader e i compiti..."

"Cheerleader e compiti a casa", ripeté. "Dato che sei una brava ragazza, allora, posso occuparmene. Come medico professionista, ovviamente."

"Sì, per favore, dottore."

Jack si alzò in piedi e lasciò cadere i pantaloni a terra. Lei si alzò verso di lui e palpitante di fame guardò la sua lunghezza.

"Posso?" chiese lei, mentre cercava di raggiungerlo.

"L'ha già fatto prima, signorina Smith?"

"No," disse lei sorridendo. "Ma sono una brava studentessa. Ho tutti dieci."

"Non ne dubito. Puoi aprire la bocca? Tirare fuori la lingua?"

Lei gli sorrise, appiattì la lingua mentre la cacciava fuori e disse: "Ahh."

"Resta così," disse, e fece scivolare la punta sulla calda umidità della sua lingua. "Apri..."

"Così?" Lei aprì la bocca e lo tirò a sé, tutto in gola.

"Cristo!"

Lui ansimò e strinse in pugno i suoi capelli, raccogliendoli in una coda di cavallo. Addy alzò lo sguardo mentre succhiava e leccava il suo cazzo. Jack avrebbe voluto stamparlo nella sua memoria, il modo in cui Addy gli appariva in quel momento, con gli zigomi pronunciati e quel fuoco negli occhi.

"Basta", disse. "Sto... oh cazzo, ci sono quasi."

"Sono stata brava?" chiese lei mentre lo lasciava.

"Molto brava."

Jack allungò la mano, le afferrò le cosce e la fece girare supina. Addy emise un grido. Mentre le afferrava i fianchi e la tirava a sé, lei giocava con i suoi seni e fissava il suo sguardo.

Con le gambe di Addy avvolte attorno alla sua vita, Jack cominciò a stuzzicarla con la cappella. Addy emise un gemito mentre lui colpiva il clitoride con la cappella intrisa di liquido preseminale.

"Non stuzzicarmi", disse lei.

"So cosa è meglio per te", controbatté lui.

Jack si posizionò davanti alla sua apertura ed entrò dentro lei, solo pochi centimetri.

"Sì", ansimò Addy. "Ancora."

Il pollice di Jack le premette il clitoride mentre lui entrava lentamente, centimetro per centimetro. Quando la riempì completamente, lei ansimò e strinse le gambe più forte che poteva intorno a lui.

"Sei così fottutamente bella", disse.

"Scopami e basta."

Jack si lasciò cadere su di lei e cominciò a spingere. Addy chiamò il suo nome, leggermente stropicciato sul camice bianco. Trovò le sue labbra e la baciò intensamente mentre lei gli affondava le unghie nella schiena. Con una mano, spinse via qualcosa vicino alla sua spalla: lo stetoscopio.

"Non fermarti", esortò lei mentre rallentava. "Per favore, non fermarti."

"Aspetta", disse, e sollevò lo strumento. "Non posso diagnosticare nulla senza controllare il tuo cuore..."

"Jack, dai, ci sono quasi", implorò.

"Chi è Jack? Stai delirando, un motivo in più per portare a termine la visita."

"Jack..." ansimò mentre lui premeva il freddo metallo dello stetoscopio sul suo cuore.

Premette con i polpastrelli e la sua testa si riempì del battito del cuore di Addy. Era già accelerato, un ritmo martellante.

"Jack, che stai facendo?"

La baciò, e lei si sciolse contro di lui. I suoi piccoli sussulti e gemiti uniti al suo battito cardiaco crearono una specie di sinfonia mentre lui si spingeva più in profondità dentro di lei.

"Mi farai venire", sussurrò lei.

Non c'era bisogno che glielo dicesse. Il suo cuore parlava chiaro, un tuono nella sua testa.

"Vieni per me", disse lui.

"È...oh cazzo, è un ordine?" Il battito del suo cuore accelerò di nuovo. "Un ordine medico?"

"Vieni per me, Addy."

Non aveva mai sentito un martellamento simile prima di quel momento. Mentre i lamenti di Addy riempivano la stanza, mentre sentiva le sue profondità serrarsi e il flusso di umidità scivolarle tra le gambe, il suo cuore batteva selvaggiamente, gli riempiva completamente la testa.

"Jack", chiamò lei, e lo strinse più forte.

Ti amo cazzo, pensò lui mentre il suo cuore iniziava a rallentare. *Ti amo, Addy.*

Ma in qualche modo, le parole non riuscivano a venire fuori.

26

Addy sospirò entrando nel ristorante. Controllò i suoi messaggi da Jack, che aveva trascorso la mattinata a tenere compagnia alla madre prima che ripartisse dall'aeroporto. Al momento, stava scrivendo ad Addy di tutta la scena esilarante, nei minimi dettagli, mentre iniziava il suo turno in ospedale.

Addy arricciò le labbra e pensò che avrebbe dovuto tenere d'occhio Kenzie.

Come sta papà? Le mandò un sms.

Anche se era Addy a programmare i turni, sembrava che lei e Kenzie s'incrociassero a malapena durante il giorno. Addy faceva i turni mattutini e Kenzie preferiva le serate, perfezionando le sue tecniche di flirt per rastrellare mance sostanziose.

Bene, credo, Rispose Kenzie. *Dorme molto.*

Come va col bere?

Più o meno uguale. Ho provato ad annacquare le bottiglie, ma se ne accorge, quindi beve di più e mi urla contro.

Addy sospirò di nuovo, ma si stampò un sorriso in viso mentre usciva dalla macchina ed entrava nel ristorante.

"Addy. Grazie a Dio sei qui." Dawn si avventò su di lei con occhi selvaggi. "Entrambi i lavapiatti oggi si sono dati malati. Entrambi! E sai che è solo per la partita in casa..."

"E i ragazzi del turno di cena?" Addy calcolò rapidamente quanto sarebbe stata impegnativa quella mattinata.

Avrebbero potuto cavarsela se avessero cambiato il programma della lavastoviglie in cicli rapidi, ma a malapena.

"Gli stessi. Gli stessi ragazzi avrebbero dovuto fare il doppio turno."

"Chiamerò Kenzie." Addy prese il telefono e si preparò alle lamentele di Kenzie.

"Che c'è? Vuoi che faccia la *lavastoviglie*? Non credo proprio. È disgustoso e non ci sono mance."

"Kenzie, non ho intenzione di supplicarti, e non ti sto chiedendo un favore. Questo è il ristorante di mamma e papà. Porta il tuo culo qui entro un'ora."

Kenzie riattaccò, ma Addy sapeva che sarebbe andata. E Addy sapeva già che avrebbe diviso le sue mance con la sua sorellina per placarla.

"Lo chef dice che non ci sono avocado." Una delle nuove ragazze si avvicinò ad Addy con la testa inclinata di lato.

"Certo che ci sono avocado, li ho visti arrivare ieri."

"Voglio dire, non ci sono avocado *buoni*."

"Sono tutti andati a male?"

La ragazza si strinse nelle spalle. Addy si precipitò sul retro nonostante avesse sentito Dawn che apriva la porta d'ingresso e il fruscio dei primi clienti che arrivavano.

"Ethan, cosa c'è che non va negli avocado?" urlò mentre sorpassava velocemente il cuoco fino al frigorifero.

"Tutti marciti all'interno, o con noccioli così grandi che la polpa è pochissima", rispose. "Con cosa li sostituisco?"

"Ti faccio sapere. Probabilmente spinaci."

"I clienti abituali non apprezzeranno."

"Lo so, ma una verdura non li ucciderà. Puoi preparare una crema di spinaci? Comunque cerca di renderla poco sana e non borbotteranno così tanto."

"Ricevuto, capo.".

Riapplicò il sorriso sul viso e si avvolse due volte i lacci del grembiule nero intorno alla vita. Il tran tran della colazione del venerdì mattina sarebbe stato leggero rispetto ai fine settimana, ma il folto gruppo di anziani abituali l'avrebbe fatta tribolare.

Addy era sul pilota automatico mentre volava intorno al ristorante, riempiendo tazze di caffè e spiegando la situazione dell'avocado agli ospiti stizziti. Una donna del posto, ma non cliente abituale, alzò gli occhi stupita quando venne a sapere del problema dell'avocado. Il suo bob d'argento ben rifinito le ricordò Diana.

Grazie a Dio non dovrò mai più vedere quella donna bestiale, pensò.

Ma lo spettro della sua cosiddetta "suocera" era riuscito a rovinarle la giornata per diverso tempo dopo quell'evento. Avrebbe preso un ordine e improvvisamente l'immagine di quella prima donna australiana le sarebbe apparsa nella mente.

Devo ammetterlo, con una madre del genere è incredibile che Jack si sia rivelato relativamente normale.

Se dubitava che tutto quel falso matrimonio fosse una cattiva idea, Diana le aveva dato la conferma finale. Tuttavia, ogni volta che Jack le mandava un messaggio, sentiva il suo cuore palpitare.

Durante la sua pausa di dieci minuti, quando si chiuse in macchina per distrarsi con un po' di musica e non essere risucchiata dal dramma del ristorante, Jack le mandò una foto di lui e Philip al lavoro intenti a tagliare una torta fatta in casa portata da una delle infermiere. La faccia di Addy si illuminò. Era proprio quello di cui aveva bisogno per affrontare l'ultima parte del suo turno.

"Mi devi un favore. Un grande favore," disse Kenzie mentre Addy ritornava in cucina. Kenzie aveva i guanti gialli fino ai gomiti e una mascherina le copriva metà del viso. "Kenzie, sono piatti sporchi, non rifiuti radioattivi."

"È la stessa cosa. Hai visto alcune di quelle persone mangiare. È schifoso. Sai che ho trovato una dentiera su uno dei piatti? Una dentiera, Addy!"

"L'hai... l'hai tenuta?"

"Certo che no. L'ho buttata via e poi ho dovuto cambiare i guanti. A proposito, devi ordinarne altri."

"Li hai buttati via? Kenzie, quelle cose costano migliaia di dollari."

"Allora non dovrebbero lasciarli sui piatti sporchi", disse Kenzie scrollando le spalle.

"Kenzie, cosa stava facendo papà quando te ne sei andata?"

"Non lo so. Dormiva, penso. Era sulla sedia."

Guardò l'orologio. Il suo turno era finito, e i suoi piedi erano doloranti. Tutto quello che voleva fare era tornare a casa e buttarsi sul letto, ma con Kenzie che faceva il turno di sera non voleva lasciare suo padre da solo per così tanto tempo.

"Ho un lavapiatti temporaneo in arrivo per darti il cambio", disse. "È in prestito da Dusty's. Mandami un messaggio quando arriva qui? Vado a casa e controllo papà."

"Sì, sì," mormorò Kenzie mentre strofinava inutilmente gli avanzi di frittata.

Quando Addy si fermò a casa di suo padre, vide che Kenzie aveva dimenticato di chiudere la porta del garage.

"Maledizione, Kenzie", disse ad alta voce. L'ultima cosa di cui avevano bisogno era che qualcuno svaligiasse casa loro.

Udì il mostruoso russare di suo padre non appena entrò. La casa era ancora abbastanza pulita da quando suo padre era stato in ospedale, ma stava chiaramente tornando a un livello disastroso.

"Papà?" chiamò, ma il suo russare rimase costante.

Era svenuto sulla sedia con quello che sembrava un whisky annacquato in un bicchiere sul tavolo. Addy gli mise addosso una coperta all'uncinetto, raccolse il bicchiere e cancellò il segno del livello dell'acqua.

Era chiaro dalla sua mascella molle che era in un sonno profondo. Sarebbe stato inutile provare a svegliarlo.

In cucina aprì la lavastoviglie dopo aver sciacquato il bicchiere, ma traboccava di piatti sporchi. Niente era stato sciacquato prima.

"Fanculo", disse. "Cazzi loro."

Un altro giorno, avrebbe sciacquato quello che c'era in lavastoviglie e avviato il carico.

Lascia che se la cavino da soli per una volta, pensò mentre metteva il bicchiere nel lavandino.

Cercò di togliersi dalla mente Diana, Kenzie e suo padre mentre tornava a casa.

Casa, pensò. *Sembra ancora strano.*

Addy sorrise quando vide la jeep di Jack al suo posto.

"Jack?" chiamò mentre entrava, ma l'appartamento era buio e silenzioso. "Jack?"

Aprì la porta della camera da letto e lo trovò già a letto addormentato.

Addy si tolse gli zoccoli neri, si sfilò i pantaloncini da ragazzo che indossava sotto la gonna da lavoro e la canotta attillata sotto la camicia. Jack si svegliò mentre lei si rannicchiava contro di lui.

"Ehi", disse, la sua voce intrisa sonno.

Addy accoccolò la sua schiena contro di lui, mettendosi a cucchiaio. Mentre Jack rotolava verso di lei, le avvolse un braccio attorno alla vita. Lei sentì la sua durezza contro il suo culo, e il suo corpo rispose mentre la mano di Jack le percorreva lo stomaco fino al seno.

"Non è giusto il modo in cui hai trattato Rosalie."

Jack si fermò. "Come?"

"Il modo in cui l'hai trattata... tutto. Temo che, un giorno, mi farai la stessa cosa."

Era più facile così, raccontargli le sue paure più profonde mentre non gli stava di fronte.

"Addy, mi ha lasciato perché non le ho chiesto di sposarmi. Ma non è davvero un problema. Voglio dire, ormai l'abbiamo praticamente superata."

"Ti sto dicendo che ho paura di qualcosa", disse. Addy sentì il calore del suo respiro sul suo collo. "Dovresti confortarmi."

Jack agganciò un pollice nella vita dei suoi pantaloncini attillati e li abbassò. "Jack..."

"Shh."

Gli lasciò arrotolare la canottiera sopra il seno, la pressione del materiale stretto lo fece gonfiare e incresparsi sotto l'orlo. Jack aprì facilmente le sue gambe e sentì la sua umidità con un dito.

"Sei sempre così fottutamente bagnata," le sussurrò all'orecchio.

Prima che Addy potesse rispondere, Jack scomparve sotto le coperte e lei sentì la sua lingua muoversi sul suo monte di venere, mentre le sue mani esploravano il suo seno. Quando la sua bocca raggiunse il clitoride, Addy ansimò e spalancò gli occhi.

Fece scorrere le dita nei i suoi capelli e lo tenne contro di lei. Non riusciva a vedere altro che il lenzuolo in movimento tra le sue gambe, ma quando sentì il dito contro la sua apertura, spinse istintivamente contro di lui.

Mentre ansimava verso l'orgasmo, c'era un piccolo pensiero nella parte posteriore della sua mente. Non era esattamente quello che aveva in mente quando aveva chiesto un po' di conforto, ma doveva ammettere che le andava piuttosto bene.

Spalancò le gambe, incapace di accontentarsi. All'improvviso, Jack si fermò. Addy si contorse contro quel senso di frustrazione, gli strinse la testa e si abbandonò a lui. "Di' il mio nome", chiese lui tra le sue cosce.

"Jack," disse lei, e la sua lingua passò rapidamente sul suo clitoride.

Più lei diceva il suo nome, più lo gridava forte, più lui le dava piacere. Quando finalmente venne contro la sua lingua, il cuore le batteva forte nella testa, così forte che avrebbe potuto giurare che faceva tremare le pareti della stanza.

Fu solo quando si stava riprendendo dall'orgasmo che si rese conto che era il vicino. Un leggero martellamento risuonò dalla parete del soggiorno insieme a suoni e mormorii esasperati.

"Sembra che tu abbia fatto incazzare i vicini," disse Jack mentre riemergeva dalle lenzuola, con l'umidità di Addy sparsa in viso.

"Chi se ne frega?" chiese lei mentre lui la riprendeva di nuovo a cucchiaio. "Probabilmente sono solo gelosi. Chi sa quand'è stata l'ultima volta che hanno scopato?"

"Per quanto ne sappiamo, potrebbe essere Jeremy."

Addy non lo aveva considerato. Notò con sorpresa che anche a lei non importava.

27

"Jack?"

L'infermiera Bostian fece capolino con la testa nella stanza dell'ospedale. "C'è un certo signor Fuller qui, vuole te... Mi dispiace, la reception ha cercato di indirizzarlo verso qualcun altro, ma era davvero... irremovibile."

"Ted Fuller?" Chiese Jack, la bocca ancora mezza piena con un panino stantio della caffetteria.

"Mmm, sì."

"Arrivo subito."

"È nella stanza 2E."

Jack gettò il resto del pranzo nella spazzatura e si precipitò nel corridoio. Quando aprì la porta, il padre di Addy sembrava lo stesso che ricordava.

Anni di abuso di alcolici davano alle persone un certo tipo di espressione pallida, uno sguardo un po' curvo, che le faceva sembrare anni più vecchie di quanto non fossero.

"Signor Fuller, cosa la porta qui?" chiese.

"È il mio cuore."

"Come mai?",

"Sembra... la stessa cosa dell'ultima volta", disse.

Avvicinandosi, Jack fu quasi investito dall'odore del whisky. Non riusciva a capire se se lo fosse rovesciato addosso, o se fosse solo il suo respiro, o un po' entrambe le cose.

"Può descrivere la sensazione? Lancinante, fastidiosa? Dov'è esattamente?"

Il padre di Addy indicò il centro del petto.

"In un certo senso va e viene, a momenti", disse. "A volte è acuto quando è, sa, al culmine, e poi si attenua verso una specie di dolore pulsante più fastidioso."

Jack si tolse lo stetoscopio dal collo e fece segno al signor Fuller di sbottonarsi la camicia.

"Sentirà un po' freddo", gli disse. "Riesce a togliersi completamente la camicia? Devo ascoltare dalla sua schiena. Si metta dritto."

Quando si tolse la camicia, quel miscuglio fra l'odore del suo corpo mischiato a quello del whiskey era quasi insopportabile. Jack ascoltò il battito del cuore, un po' veloce ma regolare, nulla era fuori dal normale.

"Sembra stabile", disse. "Se ricordo bene, dal tuo ultimo ricovero in ospedale non è stato trovato nulla nel tuo esame del sangue. Do un'altra occhiata però. Per ora, penso che dovremmo fare un esame completo del sangue solo per stare sicuri ed escludere qualsiasi cosa."

"Cosa... Cosa pensa che sia? Un infarto?"

"Non posso dirlo con certezza, ma non credo", disse Jack.

"Lo... lo dirà ad Addison?"

"Addison?" Chiese Jack mentre prendeva appunti. "No, a meno che lei voglia che io lo faccia."

"No", disse in fretta. "Lasciamo fuori lei e Kenzie."

"Come preferisce. Un'infermiera entrerà e si occuperà presto degli esami del sangue. Una volta fatti, li esaminerò, discuterò dei risultati con lei e da lì vedremo come agire. Che ne dice?"

"Quanto tempo ci vorrà?"

"Difficile dirlo, l'infermiera le saprà dire meglio. Comunque, oggi le cose sembrano andare un po' più veloci del solito qui al pronto soccorso, e non è troppo affollato."

"Okay," disse lentamente mentre si stringeva nelle spalle con la sua camicia di flanella.

Ci vollero tre ore prima che uscissero i risultati del sangue.

"Beh? Chiese Jack all'infermiera mentre consegnava i risultati.

"Nessun valore troppo sballato", disse l'infermiera scrollando le spalle. "È un ubriacone, vero? Voglio dire...

"Grazie", disse rapidamente Jack.

Scorse rapidamente i risultati. Sorprendentemente, per un uomo che beveva tutte quelle calorie e che, in ogni caso, mangiava molta carne rossa, era relativamente sano. Tuttavia, la proteina del peptide natriuretico di tipo B era leggermente elevata.

Jack si aspettava che fosse più alta dati gli anni di abuso di alcol, ma tecnicamente era ancora all'interno di una gamma di valori "non preoccupanti".

"Ci è voluto molto tempo", disse il signor Fuller quando Jack bussò alla porta.

"In realtà, è stato veloce rispetto ai tempi del pronto soccorso", rispose Jack.

"Okay, mi dica", disse. "Che succede?"

"Il suo prelievo di sangue è in gran parte normale", dissr Jack. "C'è un valore un po' sballato del pep natriuretico di tipo B..."

"Mi parli in italiano, doc."

"È una proteina prodotta dal cuore. È alto, ma non a un livello pericoloso. A questo punto, è qualcosa da tenere d'occhio. Magari si faccia visitare dal suo medico di famiglia e riprovi tra un mese. Le consiglierei di smettere di bere fino ad allora perché l'alcol può peggiorare le cose."

"Oh, voi dottori, non siete autorizzati a dire alla gente che ero qui, giusto? È quello che intendeva quando le ho chiesto di Addison?"

"Beh, sì... è il patto di riservatezza medico-paziente", disse Jack con riluttanza.

Strinse più forte i risultati tra le mani. L'analisi del sangue poteva rientrare nella norma, ma aveva ancora un brutto presentimento al riguardo.

Questo è proprio ciò di cui il campo medico ha bisogno, pensò. *Intuizione.*

"Allora, acqua in bocca", esordì Fuller. Si alzò e vacillò leggermente. "Dobbiamo occuparcene noi uomini. E poi, sono sicuro che non è niente. È questo quello che dicono i test, giusto? Niente?"

"Tecnicamente sì", disse lentamente Jack.

"Beh, immagino di doverla ringraziare" disse il signor Fuller. "Penso che forse sono ancora un po' spaventato dopo quell'ultimo incidente."

"Meglio prevenire che curare", disse Jack. "È sempre saggio venire qui se sospetta che qualcosa non vada."

Mentre guardava il signor Fuller dirigersi verso il corridoio

dell'uscita, si fermò solo brevemente prima di corrergli dietro.
"Signor Fuller? Come è venuto qui?"
"Taxi," disse in tono burbero.
"Il mio turno è quasi finito. Vuole un passaggio?"
"Davvero carino da parte sua, doc. Grazie."
"Okay, solo... aspetti proprio qui. Sarò di ritorno tra dieci minuti."

Il viaggio fino a casa di Addison - la sua vecchia casa - fu in gran parte silenzioso. Il signor Fuller era un uomo di poche parole.

Non riesco a credere che non sappia che siamo sposati. Dove pensa che viva Addy?

"Lei è single, dottore?" chiese all'improvviso mentre si fermavano a casa.

"Uh, beh..."

"È giovane. Ma certo che lo è. Buon divertimento! Per la cronaca... Quando arriverà il momento di sistemarsi, non troverà nessuna migliore della mia Addison."

"Non ne dubito, signore", disse Jack. Non poté controllare il sorriso che gli spuntò in viso.

"Se e quando verrà il momento, me lo faccia sapere. Può essere esuberante e testarda, ma sotto sotto ha un cuore d'oro. In questo ha ripreso da sua madre."

"Si riguardi, signor Fuller", disse Jack.

Mentre guardava il padre di Addy salire i gradini, si chiese brevemente se avrebbe dovuto scortarlo.

E a quel punto cosa? Diventare il suo assistente sociale?

Scosse la testa e si allontanò. Quando rientrò nel suo appartamento, Addy era raggomitolata sul divano a vedere in streaming *Stranger Things*.

"Vieni qui", disse. "Ho appena iniziato la seconda stagione."

Sollevò la coperta in cui era sepolta e lui scivolò fuori dalle sue scarpe per unirsi a lei.

Ogni pensiero di raccontarle di suo padre scomparve quando lei infilò le mani sotto il suo camice.

"Pensavo volessi vedere la tv", disse da dietro di lei.

"E pensavo che tu sapessi cosa significasse Netflix and chill ", rispose Addy. "Odori di ospedale."

"Ed è una cosa positiva?"

"Non lo so. Per me adesso sa di te."

Strinse il pugno attorno al suo cazzo, mentre lui alzava la gonna per trovare nient'altro che pelle morbida e nuda.

"Avevi in mente questo?" chiese, e le baciò il collo da dietro.

"Forse". Lui la prese per girarla verso di sé, ma lei resistette. "No. Da dietro."

Addy guidò la sua punta verso di lei e digrignò i denti al calore della sua entrata. Sollevò la gamba superiore e la avvolse attorno al polpaccio di Jack per tirarlo a sé. Con una mano si aggrappò al cuscino del divano. L'altra era tra le sue gambe dove giocava con il clitoride.

Jack la assecondò, anche se quando la penetrò non poté fare a meno di ricordare il modo in cui il signor Fuller si era toccato il petto.

È il cuore. Addy iniziò ad ansimare e a spingergli il culo contro.

Le afferrò l'anca e spinse dentro di lei. Qualcosa non andava, ma non riusciva a capire cosa.

I test erano per lo più normali. Aveva visto risultati molto peggiori in altri pazienti che comunque non facevano approfondimenti.

"Scopami più forte," gemette Addy, e lo riportò alla realtà.

Si sporse verso di lei e le morse la spalla mentre cambiava angolo per scivolare contro il suo punto G.

Forse non era davvero niente, si disse.

Alcolisti e tossicodipendenti, alcuni di loro erano quasi indistruttibili. Era come se avessero sviluppato una tale tolleranza che avevano poteri quasi da supereroi, a volte si riprendevano da un coma mortale con sorprendente facilità.

"Fammi venire", gemette Addy.

Prese il suo capezzolo e lo fece rotolare tra le dita. Lei rispose gridando il suo nome. Normalmente questo lo avrebbe portato oltre il limite, facendolo sentire come se appartenesse a lui, ma quello che era successo con suo padre lo rendeva quasi uno spettatore.

"Dai," disse Addy. "Fammi venire."

Jack fece scivolare la mano sul suo ventre tonico e tolse la mano di Addy. Spinse la sua contro il clitoride e la fece gridare.

"Sì", disse. "Così. Più veloce."

Jack obbedì, seguì le sue indicazioni e la scopò come sapeva che le piaceva. Nel modo in cui sapeva che avrebbe reso il suo orgasmo forte e veloce.

Mentre la sentiva venire, mentre sentiva le pareti delle sue viscere stringere e rilasciare la sua dura lunghezza, guardò la faccia di Winona Ryder sopra la spalla di Addy. Sembrava spaventata e confusa.

"Non sei venuto", disse Addy, assonnata e delusa da sopra la spalla.

"Oh, mm scusa. È stata una lunga giornata."

"Che cosa posso fare?" chiese Addy. "Dai, voglio che tu ti senta bene."

Addy iniziò ad abbassarsi sul divano. Mentre Jack sentiva la lingua sulla sua cappella, le sue labbra avvolte attorno al suo cazzo, chiuse gli occhi e scansò dalla sua mente l'immagine di suo padre.

Ci vollero venti minuti, ma quando alla fine si liberò nella gola di Addy, si era completamente dimenticato del cuore del vecchio.

28

"Cosa fa Jack oggi che è il suo giorno libero?" chiese Dawn.

Addy lasciò cadere il vassoio di piatti sporchi nel lavandino e si asciugò la fronte.

"Shopping per una specie di moto d'acqua," disse. "E sai cosa significa. La prossima volta che avremo entrambi un giorno libero, mi trascinerà in quella trappola mortale."

"Non sai quanto sei fortunata," disse Dawn. "Io mi reputo fortunata se riesco a farmi una serata fuori che è più eccitante di un film e una cena da Dusty's".

Addy rise. "Forse hai ragione."

"Addy?" La ragazza che era appena arrivata per il turno del pranzo fece capolino dalla porta. "C'è una chiamata per te. È...è l'ospedale?"

"L'ospedale? Ma Jack non è li..." Addy si diresse verso la cassa e prese il telefono fisso, confusa. "Jack. Cosa ci fai al lavoro?"

"Addison Fuller?" chiese la donna. Non riconobbe quella voce.

"Sì, sono io. Jack sta bene? Cosa..."

"Theodore Fuller è suo padre?"

"Sì." Il sangue le si ghiacciò nelle vene. *Certo che era suo padre. Ma certo.* "Cos'è successo?"

"È arrivato al pronto soccorso in ambulanza ed è stato trasferito in terapia intensiva".

"Sta bene? È in terapia intensiva, quindi significa che sta bene, vero?" Addy si tolse il grembiule mentre parlava.

"Suo padre ha una cardiomiopatia."

Dottor Sexy

"Cosa... che cos'è? Un infarto?"

"È quando il cuore si allarga e...può venire in questo momento? Non posso dirle molto al telefono, è meglio che parli con un medico."

"Sì, sì, sto arrivando", disse lei e sbatté giù il telefono.

"Tutto bene?" Chiese Dawn. Addy saltò nel sentire quella voce.

"No, papà è... è in ospedale. Puoi coprirmi?"

"Certo, sì", disse Dawn. "Vai, ci pensiamo noi."

Addy tirò fuori il telefono mentre correva verso la macchina. Per un attimo, fece una pausa, non sapendo chi chiamare per primo.

Jack o Kenzie? Ma quando aprì la sua app delle chiamate, toccò il nome di Jack.

"Ehi!" disse lui. "Sono contenta che tu abbia chiamato. Non riesco a decidere tra Ski-Doo... "

"Dove sei? Sei in città?"

"Sì, un posto vicino Pine. Tu stai bene? Che succede?"

"Mio padre è in terapia intensiva."

"Arrivo. Tu vieni in macchina? Devo venire a prenderti?"

"Sì vengo in macchina, sto uscendo adesso dal ristorante."

"Hanno detto di cosa si trattava?"

"Cardio... qualcosa. Non ricordo."

"Ci vediamo lì."

Addy mise in modalità altoparlante e compose il numero di Kenzie.

"Addy, è meglio che tu abbia davvero una buona ragione per svegliarmi", disse Kenzie, intontita. "Ho tutto il giorno libero e non..."

"Papà è in ospedale."

"Come?" Il sonno scomparve dalla voce di Kenzie.

"Tu dov'eri?"

"Dov'ero...?"

"Kenzie, dannazione! Ha chiamato un'ambulanza che lo ha portato al pronto soccorso, tu dov'eri?"

"Io... aspetta un attimo", disse con un sussurro. "Sono a casa di un amico. Ehi," sussurrò Kenzie a qualcuno. "Qual è l'indirizzo di questo posto?"

Addy sentì una profonda voce maschile rispondere.

"Kenzie! Quanto ti ci vorrà per arrivare in ospedale?"

"Io, ehm... Penso che la mia macchina sia qui. Cosa! Siamo a Indian Hills? Addy, ci vorrà... un po' di tempo. Sto uscendo ora."

Addy riagganciò prima di dirle altro. O di scoppiare a piangere. Qualunque delle due cose venisse prima.

Per quante notti era andata a casa di ragazzi occasionali e aveva lasciato papà solo?

Non avrebbe mai dovuto trasferirsi. Era ovvio ormai. Guarda cosa era successo. E non poteva nemmeno incolpare Kenzie, dal momento che sua sorella non si era mai assunta le sue responsabilità.

Era colpa sua. Qualunque cosa fosse successa a suo padre, era stata tutta colpa sua.

Jack era già lì quando Addy arrivò in ospedale. Faceva su e giù davanti alle porte.

"Jack! Lo hai visto? Lo hai visitato? È qui?"

"L'ho fatto, alla buona. Adesso sta dormendo, ma è stabile."

"Posso vederlo?"

"Per ora non permettono a nessuno di vederlo."

"Ma sei un dottore qui! Non puoi...?"

"Non detto legge, però", disse. "Vieni con me, parleremo con il medico che ha gestito il caso da quando è stato trasferito in terapia intensiva."

Le prese la mano e la condusse nell'ospedale ben illuminato.

"Ma non puoi essere tu il suo dottore? Non puoi..."

"Una cosa alla volta, Addy", disse. Sembrava così sicuro, così sicuro, che la fece tranquillizzare.

"Addison Fuller?" chiese il dottore.

Non l'aveva mai visto prima, ma la sua età e la sua statura erano rassicuranti. Doveva avere una cinquantina d'anni, e il suo camice bianco gli arrivava quasi fino al ginocchio. Grazie a Jack, sapeva che più il camice bianco era lungo, più il medico aveva esperienza.

"Sì, sono io", disse lei. Non si preoccupò nemmeno di correggere il cognome.

"Tuo padre aveva una cardiomiopatia. È una malattia per cui il cuore diventa più grande e più spesso e, di conseguenza, più debole. È spesso accentuata dall'eccessivo consumo di alcol, sebbene l'età e la genetica siano di solito la causa principale. Il livello di alcol nel sangue di tuo padre era quasi tre volte il limite legale quando è stato ricoverato. È...alquanto scioccante, in realtà, che fosse persino cosciente, e ancor più che avesse il mezzo per chiamare un'ambulanza."

"Gesù", disse Addy.

Vacillò, e Jack le prese il gomito per farla sedere su una delle sedie nella sala d'aspetto. Vagamente, Addy conosceva tutte le persone che la circondavano. Alcuni la fissavano, mentre altri erano avvolti nei loro dolori e traumi.

"Signora Fuller? Va tutto bene?" chiese il dottore.

"Sì, mi scusi."

"Suo padre ha alle spalle un passato d'abuso di alcol?"

"Sì," disse lei docilmente, imbarazzata.

"Abbiamo anche controllato il suo fegato, dato il suo tasso alcolemico e la cardiomiopatia, e sembra che suo padre sia nelle fasi intermedie di un rallentamento del fegato. Non tutti gli alcolisti peggiorano...", continuò.

Addy arrossì alla parola "alcolista". Sembrava risuonare nella sala d'aspetto.

"Comunque, è più comune in coloro che hanno anche una cattiva alimentazione. Signorina Fuller, devo dirglielo, suo padre è al limite dello sviluppo di una cirrosi epatica."

"Che significa?" Sentiva la mano di Jack avvolta attorno alla sua, ma il comfort che offriva era minimo.

"Beh, fino alla cirrosi, il fegato è in grado di ripararsi. Nelle fasi iniziali i sintomi sono quasi impercettibili, se non del tutto assenti. Sfortunatamente, ciò significa che il fegato può essere danneggiato irreparabilmente prima che il paziente si accorga del problema."

"Ma ha detto che è al limite. Quindi può essere risolto, giusto? Il suo fegato può ancora riprendersi?"

"Tutto è possibile", disse il medico. "Ma secondo la mia opinione, non credo sia probabile. Credo che quest'ultimo episodio possa averlo spinto oltre il limite, e quando gli rifaremo le analisi temo sarà in piena cirrosi."

"No", disse Addy scuotendo la testa. "No."

"Inoltre, abbiamo testato la sua gamma-glutamil transpeptidasi, o GGT, che è un enzima legato al fegato. I suoi livelli sono estremamente alti, il che è un altro segno di livelli di alcol tossici e danni colestatici."

"Non so cosa significhi", disse Addy.

"Avvalora la mia diagnosi secondo la quale che credo che tuo padre si stia rapidamente muovendo verso uno stadio avanzato del danneggiamento del fegato, associato a cardiomiopatia che può portare a un attacco di cuore in qualsiasi momento."

"Come... com'è possibile che non me ne sia accorta?" chiese. "Sembrava a posto, proprio l'altro giorno..."

"Non è colpa tua," disse Jack.

Il dottore sfogliò i suoi appunti. "Qui dice nelle sue carte che il signor Fuller è stato qui due giorni fa lamentandosi dei dolori al petto. E che lei l'ha visitato, dottor Stratton."

Il dottore guardò Jack con curiosità.

"Cosa?" Addy lasciò cadere la mano e si rivolse a Jack. "È vero?"

"Addy, io..."

"Perché non me l'hai detto?"

"Tuo padre mi ha chiesto di non farlo, e io... io non potevo, Addy. Legalmente parlando."

"E allora, cosa, l'hai rimandato felicemente per la sua strada? Sta *morendo*, Jack! Ed è venuto qui per chiedere il tuo aiuto, quanto? Due giorni fa? È tutta colpa tua!" urlò, e nell'angolo più buio del suo cuore credette a quelle sue stesse parole.

"Addy, le analisi del sangue erano buone..."

"Sì, beh, apparentemente non dovevi analizzare il suo fottuto sangue, Jack! Era il fegato. *Questo* medico l'ha capito."

"Addy! Jack! Oh mio Dio, va tutto bene? Dov'è?" Kenzie arrivò barcollando lungo il corridoio in un miniabito a malapena coprente, a piedi nudi con i tacchi in mano e il trucco della notte scorsa che le rigava il viso.

"Niente affatto" Addy urlò.

"Cosa...?"

"Adesso ve ne occupate voi", disse, e spinse le analisi che il dottore le aveva dato nelle mani di Kenzie. "Tutti e due, per una cazzo di volta risolvete il problema."

"Addy..." iniziò Jack, ma stava già cominciando a correre lungo il corridoio.

"Cos'è successo?" sentì dire a Kenzie.

"Addy!" Jack la raggiunse fuori. Addy non sentì di avere lacrime che le colavano lungo il viso fino a quando lui le afferrò il gomito e la fece girare. "Calmati. So che sei arrabbiata, ma..."

"Calmarmi? Non dirmi di calmarmi! È mio *padre*, Jack! E l'ho lasciato, io... Io mi sono trasferita e ho smesso di prendermi cura di lui per poter fingere una vita di coppia con te. Quanto è ridicolo?"

"Non è colpa mia..."

"Allora di chi è la colpa, Jack?"

Lui aprì la bocca, ma lei alzò la mano per stopparlo.

"Non osare dire che è colpa mia."

Jack fece un respiro profondo. "Addy, rimani qui."

"Cosa?"

"Resta qui. Vai a parlare con Kenzie. Io me ne vado."

"Dove pensi di...?"

"Resta con la tua famiglia, io me ne vado..."

Prima che Addy potesse chiedere qualcos'altro, si voltò e entrò nel parcheggio.

"Addy. Cos'è successo?" Kenzie era al suo fianco e le strinse il braccio. "Papà sta bene? È per colpa mia?"

Addy trattenne il respiro.

"Non è colpa tua", disse a Kenzie con tutto il cuore. Strinse un braccio intorno a sua sorella e la scortò dentro.

Una voce dentro di lei già rimpiangeva ciò che aveva fatto a Jack.

Fanculo, pensò, *ora non c'è davvero modo che torni.*

29

"Mi dispiace" mormorò Kenzie.
"Smetti di dirlo", disse Addy.
"Ma è vero!"
"Kenzie, siamo qui da cinque ore e lo avrai detto minimo cinquecento volte. Papà era un alcolizzato, ok? Anzi, lo è. Si sarebbe distrutto il fegato anche se tu non fossi uscita la scorsa notte."

"Ma avrei potuto essere lì", piagnucolò Kenzie. "Avrei potuto fermarlo, forse..."

"Quando è stata l'ultima volta che papà ha lasciato che qualcuno si mettesse tra lui e il suo whisky?" chiese Addy.

Mentre cercava di calmare Kenzie, doveva ammettere che la cosa stava funzionando anche per lei. Essere costretta ad essere ragionevole per il bene di Kenzie le fece vedere le cose da una prospettiva diversa.

Non è nostro compito essere le sue crocerossine, dirgli quando e cosa può bere.

"Addison e Kenzie Fuller?" Un'infermiera con cui non avevano parlato prima si avvicinò a loro. Le sue scarpe ticchettavano contro il linoleum.

"Sì?" Chiese Addy mentre Kenzie balzava in piedi.

"Il medico ha dato l'ok alle visite per i familiari, ma solo per pochi minuti. Vostro padre è sveglio, ma molto intontito." L'infermiera prese Addy per l'avambraccio. "Solo un avvertimento. Non ha un bell'aspetto e potrebbe essere... confuso."

Kenzie le lanciò un'occhiata. *Confuso e dall'aspetto poco bello. Ci siamo abituate.*

Ma l'avvertimento dell'infermiera non la preparò per quello che vide effettivamente. Dal padre spuntavano talmente tanti fili che sembrava quasi una macchina. I suoi acquosi occhi blu si schiantarono verso di loro mentre entravano, ma non mosse la testa.

"Addison? Mackenzie?" chiese, quasi come se non fosse sicuro.

"Siamo noi, papà", disse Kenzie e si precipitò verso di lui.

Un'altra infermiera che stava controllando i suoi valori li guardò.

"Siete le figlie?" chiese. Addy annuì. "Vi do un paio di minuti, ma devo tornare presto per finire."

"Il mio cuore..." disse lui, ma Addy scosse la testa.

"Lascia stare."

I suoi occhi si illuminarono e sebbene guardasse in direzione di Addy, era come se la stesse guardasse dritto nel cuore. "Ho sete..."

"Ecco, papà", disse Kenzie e sollevò un bicchiere d'acqua vicino al letto. "C'è dell'acqua proprio qui."

Scosse leggermente la testa, ma sembrava dolorante. "Voglio bere..."

"Sì, papà, c'è dell'acqua qui", disse Kenzie. "Vuoi che te la regga io?"

"Vuole del whisky, Kenzie" scattò Addy.

Suo padre annuì energicamente.

"Oh. No, papà, mi dispiace. Sei in ospedale. Non puoi averlo qui. Prova l'acqua... "

Il padre raccols<e quel poco di forza che gli era rimasta e scansò violentemente la mano di Kenzie. "Papà, basta!" Disse Addy.

"Janice?" Per un momento i suoi occhi si schiarirono e si fissarono su quelli di Addy.

"Papà..." iniziò a dire.

"Janice, così bella."

"Pensa che tu sia mamma," sussurrò Kenzie ad alta voce.

"Sì, lo so, Kenzie. Papà, mamma è... "

"Dove sono le ragazze, Jan?"

"Papà?"

"Addy e Kenzie, stanno bene?"

Addy sentì le lacrime raccogliersi agli angoli dei suoi occhi, ma le ricacciò indietro. "Stanno bene", disse. "Addy e Kenzie stanno bene."

"Dove sono? Voglio vederle..."

"Stanno arrivando. Stanno arrivando proprio ora."

"Ok. Va bene", disse. "Janice, sei davvero bella."

"Grazie", disse Addy. Guardò Kenzie, ma sua sorella era congelata. Delle lacrime silenziose le rigarono le guance.

"Sono stanco", continuò.

"Devi riposare. Dormire un po'."

"Ok. Ti amo."

"Ti amo anch'io," disse Addy scacciando un tremito dalla sua voce.

"Ti voglio bene, papà", disse Kenzie.

Quando sua sorella gli toccò la spalla, le macchine iniziarono a suonare. L'infermiera si precipitò nella stanza con un'altra infermiera dal camice bianco e con i tacchi.

"La pressione sta crollando", disse mentre gli sollevava il braccio e premeva una serie di tasti sulla macchina. "Chiama un dottore!" gridò l'infermiera a quella vestita di rosa.

"Che sta succedendo?" Gridò Kenzie. "Sta bene? Cosa..."

"Ho bisogno che entrambe aspettiate fuori", disse l'infermiera. Alzò appena lo sguardo.

"No, non ce ne staremo..."

"Fuori... *Adesso!*" Addy afferrò il braccio di sua sorella e la trascinò nel corridoio.

"Addy, basta! Papà ha bisogno di noi! Lui è..."

"Papà se n'è andato, Kenzie", disse Addy.

Ascoltò il grido e il singhiozzo di Kenzie. "Come fai a saperlo? Non hanno detto questo. Non puoi arrenderti così..."

Addy guidò Kenzie verso l'angolo della sala d'attesa e la abbracciò. Kenzie pianse sulla sua spalla, bagnandole la camicia. Per qualche motivo, le tornò in mente una scena di quando erano bambine e uno dei vicini aveva tagliato i capelli della Barbie preferita di Kenzie in un specie di cresta.

Mentre le lacrime le rigavano il viso, pensò a come era stata forte per Kenzie allora. Dannazione, non poteva non fare lo stesso adesso.

"Addison? Mackenzie?" Lo stesso medico più anziano che l'aveva incontrata con Jack si avvicinò a loro. "Mi dispiace, ma il cuore di vostro padre si è fermato. Abbiamo provato di tutto per rianimarlo, ma era troppo indebolito dalla cardiomiopatia."

Kenzie iniziò ad accasciarsi, e Addy le massaggiò delicatamente la spalla.

"Grazie per averci provato," disse Addy, trattenendo un singhiozzo.

"Se può esservi di consolazione, la cosa è stata veloce e indolore. Se non fosse stato per le condizioni del cuore... la cirrosi è spesso una malattia molto lunga, prolungata e dolorosa. Io... Spero di non sembrare indelicato, ma potrebbe essere vista come una benedizione."

"Una benedizione?!" Chiese Kenzie alzando gli occhi dalla camicia di Addy. "Cazzo, mi sta prendendo in giro?!"

Il dottore si irrigidì e distolse lo sguardo. "Qualcuno verrà presto a parlarvi per affrontare i prossimi passi."

"Grazie," disse Addy piano.

"Prossimi passi? Cosa significa prossimi passi?" chiese Kenzie.

"Voglio dire... Immagino... Cosa fare del corpo? Non lo so, non l'ho mai fatto prima."

"Cosa... Cosa *faremo* in effetti col corpo?" chiese Kenzie.

"Non lo so," ripeté Addy.

Trascorsero due ore, ed entrambe piansero la maggior parte delle loro lacrime. Addy si sentiva spenta e vuota, come uno straccio strappato in mille pezzi.

Alla fine, spinta dal brontolìo di Kenzie, Addy si avvicinò alla receptionist.

"Mi scusi? Mio padre è... è appena morto. E ci hanno detto di aspettare... "

"Sì, Signora Stratton", disse l'addetta alla reception. "Il medico ospedaliero sta arrivando proprio ora per venire a prendervi."

"Oh. Grazie". Addy esaminò il viso della donna, ma non la riconobbe. Ma chiaramente, la donna la conosceva come la moglie di Jack.

Quando tornò a guardare Kenzie, c'era un uomo magro, pallido e calvo in piedi che la sovrastava. L'epitome di un becchino.

"Addison Fuller?" le chiese, e si girò verso di lei.

"Sì." Fu colta di sorpresa dai suoi lineamenti acuti.

"Sono Craig Sanders, il poliziotto dell'ospedale di turno. I resti sono stati trasportati nell'obitorio in loco. Avrò bisogno di una di voi o di entrambe per identificare formalmente il corpo."

"Identificare... sì, è nostro padre", disse Kenzie. "Eravamo letteralmente lì a parlare con lui quando lui... quando lui..."

"Capisco che sembra strano e obsoleto, ma lo richiede la procedura", dichiarò Sanders.

"Oh, uhm, okay..."

"Seguitemi". Camminò a un ritmo sorprendentemente veloce che le fece quasi correre dietro di lui.

Erano passate solo poche ore, ma il corpo del padre sembrava già quasi privo di vita come in un cartone animato. Addy aveva sempre avuto l'idea che i morti sembrassero persone che dormono, ma non era così.

Era quasi magico per quanto era ovvio che non c'era più vita. Kenzie emise un piccolo grido, ma nessuna lacrima cadde. Le lacrime le aveva esaurite.

"Questo è il corpo di vostro padre, Theodore Fuller?" Chiese il signor Sanders.

"Sì", rispose Addy.

"Firmi qui."

Scrisse il suo nome nel punto in cui lui le fece segno, ignara di ciò che diceva il documento. Kenzie allungò la mano verso il braccio del padre mentre restituiva la penna.

"Non toccarlo, Kenzie", disse Addy rapidamente.

"Perché no?"

"Probabilmente tua sorella ha ragione", disse Sanders. "Può essere sconcertante. Freddo e rigido. Ma sei la benvenuta se desideri farlo."

Kenzie rabbrividì. "Non importa."

"Per di qua", disse Sanders, e le scortò in quello che sembrava un comune ufficio. Avrebbe potuto benissimo essere l'ufficio di un commercialista o di un avvocato.

"E adesso che facciamo?" Disse Addy. Entrare nella modalità di pianificazione le diede un po' di sollievo.

"Avete già accordi con un'agenzia funebre?" chiese il signor Sanders.

Kenzie emise una strana risata.

"No", disse Addy. "Non stavamo... esattamente pianificando questo..."

"Capisco. C'è una chiesa specifica o un altro istituto di una certa fede a cui vorreste affidare la sepoltura?"

"No", rispose Addy. "Papà non è - non era - religioso".

"Va bene. Sai se tuo padre aveva un testamento? O altri documenti legali in cui esprimeva i suoi desideri?"

"Io... Non lo so", disse Addy. "Non credo proprio. Ma so che vorrebbe essere sepolto accanto alla mamma."

"Sì", disse Kenzie. Annuì rapidamente. "Accanto alla mamma."

"Va bene, e conosci il nome del cimitero o del mausoleo?"

"È quello sulla collina", disse Addy. "Sa? Quello grande."

"E come si chiamava tua madre?"

"Janice Fuller."

"Bene". Il signor Sanders prese nota. "Addison, sei tu l'amministratrice della proprietà di tuo padre?"

"Io... Sì, direi di sì..."

"Il corpo sarà cremato prima della sepoltura?"

"È qualcosa che devo decidere adesso?"

"Non subito. Ma il dottore del personale avrà bisogno di sapere. Sono necessarie informazioni sul certificato medico in modo da poter registrare la morte. La registrazione è richiesta entro cinque giorni."

Addy guardò verso Kenzie.

"Sì", disse sua sorella. "Cremazione. Lui... Non voglio che sia seppellito dove tutti gli insetti... crematelo e basta. Okay?" gli disse.

"Va bene", la assecondò Addy. "Cremazione."

"Va bene", disse Sanders e prese un altro appunto. "Sai se tuo padre avrebbe voluto donare i suoi organi prima della cremazione?"

"Io, ehm, non credo che ci tenesse particolarmente", disse Addy.

"Non so se qualcuno li vorrebbe", disse Kenzie piano.

"Kenzie!"

"È una falsa credenza", disse rapidamente Sanders. "Un bel po' di parti può essere utilizzato per la donazione. Tessuti, cornee..."

"Abbiamo capito", disse Addy. Beh, immagino... Voglio dire, sì, ha il mio permesso se c'è qualcosa... sa, che può essere usato..."

"Va bene, allora", concluse Sanders. "Se lo desideri, l'ospedale lavora con un'eccellente agenzia funebre che può fare da tramite. Può organizzare accordi con il cimitero, discutere con te di opzioni commemorative, qualora potesse interessarti, e raccomandarti una consulenza per il lutto."

"Grazie", rispose Addy.

"Da questa parte... ti procureremo il certificato medico e ti metteremo in contatto con il responsabile del funerale."

30

Le mani di Addy tremavano mentre si allacciava il vestito nero. Era stato di sua madre, e se n'era completamente dimenticata.

Solo dopo aver bocciato tutto quanto nel suo armadio come non abbastanza formale - e tutto nell'armadio di Kenzie come troppo stravagante - si avventurò nella vecchia camera da letto dei suoi genitori. Spinto in fondo c'era l'abito da cocktail nero, lungo fino al ginocchio, con le maniche al gomito e una scollatura quadrata rifinita con perle.

Quando lo trovò, si portò l'abito in viso e inspirò. Parte di lei pensava che, in qualche modo, avrebbe avuto ancora l'odore di sua madre. Ma non profumava di niente.

"Addy, puoi tirarmi su la zip?" Kenzie vagava nella stanza con un vestito nero e attillato che le copriva a malapena il culo.

Calze a rete nere le stringevano le gambe.

"È questo che... certo", si corresse Addy. Kenzie alzò i capelli ramati mentre Addy strizzava sua sorella nel vestito.

"Grazie", disse Kenzie, e scomparve in fondo al corridoio.

"Tra venti minuti andiamo!" Addy la chiamò.

Si guardò allo specchio e ansimò. Sua madre la fissava di riflesso. Anche con le occhiaie sotto gli occhi dovute a quegli ultimi cinque giorni di sonno intermittente, non poteva negarlo.

In realtà, la facevano sembrare ancora più simile a sua madre. Molti dei suoi ricordi erano di sua madre durante la malattia, e quelle mezze lune scure sotto i suoi occhi le erano stranamente familiari.

Addy era rimasta scioccata dalla rapidità con cui l'ospedale e il direttore del funerale avevano organizzato tutto. Era anche così pratico e professionale. Certo, aveva senso. Era un mestiere, e la morte di suo padre era una delle tante che probabilmente gestivano ogni settimana.

Con Kenzie al suo fianco, erano state tempestate di innumerevoli domande e opzioni. Addy si era preparata per evitare le insidie comuni di cui aveva sentito parlare.

I direttori di pompe funebri che cercavano di far sentire in colpa le figlie in lutto, per far comprare loro una bara di legno di ciliegio da diecimila dollari perché "la loro amata se la meritava". Addy sapeva che non sarebbe caduta nella trappola, ma non aveva idea di come Kenzie avrebbe reagito.

Fortunatamente, il direttore del funerale all'ospedale era tutt'altro che un commesso. Aveva semplicemente elencato i prezzi base ed era sempre onesto sulle tariffe. L'unico problema per cui Kenzie rimase fortemente in dubbio era la bara.

"Verrà cremato, Kenz", aveva detto Addy.

"E quindi?" Kenzie aveva chiesto conferma al direttore del funerale. "Le persone cremate possono comunque avere una bara, no?"

"Certo, puoi fare quello che vuoi. Bara o nessuna bara, ma entrambe le opzioni sono possibili."

"Kenzie, che senso ha una bara?"

"La mamma ha avuto una bara", ribatté Kenzie.

"Come hai fatto... Non pensavo che te lo ricordassi."

"Non pensavi che mi ricordassi del funerale di mamma?!"

"Prenderemo una bara", disse Addy.

"Posso raccomandare il modello base?" chiese il direttore del funerale, profondamente consapevole dell'ansia di Addy in merito. "Funzionerà alla perfezione per il fine commemorativo e, naturalmente, se desideri lavorare con un fioraio, potranno venirvi incontro anche loro."

"Certo", disse Addy. "Facciamolo."

"Per quanto riguarda i resti, un'opzione per la cremazione è seppellire parte dei resti e mantenerne un'altra parte. È qualcosa che vi interessa?"

Poteva vedere Kenzie guardarla con la coda dell'occhio.

"No... non per me almeno", rispose Addy. "Kenzie?"

Kenzie si morse il labbro e scosse lentamente la testa. "No, avrebbe voluto stare vicino alla mamma. E mi sembra strano, separarlo così... "

"Okay", disse il direttore del funerale.

Addy scosse la testa per la rapidità di quella procedura. Aprì l'armadio nella sua vecchia camera da letto per trovare le scarpe, ma si rese conto che tutto ciò che aveva erano scarpe da ginnastica malconce.

Merda. Tutti i miei vestiti e le mie scarpe decenti sono da Jack.

Ma mai e poi mai l'avrebbe chiamato il giorno del funerale di suo padre per chiedergli di andare a riprendersi le scarpe.

"Ehi, Kenzie!"

"Hai detto venti minuti, ne sono passati solo dieci!"

"Lo so. Hai delle scarpe da prestarmi?" Poteva giurare di aver visto Kenzie rianimarsi palesemente.

"Di che genere?" chiese Kenzie facendo capolino nella stanza.

"Uh, nero. Formale", disse Addy.

"Beh, certo. Aspetta."

Ascoltò la corsa di Kenzie verso la sua camera da letto e il suo sbattere tutte le ante dell'armadio. Kenzie aveva una mezza taglia in meno di lei, ma Addy sarebbe riuscita a sopportare i piedi schiacciati per alcune ore.

"Questi o questi?" chiese Kenzie. Entrambi erano alti almeno dodici centimetri.

"Oh, signore, Kenzie. Immagino quelli senza la zeppa."

Kenzie si strinse nelle spalle e gettò i tacchi sul letto.

SUA SORELLA le strinse il braccio attorno al suo mentre arrivavano alla piccola cappella Unitaria sulla cima della collina del cimitero. Immediatamente, dei tipi praticamente estranei si lanciarono su di loro per dare le loro condoglianze. Alcuni erano vagamente familiari ad Addy, ma non riconosceva affatto la maggior parte.

"Papà conosceva davvero tutte queste persone?" sussurrò a Kenzie.

Sua sorella si strinse nelle spalle.

"Addison, Kenzie, mi dispiace così tanto per la vostra perdita."

Una donna un po' antiquata con i capelli tinti di blu si avvicinò a loro. "Il mio defunto marito e io abbiamo adorato quel ristorante da subito, non appena ha aperto. Ogni domenica andavamo..."

Addy ascoltava la parlantina della donna mentre altri sconosciuti si avvicinavano a loro, offrivano abbracci rigidi e fornivano ricordi dei suoi genitori che non erano affatto in sintonia con i suoi.

Quando il direttore della cerimonia chiese se qualcuno volesse dire qualcosa, Addy trattenne il respiro. Quando nessuno si alzò, si rivolse a lei.

"Passiamo alla cerimonia", disse.

Un membro dello staff le portò alla tomba con un piccolo golf cart. Un semplice feretro era sospeso sopra una tomba aperta con una composizione di gigli bianchi raccolti tutti in cima.

Al posto di una funzione religiosa, Addy aveva chiesto che venisse letta una poesia. La stessa che il testimone di nozze di loro padre aveva letto ad alta voce durante il rinnovo dei voti dei loro genitori tanti anni prima.

Aveva dieci anni quando rinnovarono i voti sul lago, e si ricordò di quanto le fosse sembrata strana quella poesia in quel momento. Ora, il "Braiding" di Li-Young Lee aveva finalmente un senso.

Addy aveva mantenuto il controllo durante gli ultimi cinque giorni. Non aveva pianto nemmeno una volta dopo che avevano lasciato l'ospedale, si era paralizzata nella forza per Kenzie. Ma mentre il direttore della cerimonia leggeva la poesia con la sua voce rassicurante, sentì dell'acqua salata scivolarle giù dalle guance e bagnarle gli angoli della bocca.

Addy emise un singhiozzo silenzioso. Kenzie le strinse delicatamente il braccio e, dall'altro lato, un'esplosione di calore la riscaldò fin dentro le ossa. Sentì Jack prima ancora di vederlo, lui non dovette dire nulla.

Il direttore continuò a leggere la poesia.

Jack le prese la mano che non era intrecciata a quella di Kenzie. Il suo calore, la sua presenza, la spinsero oltre il limite. Alla fine, Addy capì che non doveva sopportare il peso da sola, che non doveva essere abbastanza forte sia per lei che per Kenzie.

Lasciò che le lacrime cadessero liberamente, si voltò verso Jack e si seppellì nella sua giacca scura.

———

ADDY NON AVEVA NEMMENO VACILLATO quando Kenzie aveva preso le chiavi della macchina. Le spinse tra le mani di sua sorella fiduciosa del fatto che sarebbe stata circondata da una folla di persone che le avrebbero portato pasta al forno e sformati.

Per Addy, la festa post-funerale a casa non era possibile. Aveva rinunciato a tutto ciò che avrebbe potuto mai rinunciare.

Suo padre non c'era più. Cosa le fregava di parlare del più e del meno tra morsi di sandwich con insalata e uova?!

Jack la riportò a casa in silenzio. La sua mano si posò sulla sua coscia, amorevole, senza la cruda sessualità che li aveva legati nelle ultime settimane.

Quando entrò nel suo appartamento, le sembrò giusto. Le sembrò di tornare a casa. Ed era proprio questo che rendeva tutto così difficile.

"Non possiamo stare insieme", disse mentre lui si avvicinava da dietro e la avvolgeva con le braccia.

"Penso che in questo momento sia meglio non fare piani seri in un modo o nell'altro" le mormorò Jack all'orecchio.

"Sono seria, Jack," si voltò. "Non ha niente a che fare con... oggi."

"E allora di cosa si tratta?"

"Siamo noi! Tu, sei un giramondo. Un drogato di avventura. E io non lo sono per niente."

"E quindi?" chiese. "Se avessi voluto uscire con me stesso..."

"Quindi non posso trattenerti dall'esserlo. Non voglio."

"Addy." Le prese il mento tra le mani e le sollevò la testa. Aveva preso a calci i tacchi assurdi di Kenzie non appena aveva varcato la soglia. A piedi nudi, si sentiva piccola e al sicuro tra le sue braccia. "Anche tu sei una giramondo."

"Jack, sii serio..."

"Lo sei, davvero. Semplicemente non lo sai ancora."

"Non posso..."

"Puoi. Una volta ti ho chiesto cosa ti trattenesse qui, ricordi? Era il ristorante, tuo padre, Kenzie. Se è il ristorante di cui ti preoccupavi, indovina un po'? Non devi niente a nessuno. Vendilo, dallo a Kenzie se lo vuole, non è più una tua responsabilità."

"E nemmeno mio padre è più una mia responsabilità" disse lei senza mezzi termini.

"Non ho detto questo".

"Ma lo stavi pensando."

"E se anche così fosse? È vero. E Kenzie è un'adulta ormai.

Troverà un modo. Ha bisogno di inciampare senza averti lì accanto se vuole crescere."

"Sì", disse Addy lentamente. "Lo so".

"Se lo sai, allora dì di sì."

"Sì a cosa?" chiese lei. Addy sondò lo sguardò di Jack con i propri occhi.

"Al futuro."

"Non lo so. Non sei solo un drogato di adrenalina. Sei uno da emozioni forti, al di là di tutto ciò che ho visto prima. I soldi non aiutano", ribatté con decisione.

"Okay, mi hai convinto. Se questa roba dell'avventura ti disturba davvero, proverò a ridimensionarla. Non posso fare promesse, ma ci proverò. E questo è già qualcosa, no?"

"Sì", disse lei in lacrime. "È già qualcosa."

"Vieni qui", disse, avvolgendola tra le sue braccia. "Io ti amo, lo sai questo, vero?"

"E io amo te. Davvero, davvero ti amo" sospirò. "Anche oggi che sono sopraffatta dal dolore. Anche quando mi fai incazzare."

"Allora te lo ripeto. Di' solo di sì. Questo è tutto quello che devi fare."

La fissò, gli occhi gli brillavano di sincerità. Lei lo guardò per un bel po', poi annuì.

"Sì."

E quello era tutto ciò che doveva dire. Lui premette le proprie labbra contro sue e lei lo baciò di nuovo.

Domani, o il giorno ancora dopo, si sarebbero spogliati a vicenda facendo cose indicibili. Ma oggi era contenta di aver pronunciato quella parola, semplicemente di essersi lasciata abbracciare. Oggi le sarebbe bastato.

31

Una piccola fitta le colpì il cuore mentre preparava le ultime cose del padre. Kenzie fece cadere la scatola di cui stava occupando con uno sbuffo.

"Uff, come potevano mamma e papà avere così tante cose? Non mi sembrava così prima."

"Immagino che questo sia il problema della vita. Si accumulano in modo così graduale che non te ne accorgi."

Addy fece scorrere il dito sulla foto incorniciata di loro quattro a Disneyland, quando Kenzie aveva solo tre anni. Addy stringeva un enorme zucchero filato. I loro genitori sorridevano alla telecamera, ciascuno con un paio di orecchie di topolino.

"Non posso credere che sia passato un mese", disse Kenzie. "Sembra ancora strano, ma allo stesso tempo un po' normale. Sai cosa intendo?"

"So cosa intendi."

"E non mentirò, pensavo che sarei stata un po' più triste quando i tipi di Goodwill hanno portato via la sua poltrona, ma ero così sollevata. Quella cosa *puzzava*."

"Ricorda che i tizi del trasloco saranno qui alle otto del mattino per portare le scatole in deposito. Sarai qui, vero?" chiese Addy.

Kenzie alzò gli occhi al cielo. "Sì, sì, me l'hai detto solo un milione di volte."

"Volevo solo accertarmene."

"Ehi, ma che ore sono?" chiese Kenzie.

Addy guardò subito l'orologio che pendeva accanto alla libreria. "L'una meno un quarto. Perché? Dove devi andare?"

"L'una meno... merda. Hey! Ho un'idea. Andiamo a prenderci un gelato."

"Gelato? Kenzie, non ho fame, perché non chiami uno dei tuoi amici..."

"No, ho una voglia matta di gelato. Andiamo e basta, nel posto in fondo alla strada."

"Tu vai pure, io vado a farmi una doccia..."

"*Per favore,* Addy. Non ho benzina nella mia macchina. Pago io il gelato."

"Il problema non è chi pagherà, Kenzie."

"*Per favore,* Addy."

"Oh mio Dio, ok! Cosa ti succede? Spero tu non sia incinta. Lo giuro su Dio, Kenzie, è meglio che non sia una voglia di gravidanza."

"Non sono incinta, sai che ho la spirale."

"Va bene, posso prima farmi la doccia? Sono..."

"No, sei molto carina. Sembri quasi Rosie the Riveter, o come si chiama."

"Non mi interessa chi sembro, Kenzie, mi sento schifo..."

"Eddai, puoi fare la doccia dopo."

"Wow, okay, ma sappi solo che sei diventata davvero esigente ora che sei il capo di questa casa."

Kenzie le prese la mano e la trascinò fuori dalla porta.

"Aspetta! Fammi chiudere." Kenzie si spostò da un lato all'altro.

"Ho solo molta fame", disse.

"Allora forse dovresti prenderti qualcos'altro oltre al gelato," disse Addy chiudendo la porta di casa.

"No, voglio solo il gelato."

"Sei proprio la figlia più piccola, non è vero?" Disse Addy sottovoce.

Kenzie cadde sul sedile del passeggero e si infilò gli occhiali da sole.

"Vai più veloce, nonnina", disse Kenzie mentre Addy percorreva il vialetto di ghiaia.

"Sto cercando di non rovinare la macchina se non ti dispiace."

Il centro storico era pieno di famiglie e coppie, o almeno per quanto quella città di solito fosse piena.

"C'è un posto, proprio lì!" urlò Kenzie.

"Okay, lo vedo. Calmati!" Addy parcheggiò mentre Kenzie si agitava accanto a lei, nel disperato tentativo di uscire dalla macchina. "È meglio che si tratti di un gelato davvero incredibile. Mi stai facendo impazzire."

"Oh, lo è. Assolutamente sì."

Non appena Addy parcheggiò, Kenzie schizzò fuori dalla porta. "Forza!" urlò.

"Sto arrivando!" Addy rincorse Kenzie, e mentre giravano l'angolo del piccolo edificio di mattoni, quasi si imbatterono direttamente in Jack.

"Jack!" Disse Addy. "Pensavo lavorassi oggi."

"Oh no, io..."

"Sarà meglio per te se non confesserai di aver mentito solo per evitare di aiutarci a fare il trasloco", disse Addy scherzando. "Che poi non te ne farei davvero una colpa..."

"No, ero all'ospedale, ma ho staccato prima per occuparmi di una cosa."

"Ciao, Addy." Rosalie si avvicinò da dietro Jack.

"Ciao..." Addy guardò Jack con aria interrogativa.

Odiava quelle situazioni. Nulla di Rosalie le faceva pensare che fosse ancora innamorata di Jack, o che lui la amasse ancora, ma ogni volta che la vedeva veniva colpita dalla sua meravigliosa bellezza.

"È Philip quello laggiù?" chiese. Addy si fece ombra sugli occhi e li socchiuse.

Dall'altra parte della strada, Philip si nascondeva dietro un'edicola. Sembrava fissarli, ma non salutò né sorrise. Quando Addy finalmente alzò la mano in segno di saluto, lui ricambiò goffamente.

"È quasi l'una!" Disse Kenzie guardando il suo telefono.

"Kenzie, calmati, sembri un orologio a cucù. Cosa ci fa Dawn qui?" chiese all'improvviso. "Dovrebbe essere al ristorante per il turno del pranzo!" Individuò Dawn dall'altra parte della strada, vicino a Philip, ma Dawn si rifiutò di guardarla.

"Dawn!" la chiamò.

"Ehi, lasciala in pace", disse Jack, e prese la mano di Addy.

"Che sta succedendo?" Addy guardò Kenzie, poi Jack, poi Rosalie.

"Oh, Dio", disse Rosalie. Lasciò cadere la testa bionda tra le sue mani. "Sono una ballerina davvero terribile."

"Cosa?" Dall'altra parte della strada, Philip tirò fuori una vecchia cassa stile old school da un borsone e la mise su una panchina.

Mentre "Marry You" di Bruno Mars cominciava a risuonare in strada, Addy notò che decine di persone si riversavano sulla zona pedonale in modo ordinato. Alcuni li riconosceva, erano dell'ospedale, molti erano clienti abituali della tavola calda.

"Che sta succedendo?" Strinse più forte la mano di Jack, ma lui la spinse via.

Addy sentì il suo viso andare a fuoco mentre il flash mob andava a ritmo di musica. Jack sussurrò delle parole e Rosalie aveva ragione: era davvero una ballerina terribile. Gli astanti che non vi partecipavano si fermarono e fissarono a bocca aperta. Alcuni tirarono fuori il telefono per registrarlo.

Philip spense lo stereo con uno scatto mentre la canzone finiva.

"Cosa significa tutto questo?" Addy ripeté mentre Jack le si avvicinava. Era arrossito per la danza, bello come il sole per quell'aria un po' infantile.

"È una proposta di matrimonio!" disse lui. "Non stavi ascoltando?"

"Jack, io..."

"Mi vuoi sposare?" chiese.

Jack si piegò su un ginocchio e estrasse una scatola di Tiffany dalla tasca. La aprì per rivelare un anello di fidanzamento rose gold con un diamante centrale sbalorditivo.

Addy si guardò attorno.

"Ma siamo già sposati", gli sussurrò.

"Sposami di nuovo", disse. "Voglio farlo una volta per tutte, farlo bene questa volta."

"Festeggiando!" gridò Kenzie dalla folla.

"Jack, è... Non capisco."

"Addy, voglio viaggiare. Non ho intenzione di abbandonare questa passione. Semplicemente, voglio viaggiare con te. Ho bisogno di qualcuno, ho bisogno di te, per aiutarmi a trovare un equilibrio. Sai, pianificare tutte le avventure, assicurarci che l'itinerario sia adatto."

"Sembra tu abbia bisogno di un agente di viaggio", disse ridendo.

"No, ho bisogno di te."

Addy si guardò attorno, la folla, i loro amici con i sorrisi stampati in viso.

"Sta succedendo davvero?" mormorò.

"Sì, per davvero. A meno che tu non preferisca ripetere la stessa esperienza avuta a Reno..."

"No", disse rapidamente, con una risata. "Non che me la ricordi, ma non penso vorrei riviverla..."

"Quindi dì di sì."

"Dici sul serio?"

"Certo che sono serio. Ti amo. Ti amo da un bel po'. Perché non dovrei voler passare il resto della mia vita con te?"

"Anche io ti amo", disse mentre delle lacrime cominciavano a scendere dai suoi occhi.

"Quindi è un sì?"

"È un sì."

Jack si alzò in piedi mentre le faceva scivolare il diamante sul dito. Oscurò facilmente quello falso che aveva indossato nelle ultime settimane e aveva un peso che si era ancorato a lei.

Le labbra di Jack incontrarono quelle di Addy e lei udì degli applausi intorno a loro, ma in quel momento erano solo loro due. Jack la strinse a sé e si rannicchiò sul suo collo.

"Il tuo primo compito: organizzare un matrimonio."

Addy deglutì, ma dovette ammettere che la sua mente aveva già cominciato a viaggiare.

"Qualsiasi cosa, grande o piccola, ovunque tu voglia. Nessun limite", disse. "E il compito numero due? Organizzare la luna di miele."

"Non hai idea di cosa ti aspetti", sussurrò lei.

Addy si era dovuta trattenere quando si trattava della sua pianificazione di tipo A, anche nel bel mezzo del loro falso matrimonio. Persino lei non sapeva cosa sarebbe successo con il matrimonio verio e proprio.

"Penso di avere un'idea", disse Jack.

"Ehi! Quindi festeggerete, non è vero?" chiese Philip. "Sono arrivato qui presto, solo per farvi sapere: già una vecchia coppia ha chiamato gli sbirri pensando che fossi un teppistello che si aggira qui all'angolo."

"Uh, certo." Disse Addy con una risata. Kenzie le prese la mano per osservare l'anello.

"Molto meglio dell'ultimo", disse. "Puoi ringraziarmi per questo."

"Kenzie mi ha portato a fare shopping", disse Jack scrollando le spalle.

"Sì, e io voglio fare acquisti *solo* con qualcuno che dice che d'ora in poi il cielo è l'unico limite!" disse Kenzie.

"Bene, festeggiamo", aggiunse Rosalie. "Cosa prendiamo?"

"Gelato?" chiese Addy.

Kenzie rise.

"Che c'è? Ne hai parlato senza sosta nelle ultime mezz'ora!"

"Un gelato mi sembra un'ottima idea", disse Jack. "Venezia?"

"Uh, l'insegna dice Alotta Gelato", lo corresse Addy.

"No! Voglio dire, il miglior gelato è a Venezia, in Italia. Ho un aereo nell'hangar e i nostri passaporti in macchina. Vuoi andare?" chiese. "Ha dodici posti, quindi se qualcuno vuole prendere il passaporto e incontrarci lì tra un'ora, possiamo andare tranquillamente."

"Kenzie, puoi occuparti del ristorante?" Le chiese Addy con un sorriso.

"Certo che no! Riportami a casa, devo prendere il mio passaporto."

Addy rise, poi lanciò un urlo quando Jack la sollevò di scatto, portandola verso la macchina. "Solo se riesci a tenere il passo!"

EPILOGO

PARTE I

Jack si schiarì la gola e raddrizzò il papillon.

Non ricordava l'ultima volta che era stato nervoso. Ma ora, nella Basilica di San Giovanni in Laterano, mentre aspettava che Addy camminasse lungo la navata, sentì che il suo cuore stava per saltargli fuori dal petto. La cattedrale da sogno era decorata in stile decadente, con bouquet e ghirlande del fiorista locale.

Jack ricordava ancora quanto aveva insistito per convincere Addison a sbizzarrirsi coi preparativi del matrimonio. Guardò gli ospiti che continuavano ad entrare in fila mentre si aggirava attorno alla facciata della chiesa.

All'inizio, Addy era irremovibile: non voleva fare nulla di esagerato. Forse un matrimonio nel cortile della vecchia casa dei suoi genitori o nella chiesetta in stile cottage in città.

"Da quando sei così religiosa?" le aveva detto lui scherzando.

Addy gli aveva dato uno schiaffetto.

"Tutte, fin da bambine, sognano di sposarsi in chiesa in abito bianco. E allora cosa dovrei dire di te, non ti sento lamentarti del fatto che non sono vergine."

"Touché."

Mentre l'aveva vista iniziare a organizzare un modesto e caratteristico matrimonio nella chiesetta locale, aveva sinceramente pensato che fosse quello che lei voleva. Fino a quando non l'aveva sorpresa a guardare la scena del matrimonio in *Made of Honor* con l'elegante castello.

"Cosa stai guardando?" aveva chiesto, anche se in realtà lo sapeva.

Addy saltò alla vista di lui.

"Mi hai spaventata! Niente, solo un film."

"Addy, ho sentito dalla cucina la stessa scena del matrimonio in loop negli ultimi venti minuti."

"Va bene, va bene" sospirò. "Mi sto solo abbandonando a qualche fantasia."

"Perché deve essere una fantasia?"

Dopo un mese di incoraggiamento, finalmente la convinse a considerare almeno l'idea di un matrimonio stravagante. Naturalmente, la scelta finale non fu una sorpresa.

L'Italia era stato il primo paese che avevano visitato insieme, il loro primo viaggio come coppia davvero fidanzata e il primo lungo viaggio in aereo che Addy avesse mai fatto.

"Jack, ehi! È tutto davvero meraviglioso."

Philip si avvicinò con Rosalie al suo fianco. I due avevano le dita languidamente intrecciate. Jack sorrise alla nuova coppia. Lui e Addy ne avevano parlato durante il loro viaggio internazionale per il gelato, il modo in cui Philip prendeva in giro Rosalie e il modo in cui lei, alla fine, aveva abbassato la guardia.

Non avevano mai fatto un annuncio formale, ma la loro coppia era stata naturalmente accettata senza bisogno di grandi parole.

"Questo è ciò che accade quando dai un budget illimitato alla Regina delle Pianificazioni", disse Jack.

"Addy ti ha detto che sono andata con lei per la prova finale dell'abito? Rimarrete di stucco. Sono sicura che lo sai comunque ma, seriamente, Jack," disse Rosalie. "Non ha badato a spese nemmeno con il tuo smoking."

"In realtà, è opera mia."

"Davvero? Sono impressionata", rispose Rosalie. "Sei davvero cresciuto. Ricordo quando siamo andati in quel ristorante elegante in Congo, e hai impuntato nel voler indossare quei pantaloncini da surf con una giacca."

"Sì. Forse all'epoca ero una specie di idiota."

"Già, forse è così. Sono contenta che tu l'abbia superato", disse Rosalie con un sorriso.

"Nessuno ha intenzione di commentare il mio smoking?" Chiese Philip.

"Phil, il tuo abito viene da Men's Wearhouse. Va benissimo, ma siamo in un castello in Italia per quello che sarò un matrimonio da molti milioni di dollari. Nessuno ti noterà." Rosalie gli diede una gomitata nel fianco per fargli capire che stava scherzando.

Il gruppo La Sinfonia Italiana, seduto in alto sulla balconata, iniziò a suonare le prime note di "Rondeau dalle Sinfonies de Fanfares". Rosalie alzò lo sguardo.

"Addy non mi ha parlato di questo."

"Questa è una sorpresa da parte mia", disse Jack. "Pensi sia una buona idea?"

"Lo adorerà."

Addy aveva chiesto al pianificatore di eventi di sezionare la tentacolare cattedrale per mantenere la cerimonia raccolta e intima. Indipendentemente da quanto Jack avesse spinto, era rimasta irremovibile per la lunghezza della lista degli ospiti e per il rifiuto di una festa di matrimonio.

"Non si tratta di soldi", gli aveva detto. "Perché dovrei voler invitare persone che nessuno di noi vede o con cui non parla da anni?"

Il pianificatore aveva fatto un lavoro impeccabile. Le tende bianche Gauzy erano intrecciate con luci gialle e incorniciate da tende di velluto dal pavimento al soffitto. Con solo cinquanta ospiti, nessuno poteva dire che la chiesa non era esattamente come doveva apparire.

Invece, con metri di tessuto di seta color crema disteso tra le sedute e punteggiato da mazzi di fiori, sembrava semplicemente che fosse il luogo perfetto per le loro nozze.

Secondo matrimonio, pensò Jack con un sorriso.

"Quindi, quali altre sorprese hai in serbo?" chiese Rosalie.

"Come scusa?"

"Dai, Jack, ti conosco davvero bene. Che trucchi hai nella manica?"

"Dovrai solo aspettare e vedere", disse.

Rosalie roteò gli occhi e tirò il braccio di Philip. Si diressero verso i camerieri che camminavano reggendo in equilibrio cocktail in flauti di cristallo pieni di champagne Armand de Brignac Brut Rosé su piatti d'argento.

Dalle tende, Jack vide Kenzie fiondarsi verso Rosalie e prenderle la mano. Kenzie era avvolta nella cosa più vicina a un vestito di una damigella d'onore su cui Addy era riuscita a patteggiare, su insistenza di Kenzie ovviamente.

"Ho un'unica sorella! Potrebbe essere la mia unica possibilità di essere una damigella d'onore," Kenzie aveva fatto il broncio quando Addy aveva lasciato sganciato la notizia bomba del "nessuna festa di matrimonio".

"Forse se smettessi di fare amicizia con i fidanzati delle tue amiche dopo che si sono lasciati, non sarebbe così!" Addy rise.

"Ma non è che ci esca quando stanno ancora insieme!" piagnucolò Kenzie. "Alcune di loro mi danno persino il permesso e poi mettono il broncio. Ipocrite."

"Dai, Kenzie, anche io so come funziona tra donne."

Guardò mentre Kenzie prendersi un bicchiere da sola e introdurre Rosalie nella parte posteriore dove Addy veniva coccolata, curata e messa in tiro da una squadra di stilisti italiani. Sapeva già di cosa si trattava. Rosalie era l'unica di loro che parlava italiano.

Kenzie quasi inciampò e per poco non cadde sul suo vestito couture Alexander McQueen tempestato di cristalli Swarovski. Jack aveva dato a Kenzie non solo il permesso di scegliere il proprio vestito, ma con la sua carta di credito.

"Champagne per lo sposo?" si bloccò a quell'accento, ma si rivolse educatamente alla cameriera.

"No grazie, sono... Mamma. Che cosa ci fai qui?"

"Suppongo che il mio invito sia andato perso per posta, ma ovviamente non mi perderei il matrimonio di mio figlio". Sua madre era in piedi davanti a lui in un completo di giacca e gonna color lavanda elegante e perfettamente su misura. Tese uno dei due bicchieri di champagne. Jack accettò, incerto sulle sue intenzioni.

"Cin cin", disse, e alzò il bicchiere.

"Jacob", disse dopo aver fatto tintinnare i bicchieri l'uno contro l'altro. "Sai che porta sfortuna non avere un contatto visivo durante un brindisi."

Cercò negli occhi di sua madre qualche sua ulteriore intenzione mentre sorseggiava lo champagne che sapeva di qualcosa che lui immaginava come l'oro liquido. Ma non trovò nulla.

"Voglio solo che tu lo sappia, hai la mia benedizione. Non che tu ne abbia bisogno e non che tu la voglia. Ma volevo che lo sapessi."

"Ti... Ti ringrazio. Mamma," continuò "Mi dispiace di non averti invitato."

"Come ho detto, sono sicura che l'invito si sia perso durante la spedizione."

"Sei venuta da sola?" chiese.

"Jacob, ovviamente. E non darmi quello sguardo di simpatia. Da quando tuo padre... Beh, sono abbastanza abituata a cavarmela da sola. Inoltre", disse sua madre mentre scrutava la folla. "Sono sicura di poter trovare un gentiluomo accomodante che mi mostri un po' Roma una volta finiti i festeggiamenti."

Jack si lasciò sfuggire una piccola risata. "E io che pensavo di avere preso il mio senso di avventura da papà."

"Non essere sciocco, Jacob", disse. "Tuo padre, l'ho adorato con tutta me stessa, ma era così *pianificatore*. A volte mi faceva impazzire, ma sotto sotto stavo bene. Quando ci siamo incontrati, ti ho mai raccontato questa storia?"

"No", rispose Jack scuotendo la testa.

"Quando ci siamo incontrati, tuo padre aveva appena finito la sua specializzazione ed era in missione per i Corpi di Pace in Cambogia."

"Aspetta, come? Vi siete incontrati in Cambogia?"

"Certo", disse lei facendo un bel sorso del suo champagne.

"Cosa... cosa stavi facendo in Cambogia?"

"Surf, per lo più", disse con un'alzata di spalle. "Sono passata da Bamboo Island su una pista da vino di palma..."

"Aspetta, fai un passo indietro. Di che stai parlando?"

Sua madre gli sorrise.

"Ho vissuto tutta un'altra vita prima ancora che tu nascessi, Jacob", disse. "Non sono sempre stata la vecchia soffocante che conosci adesso. Quando tuo padre mi ha incontrato, eravamo sullo stesso tuk-tuk in cerca di liquori locali. Sentì il mio accento di Melbourne e mi disse: "Adoro i tuoi dreadlocks, tesoro". E da lì nacque tutto.

Si strinse nelle spalle con nonchalance.

"Mamma, tu..."

Lei arricciò il naso.

"Questa non è musica classica", disse mentre guardava l'orchestra sinfonica. "Cosa significa tutto questo?"

"Bruno Mars."

"Dove si trova?"

Lui rise. "Chi, mamma. Ecco, lascia che ti porti al tuo posto. Significa che sta arrivando la sposa."

Jack fece sedere sua madre in prima fila e prese la sua posizione in fondo alla navata. Le tende si allargarono in fondo e il suo cuore si sollevò nel suo petto.

Addy emerse con i suoi lunghi capelli che ricadevano dietro di lei, drappeggiati in uno squisito abito da sposa con pizzo francese cucito a mano, maniche lunghe e scollo a barchetta evidenziato con perline dorate.

L'intera stanza sembrava trattenere il respiro.

PARTE II

"Ho bisogno di sedermi", disse Addy.

Quando era entrata per la prima volta nella zona dello spogliatoio della cattedrale, sembrava così grande. Anche con truccatore, parrucchiere, sarta e i due camerieri riservati solo per l'area privata, era spaziosa.

Ma con l'abito couture personalizzato pesante con perline e il velo di diversi metri dietro di lei, iniziò a sudare.

"*Che cosa?*" chiese lo stilista.

"Sedermi! Devo sedermi", disse Addy. Lo stilista la guardò confuso.

"Ho Rosalie!" Disse Kenzie mentre si precipitava nella stanza.

"Che succede? Di che si tratta?" Chiese Rosalie.

"Ho le vertigini, ho bisogno di sedermi."

"*Lei deve sedersi*", disse Rosalie in perfetto italiano allo stilista.

"No!" gridò la sarta. "*Il vestito rugge...*"

"Va bene", disse Rosalie alla donna tozza. "È preoccupata che tu possa stropicciare il vestito."

Con l'aiuto di Kenzie, Rosalie aiutò Addy a sedersi con cura sulla lussuosa poltrona con schienale ad ala. La sarta si agitò e si allontanò.

"Ecco, prendi un po' di succo", disse Kenzie, e le mise un bicchiere in mano. "Ma non farlo cadere."

"Grazie", disse Addy e prese un sorso. "Ahh, Kenzie, questo è vino. Ti avevo detto alcolici solo dopo la cerimonia."

"Mi dispiace, ma è succo. Solo fermentato. E costa tipo diecimila a bottiglia e ho pensato che avrebbe aiutato."

"Non puoi sprecarlo", disse Rosalie.

"D'accordo." Addy mandò giù in un sol colpo. Doveva ammetterlo, la calmava.

"Ora basta però", disse. "Voglio ricordare tutto. Questa volta voglio davvero. Allora, come va là fuori?"

Il telefono di Rosalie suonò e lei controllò i suoi messaggi.

"Va... Tutto bene".

"Rosalie."

Lei sospirò. "Philip mi ha appena mandato un messaggio. La mamma di Jack è qui."

"Sua *madre* è qui? Kenzie, dammi un altro bicchiere."

"*Non farlo*," si oppose Rosalie mentre Kenzie balzava in piedi. "Ma dice che sembra che tutto stia andando per il meglio. Aspetta, sta per origliare qualcosa."

Tutte e tre aspettarono in silenzio mentre lo stilista ritoccava i capelli di Addy. C'era così tanta lacca che Addy pregava che nessuno accendesse un fiammifero vicino a lei.

"Oh mio Dio", disse Rosalie leggendo il messaggio. Scoppiò a ridere.

"Che c'è? Cosa?" Chiese Addy.

"Apparentemente sua madre sta diventando tutta sentimentale. Ha dato il suo benestare e ora sta raccontando a Jack come ha incontrato suo padre... "

"E...?"

"Beh, sembra che vagasse per i bassifondi delle spiagge della Cambogia per comprare vino di palma da una baracca quando suo padre si è innamorato dei suoi dreadlocks."

"State scherzando..."

"Guarda!" Rosalie porse ad Addy il suo telefono.

"Incredibile. E ha avuto da ridire sul fatto che io faccia la cameriera."

"Okay, beh, penso che ora tu stia meglio", disse Rosalie. "Hai ancora bisogno di me qui? Posso restare, ma ho pensato che, forse... voi due volete..."

"Sì, stiamo bene", disse Addy con un sorriso. "Grazie".

"Ok. Ci vediamo là fuori," Rosalie disse con un sorriso.

"Va meglio?" Chiese Kenzie.

"Sì", disse Addy dopo una pausa. "Sì".

"Vedi? Il vino ha funzionato."

Ascoltarono la musica passare a "Sul bel Danubio blu". "Divertente", disse Addy. "Avevo detto a Jack musica classica, ma questa è davvero bella. Dio, sembra... Celestiale."

Kenzie le fece un sorriso divertito, ma non disse nulla.

"Ehi, so che hai detto niente più alcolici fino a dopo la cerimonia, ma devi fare altri due sorsi."

"A che scopo?" chiese Addy.

"Uno per mamma e uno per papà."

"Dopodiché verseremo il resto sul pavimento in perfetto stile gangster?" Chiese Addy.

"No! Niente champagne sul pavimento!" la coordinatrice dell'evento apparve dalla stanza sul retro.

"Eccola, proprio quando non hai bisogno di lei," mormorò Kenzie. Prese due bicchieri dal piatto d'oro e ne porse uno ad Addy.

"Alla mamma," disse Addy mentre facevano tintinnare i bicchieri.

"Avrebbe indossato un vestito rosa", disse Kenzie. "Come al rinnovo delle loro promesse. Forse proprio lo stesso."

"Avrebbe potuto darmi qualcosa in prestito", disse Addy con un pizzico di tristezza.

"Non ti piacciono i miei collant?" chiese Kenzie.

"Sono fantastici, Kenzie. Quello che ho sempre sognato di prendere in prestito."

"Non diventarmi tutta altezzosa o non ti darò ciò che devo davvero prestarti."

"Come scusa?"

"Tieni". Kenzie allungò la mano nella borsetta di perline e tirò fuori un braccialetto d'oro.

"Cosa... Aspetta, me lo ricordo. Era di mamma", disse Addy.

"Lo indossava il giorno del suo matrimonio con papà", disse Kenzie scrollando le spalle. "È quello che mi ha lasciato quando... comunque, è stata in una cassetta di sicurezza da allora, ma ho pensato che avresti potuto prenderlo in prestito per oggi. Consideralo prestato da me e dalla mamma."

"*No pianto*", la avvertì severamente il truccatore. Addy non aveva bisogno di un traduttore per capire cosa volesse dire "pianto".

"Non lo farò", disse rapidamente.

"A papà", disse Kenzie, sollevando il bicchiere.

Addy costrinse le lacrime a rientrare mentre sorseggiava lo champagne. Kenzie l'aiutò ad attaccare la delicata chiusura del braccialetto al polso.

"Che cosa avrebbe fatto papà?" chiese Addy.

"Onestamente? Avrebbe adorato lo champagne probabilmente," disse Kenzie.

"Kenzie!"

"Che c'è? Troppo indelicato? Va bene, bene ", disse. "Probabilmente avrebbe imbarazzato la mamma in qualche modo. Con un pessimo accento italiano o qualcosa del genere."

"No, lei avrebbe solo fatto finta di essere imbarazzata", disse Addy.

"Sì, hai ragione," concordò Kenzie.

Le prime note di "Marry You" di Bruno Mars penetrarono nella stanza.

"Ora vai", disse la coordinatrice dell'evento. Kenzie alzò gli occhi verso Addy.

"È Bruno Mars?" chiese. "Gli ho detto che volevo 'Canone in re maggiore!'"

"Vuoi che cambi?" chiese la coordinatrice dell'evento, la sua mano già sul walkie-talkie come se fosse una pistola.

"No", disse Addy con una risata. "No, va bene così. È perfetto, in realtà."

Kenzie raccolse il velo dietro di lei. "Gesù, questo pesa come cinquanta sterline!"

"Non lamentarti. Non sei tu quella che deve averlo legato al polso durante la cerimonia."

Ascoltò il clic dei tacchi altissimi di Kenzie alle sue spalle mentre la coordinatrice dell'evento le prese il braccio e la guidò verso il punto in cui le tende si aprivano alla fine del corridoio. Attraverso la garza velata, riusciva a distinguere solo forme di persone.

Il cuore di Addy cominciò a battere contro le sue costole.

"Non credo di potercela fare", disse.

"Ce la farai", disse bruscamente la coordinatrice dell'evento.

"Ci penso io", disse Kenzie, e spinse da parte e con fermezza l'organizzatrice. "Addy... Che succede?"

"Io non... questo è troppo", disse.

"Non devi fare nulla che non vuoi", disse Kenzie. "Ma ricorda, sei già sposata."

Giusto. Il respiro di Addy iniziò a tornare alla normalità. Il calore del vestito pesante cominciò a sollevarsi e scomparire da quell'abito che lasciava la schiena completamente nuda.

Petto in fuori, ricordò a sè stessa. L'abito era stato progettato per essere sbalorditivo, modesto nella parte anteriore ma sorprendentemente nudo dalla parte posteriore.

"Addy. Mi sta ascoltando?" Chiese Kenzie.

"Sono già sposata."

"Proprio così. Allora, qual è il problema? È solo una stupida festa. Una festa folle e costosa che è già stata pagata e sei in un abito da urlo e costoso che puoi indossare solo una volta. A meno che tu non diventerai una di quelle folli signore anziane che indossano il loro abito da sposa per divertimento."

Addy rise. "Hai ragione. Dov'è il problema?!"

"Ora vai", disse di nuovo l'organizzatrice.

Addy non riuscì a capire se fosse una domanda o un'affermazione, ma la donna italiana dalla pelle olivastra aprì le tende e Kenzie si mosse dietro di lei per raccogliere lo strascico.

Mentre Addy si muoveva attraverso le tende aperte, le immagini fluttuavano davanti ai suoi occhi. Volti familiari si alzarono e le sorrisero caldamente. Il fotografo con cui avevano parlato per mesi, che si erano portati da Tahoe, la seguiva discretamente mentre il suo team copriva altre angolazioni.

Addy arrivò a metà della navata prima di vedere Jack. Era fermo sugli alti gradini di marmo a pochi passi di distanza da lei, affascinante nel suo abito personalizzato. Ma non era quello che contava. Tutto ciò che contava era come la guardava, come se fosse la cosa più gloriosa che avesse mai visto.

"Ti direi che sei splendida, ma non sarebbe abbastanza, nemmeno un po'," disse mentre si avvicinava. Toccò leggermente la retina tempestata di pietre preziose che le copriva una parte del viso. "Allora, adesso ti faccio una domanda. Ti piace la band?"

"Cosa?"

Jack fece un gesto verso l'alto e Addy rimase a bocca aperta quando vide tutte quelle persone intente a suonare la sinfonia. "Tu sei pazzo", disse.

Il resto della cerimonia passò in un soffio. Addy si ricordava di aver detto "Lo voglio" e si ricordava del bacio, ma il resto fu velocissimo.

Forse non ricordi mai davvero un matrimonio, pensò.

PARTE III

L'accoglienza nella sala da ballo più grande del castello aveva iniziato a sfumare. Una parte di Addy era triste nel vedere che la festa finiva, ma doveva ammettere che le sue scarpe la stavano uccidendo.

Questo è ciò che ottieni per aver permesso a Kenzie di insistere sulle Louboutin, pensò. Lei e Jack erano entrambi brilli per lo champagne, ma tutt'altro che sbronzi.

"Addison, cara", disse sua madre non appena fecero il loro ingresso alla reception come marito e moglie. "Voglio scusarmi per il mio comportamento l'ultima volta. Ero... Beh, dimenticalo. Non ci sono scuse. Sono solo molto dispiaciuta."

"È...um... Grazie", disse Addy.

"So di non conoscerti bene, ma spero di poter cambiare il nostro rapporto. La porterai a Melbourne, vero Jacob?"

"Certo, mamma, ci penseremo su." Sua madre diede ad entrambi abbracci e baci sulla guancia. Mentre si allontanava, Addy la guardò prendere il braccio di un bell'uomo italiano più anziano.

"Chi è quello?" chiese Addy.

Jack le diede un'occhiata. "E chi lo sa?"

Addy rise. Mentre sedevano al tavolo degli innamorati, davanti a piatti vuoti di torta, Addy fece scorrere un dito sulla glassa e se la portò alla lingua.

"Ancora affamata?" le chiese Jack ridendo.

Lei scrollò le spalle. "Quando la tua torta è ricoperta da una spolverata d'oro a 24 carati, mangi tutto quello che puoi!"

"Solo non si appesantisca troppo", disse mentre si sporgeva. "Ho dei piani per lei stasera, Signora Stratton."

Addy si tolse lentamente il dito dalle labbra.

"Non è un matrimonio legale fino a quando non viene consumato", disse. "Quindi, tecnicamente, non siamo ancora sposati."

"Tralasciando il fatto che siamo già sposati da mesi."

"Non so se un matrimonio sia legale se non te lo ricordi, però. Forse quello di Reno non è mai stato valido."

"Quindi stai dicendo che stasera è la prima notte in cui ti avrò ufficialmente come marito?"

"Se sei fortunato", disse lei con un occhiolino. La sinfonia diede il via alle prime note di "Canone in re maggiore". "Finalmente!" disse Addy.

"Ho apportato alcune modifiche", rispose Jack. "Questo è l'ultimo pezzo."

"Davvero?" Anche se le facevano male i piedi ed era ad un picco di zuccheri, sapere che erano gli ultimi momenti del loro matrimonio la rese malinconica.

"Posso avere l'onore di questo ballo, Signora Stratton?"

"Se non ti dispiace che io sia scalza..."

"A dire il vero lo adoro", disse.

Le altre coppie si unirono a loro sulla pista da ballo. Addy intravide Rosalie con la testa sulla spalla di Philip, la mamma di Jack col suo nuovo accompagnatore scuro e attraente - e Kenzie limonare con uno dei baristi mentre si stringevano l'un l'altro.

Addy sospirò e si appoggiò al petto di Jack. Mentre le ultime note della musica suonavano, le coppie iniziarono a separarsi, ma Jack la tenne stretta ancora un po'. "Ora arriva la parte divertente", le disse.

"Cioè?"

"Che la luna di miele abbia inizio."

"Quindi pensi che questa festa non sia stata divertente?" chiese Addy timidamente.

"Be', no, certo! Mi piacciono i matrimoni. Ma non sono divertenti tanto quanto la luna di miele."

Lei gli diede un pugno leggero sul petto mentre si dirigevano verso l'uscita. Una serie di limousine aspettava di portare gli ospiti in hotel. "Ho una sorpresa per te", disse Addy.

"Cioè?"

"Non alloggiamo nello stesso hotel di tutti gli altri."

"Ah davvero? Ma è lì che sono le nostre cose..."

"Che succede? Mister Avventura è preoccupato che i suoi piani siano stati stravolti?" lo prese in giro.

"*No*, pensavo solo che..."

"Pensavo solo che il Saint Regis sarebbe stato una scelta migliore per stasera."

"Il Saint Regis. Hai preso una stanza al Saint Regis?" chiese, colpito.

"La suite luna di miele, per essere esatti. Ho pensato che l'ultima cosa di cui abbiamo bisogno sia di essere interrotti la mattina dai i nostri amici — okay, beh, da Kenzie — che bussa alla nostra porta per la colazione."

"Pensi davvero a tutto", disse, e si chinò a baciarla mentre salutavano gli ultimi ospiti.

"Stavo solo pensando che non voglio essere tradita dal mio sesso mattutino", disse scrollando le spalle.

"Wow, sei abbastanza sicura di te!"

"Non puoi immaginar quanto", disse mordendosi il labbro e guardandolo.

La loro limousine bianca arrivò alla fine della lunga coda di limousine nere. Jack la aiutò a scendere le scale di marmo mentre lei si godeva il fresco della pietra contro i suoi piedi nudi.

"Il Saint Regis?" chiese l'autista con un accento deciso e sinuoso.

Addy annuì e lasciò che sia Jack che l'autista la aiutassero ad entrare. "Potrei dover sedermi davanti con tutto questo strascico!" disse Jack.

"Stai zitto e vieni qui dietro!"

La limousine si era appena allontanata quando Jack sollevò la parete divisoria.

"Ho aspettato tutta la notte per questo", disse.

Addy sentì le sue mani sulla sua schiena nuda e scoppiò immediatamente in una marea di brividi. La lingua di Jack passò dalla sua bocca lungo la mascella mentre tirava delicatamente il tessuto in avanti. Tutto quello che doveva fare era liberare le braccia di Addy, e il corpetto sarebbe caduto con facilità.

Addy soffriva per lui, ma il desiderio di aspettare fino alla notte era più forte.

"No" ansimò.

"Che succede?"

Lei lo spinse via delicatamente. "Non sono quel tipo di ragazza," disse lei facendo segno di no con il dito. "Dovrai aspettare."

Jack la guardò esasperato. "Se avessi idea di come toglierlo senza che uno di noi affoghi nel tessuto..."

"Sii paziente", disse Addy.

La limousine si fermò e Addy fece del suo meglio per ripulire il rossetto sbavato mentre l'autista apriva la portiera.

"Oh, wow", disse osservando quel palazzo del diciannovesimo secolo. "Ho visto le foto, ma non mi aspettavo... Jack!" Emise un gridolino Jack mentre la sollevava tra le sue braccia.

"Qual è il numero della camera?" chiese. "Non abbiamo l'entrata qui, quindi devo farlo. Ehi, penso che tutta quella torta che hai mangiato ti abbia fatto guadagnare qualche chilo. O è l'abito?"

"È l'abito", disse Addy con una risata.

"Mi stai mettendo a dura prova. Numero della stanza, veloce."

La reception fece loro un gran sorriso mentre Jack quasi correva con lei verso gli ascensori dorati. Addy prese la chiave della camera dalla borsetta e lottò con la pesante porta di legno mentre Jack la cullava tra le sue braccia.

Mentre la portava oltre la soglia, ansimò. La stanza era tutta ricoperta di mazzi di rose rosse mentre i petali erano sparsi su ogni superficie.

"Che pacchetto hai chiesto?" chiese.

"Il pacchetto luna di miele, ma non mi aspettavo..."

Jack la gettò sul lussuoso letto mentre il profumo di rosa si diffondeva su di lei.

"Dov'è il manuale delle istruzioni?" chiese lui.

"Tira qui, delicatamente", disse Addy, e afferrò l'orlo del polso del suo vestito. Il corpetto pesante le cadde in grembo.

Jack emise un gemito a quella vista, seno nudo e abbronzatura italiana.

"Non così in fretta", disse lei con un sorriso. Addy si alzò e gli diede le spalle. "Tira giù la zip."

Sentì le sue mani sulla cerniera, proprio tra le fossette basse della sua schiena. Quando Jack la abbasso tutta, l'abito cadde a terra. Addy non indossava altro che un perizoma bianco e una giarrettiera blu ingioiellata sulla sua coscia.

"Vieni qui". Jack la girò e la sollevò sopra la sua spalla.

"Jack!"

"Mi hai provocato abbastanza", disse. "È ora della mia vendetta."

Addy rise mentre lui la trasportava attraverso la spaziosa suite verso il bagno ricoperto di marmo. La doccia di grandi dimensioni con i numerosi soffioni a pioggia si accese.

Jack si tolse il completo e la seguì sotto la doccia. Ai suoi baci, all'acqua calda e lieve che scivolava sui loro corpi, Addy sollevò il viso e sentì il dito di Jack agganciarsi alle sue mutandine sottili che indossava ancora.

"Non avrai più bisogno di queste", le disse. Si mise in ginocchio e cominciò a baciarla fino al monte di venere, e giù per una coscia mentre faceva cadere il perizoma a terra.

Addy ridacchiò mentre lui la girava e premeva contro la sua schiena. Addy si sporse in avanti contro il vetro, offrendogli il culo. Jack si spostò sull'altra gamba e, tornando su, la baciò ancora.

La sensazione della sua lingua su di lei, il getto dell'acqua, la stanza, il matrimonio: tutto ciò la rendeva più umida di quanto non fosse mai stata. Emise un gemito e aprì le gambe per offrirgli un miglior accesso.

Jack seppellì il viso tra le sue natiche. La sua lingua sondò la sua apertura prima di trascinarsi lungo i bordi. Sentì la sua mano tra le cosce, l'indice sul clitoride.

Addy gemette nell'eco del bagno, i suoi capezzoli premuti contro il vetro freddo della parete della doccia.

"Questo conta come consumazione?" chiese Jack.

"Penso che vari a seconda dello stato", rispose Addy.

"Beh, allora sarebbe meglio levarsi ogni dubbio." Jack tornò in piedi, le afferrò le spalle e la penetrò da dietro.

Addy ansimò mentre la riempiva.

"Jack", sussurrò.

"Ti amo," rispose lui chinandosi per baciarle il collo.

"E io amo te", sussurrò lei.

LIBRI DI JESSA JAMES

<u>Cattivi Ragazzi Miliardari</u>
La sua segretaria vergine

Fammi tremare

Brutalmente Sbattuta

Papino

Cattivi Ragazzi Miliardari - La serie completa

<u>Il Patto delle Vergini</u>
Il Professore e la Vergine

La Sua Tata Vergine

La Sua Sporca Vergine

<u>Club V</u>
Lasciati andare

Lasciati domare

Lasciati scoprire

Fidanzati per finta

Implorami

Come amare un cowboy

Come tenersi un cowboy

Una vacanza per sempre

Pessimo atteggiamento

Pessima reputazione

Ancora un altro bacio

Chiodo scaccia Chiodo

ALSO BY JESSE JAMES (ENGLISH)

Bad Boy Billionaires

Lip Service

Rock Me

Lumber Jacked

Baby Daddy

Billionaire Box Set 1-4

The Virgin Pact

The Teacher and the Virgin

His Virgin Nanny

His Dirty Virgin

Club V

Unravel

Undone

Uncover

Cowboy Romance

How To Love A Cowboy

How To Hold A Cowboy

Beg Me

Valentine Ever After

Covet/Crave

Kiss Me Again

Handy

Bad Behavior

Bad Reputation

Dr. Hottie

Hot as Hell

L'AUTORE

Jessa James è cresciuta negli Stati Uniti, sulla costa orientale, ma è sempre stata affetta da una grande voglia di viaggiare.

Ha vissuto in sei stati, ha svolto tanti lavori ma è sempre tornata dal suo primo vero amore – la scrittura. Lavora a tempo pieno come scrittrice, mangia troppa cioccolata fondente, ha una dipendenza da caffè freddo e patatine Cheetos, e non ne ha mai abbastanza di maschi Alpha e sexy che sanno esattamente cosa vogliono – e non hanno paura di dirlo. Uomini dominanti, Alpha da amore a prima vista, sono i protagonisti delle storie che ama leggere (e scrivere).

Iscriviti QUI per la Newsletter di Jessa:
https://bit.ly/2xIsS7Q

www.ingramcontent.com/pod-product-compliance
Lightning Source LLC
LaVergne TN
LVHW011817060526
838200LV00053B/3817